Disparaître

Lionel Duroy

Disparaître

roman

Mialet-Barrault Éditeurs
3, place de l'Odéon
75006 Paris

www.mialetbarrault.fr

ISBN : 978-2-0802-5356-9

À mes enfants

Première partie :

L'énigme des enfants

Que l'on me montre un enfant qui sache discerner un être humain derrière la figure parentale !

Paulina Dalmayer, *Les Héroïques*

J'ai songé que je devais les prévenir de ce que j'allais entreprendre et, de passage à Paris, je les ai invités à déjeuner.

Mes quatre enfants, tous adultes désormais.

En me rendant au restaurant, j'ai regretté cette initiative – pourquoi les prévenir ? Les enfants se fichent du destin d'un homme de soixante-dix ans, mon âge aujourd'hui. Ils pensent que quoi qu'il dise, ou fasse, il va bientôt mourir et que cette perspective rend superflu ce qu'il peut bien décider. Cause toujours, papa, tu seras bientôt mort.

Depuis trois ou quatre ans, tout est prétexte à Anna, vingt-sept ans cette année, pour me le rappeler – ma vue qui baisse, un nom qui m'échappe, Internet qui me résiste, de sorte que, pour couper court, je commence la plupart de mes phrases par « Vieux comme je suis, ma chérie… ». Elle convient qu'en effet, et sourit. Je dirais qu'elle semble satisfaite que cette notion soit enfin acquise. Coline, vingt-quatre ans, s'inquiète qu'un jour on me retrouve mort au fond de la baignoire dont je n'aurais pas réussi à m'extraire. Est-ce qu'il ne faudrait pas faire poser des poignées dans cette baignoire ? Ou la remplacer par une douche ? Je lui fais remarquer que je parcours tous les jours soixante-dix kilomètres à vélo, à bonne allure, après une matinée de travail, ce qui me prépare musculairement à sortir seul d'une baignoire, mais je vois qu'elle n'est pas convaincue.

Continuant à marcher vers le restaurant, je prends soudain conscience que les deux aînés, David, trente-six ans, et Claire, trente-deux, évoquent plus rarement mon âge. Et quand ils le font c'est avec délicatesse, ou peut-être embarras. En tout cas, sans cet empressement qu'y met Anna. C'est donc par erreur que je les ai associés à leurs deux sœurs plus jeunes. Sur le coup de la colère, ou du dépit, comme si je trouvais du réconfort à les regrouper tous les quatre pour faire de moi leur victime – merde, après tout ce que j'ai fait pour eux ! La tentation du martyre dont je dois me méfier. Claire, par exemple, a toujours été adorable. Et même Coline. Coline se mettrait à pleurer si je lui disais que je la confonds avec Anna. Anna qui ne cache pas le peu de considération que nous lui inspirons. David et Claire parviennent à en rire ; Coline décide par intermittence de ne plus la voir. Je suis le seul à me prêter silencieusement, sans jamais protester, à ses petites humiliations. Non seulement je suis vieux, mais je tourne au ralenti – « Ah, c'est bien, papa, tu as enfin compris comment marche ton téléphone ! — Oui, ma chérie, comme tu le vois, tout arrive. » Il n'est jamais agréable d'être pris pour un imbécile, mais venant d'Anna je peux tout encaisser. C'est incroyable ce que cette enfant me touche, et depuis le premier jour. À l'instant où je l'ai vue naître, j'ai su que je devrais être là pour la protéger. Que, moi vivant, personne ne lui ferait de mal. Que je pourrais tuer pour elle. Et d'ailleurs, la sage-femme n'a pas osé protester quand j'ai demandé à lui enfiler son premier pyjama – « Mais vous saurez faire, monsieur ? — Je saurai très bien faire, donnez-la-moi. » Tiens, voilà que j'en ai les larmes aux yeux. Les trois autres prétendent qu'Anna est ma préférée, « ta petite chouchoute, papa, ne dis pas le contraire ». Je m'en défends, naturellement, mais si maladroitement qu'ils éclatent de rire. Ce que je voudrais leur dire c'est que, en dépit de son intelligence fulgurante, Anna… « Oui, oui, papa, on sait, elle est si fragile… », voilà, exactement, que sa suffisance, en somme, me rassure. Et que, d'une certaine façon, c'est moi, etc.

À force de la féliciter, n'est-ce pas – un an d'avance à l'école, tous ses diplômes avec mention, ses concours dans la poche, et boursière avec ça. « Bravo, Anna, je suis fier de toi ! » Elle n'a jamais pu douter de mon amour, tandis que David, par exemple… David a sûrement souffert de notre rupture, à voir comme il est attentif aujourd'hui à ce que je dis de son travail. Pendant des années il m'a foutu en colère, avant de se mettre à sculpter, et soudain nous sommes devenus des amis. Il sculpte, j'écris – nous réussissons enfin à nous parler. Après tout ce temps perdu à se disputer, je sens bien qu'il a encore besoin de moi, qu'il ne faudrait pas que je disparaisse. D'ailleurs, lui se garde bien de me rappeler mon âge. Oui, eh bien tant pis.

La question du chagrin, qu'ils auront plus ou moins, me préoccupe par moments. David se sentira un peu perdu les premiers temps, comme un détenu fraîchement libéré, puis il finira par s'allonger dans l'herbe et s'accordera le soleil. Je devine qu'il éprouvera une forme de soulagement à être enfin débarrassé de ma présence. Il en ira de même, et mieux encore, pour Coline, qui s'en est affranchie très tôt en abandonnant la photographie pour devenir assistante sociale. « Ton père te prend pour une artiste et il se trompe », lui a dit Esther. Nous étions en plein divorce et Coline a glissé insensiblement de mon regard à celui de sa mère. Nos discussions se sont espacées, nous nous sommes éloignés, elle à Paris dans les mots d'Esther, moi dans ma maison sur le mont Ventoux, de sorte que sans le vouloir elle s'est préparée à me perdre.

Claire risque d'être la plus atteinte. Des quatre, elle est la seule auprès de qui je ne ressens aucune tension, n'éprouve aucune gêne. Tout est facile avec Claire, elle est assurée de mon amour et réciproquement. Elle est à la fois sensible, intelligente et bienveillante, voilà. Bien que David ait été d'une impitoyable méchanceté avec elle durant leur enfance, je vois combien elle l'aime aujourd'hui et se soucie de lui. J'observe le même phénomène entre Coline et Anna, Coline me répétant combien elle aime Anna qui pourtant, enfant, lui assénait qu'elle voulait la tuer, qu'elle n'avait jamais vu une fille aussi bête. En miroir les uns des autres, en somme, alors que David et Claire sont les enfants d'Agnès, ma première femme, Anna et Coline ceux d'Esther. Ils n'ont pas la même mère, mais je constate qu'ils ont joué à peu près la même partition, l'aîné.e s'acharnant sur sa cadette et celle-ci lui vouant néanmoins un amour sans faille devenue adulte. Ça ne laisse pas de m'étonner car, en ce qui me concerne, je n'ai pas oublié la cruauté de mon frère aîné, Frédéric, et je suis soulagé qu'il soit sorti de ma vie depuis longtemps.

A priori, je ne vois pas de ressemblance entre les aînés de mes deux ex-femmes, je dirais même spontanément qu'ils sont radicalement différents : David, révolté contre l'ordre, déscolarisé, ouvrier, autodidacte, et finalement artiste ; Anna, toujours en tête de sa classe, respectueuse de la loi, révoltée contre l'injustice, et finalement cheffe de mission dans une ONG. Ces deux-là ne s'aiment pas beaucoup, me dis-je, avant de me reprendre. Bien sûr qu'ils s'aiment, il faut voir comme Anna est satisfaite quand ils arrivent à se parler, et comme lui est aussitôt prêt à la prendre dans ses bras, mais je dois reconnaître qu'ils passent plus de temps à se contrarier qu'à s'embrasser, Anna prétendant que David se fout de tout et fait n'importe quoi quand lui s'exclame « Mais putain, Anna, rigole un peu ! ». Leurs victimes au temps de l'enfance, Claire et Coline, ont beaucoup de points communs en revanche : un sens aigu de l'humour, la gentillesse, la modestie – elles sont l'une et l'autre de grandes amoureuses et rêvent d'une maison avec des enfants. Pour Claire, c'est presque fait, elle est mariée, ils ont deux enfants très mignons et un appartement qu'ils ont acheté à crédit. Pour Coline, ça ne fait que commencer, elle vient seulement de rencontrer l'homme qui, peut-être, partagera ses attentes.

Pour revenir à la question de leur chagrin, je me dis souvent que la seule qui a eu son content d'amour de ma part c'est Anna, ma prétendue chouchoute, ce qui pourrait expliquer pourquoi elle s'autorise à se moquer de ma supposée sénilité, n'attendant plus rien de moi. À moins que ce soit le contraire, qu'elle revienne sans cesse sur mon âge pour exorciser sa peur de me voir disparaître. Comment savoir ? Au contraire des trois autres, Anna est secrète, elle ne se plaint jamais, il est pratiquement impossible de deviner ce qu'elle pense. « Ça va aller, papa, ne t'en fais pas. — Tu es sûre, ma chérie ? Tu ne veux pas qu'on aille t'acheter un matelas plus confortable ? Une chaise de bureau ? Une lampe ? — Non, non, rentre vite maintenant, et sois prudent sur la route, hein. » Sur tous les campus où je l'ai déposée, en Angleterre, aux Pays-Bas, sous la pluie d'automne, dans des chambres minables – « Ça va aller, papa, ne t'en fais pas. » Dure au mal, d'un stupéfiant courage. Le portrait d'Esther, brune aux yeux noirs, le visage allongé, les traits tendus, mais tiens, comme Claire est la copie d'Agnès, blonde aux yeux clairs, lumineuse, les joues rondes et soyeuses. C'est drôle, je ne m'en étais jamais fait la réflexion comme ce matin. Ces deux femmes, dont le désamour a failli me tuer, m'ont laissé un adorable clone. Comme pour m'interdire de les oublier. Regarder Claire, qui n'avait que trois ans l'année de mon divorce avec Agnès, n'éveille plus aucune souffrance, mais il arrive qu'une expression d'Anna me fasse soudainement chanceler.

Merde, j'aurais très bien pu me dispenser de ce déjeuner. Plein le dos de la position du père. Je dis ça, et c'est moi qui les ai sonnés au lieu de séjourner à Paris incognito. Qu'est-ce que ça peut leur faire ce que j'ai décidé ? M'en aller, disparaître. Ils ne pensent qu'à eux, de toute façon, ne parlent que d'eux, et moi je suis là pour relancer la conversation. Ils attendent que je m'enquière, que je cautionne, que je félicite. Aucun ne se demande jamais ce qui me traverse, comment je m'arrange de la vieillesse et de ma fin prochaine. J'exagère, il y en a toujours un pour s'inquiéter – « Et toi, papa, ça va ? » Une seule fois j'ai répondu « Non, pas du tout, ça ne va pas du tout », et celui ou celle qui se trouvait là a feint de ne pas avoir entendu. Moi, de la même façon, quand Toto, mon père, s'est fait opérer du cœur, il y a plus de trente ans maintenant. Oui, c'est ça, j'avais à peu près l'âge de David aujourd'hui. La veille, il avait essayé de me dire que peut-être, qu'on ne pouvait pas l'exclure en tout cas, une intervention que la médecine ne maîtrisait pas complètement, qui devait durer entre huit et dix heures, et j'avais fait le gars distrait. Pressé, de surcroît – « Déjà cinq heures, il faut que j'y aille, papa — Vas-y, mon vieux, ne te mets pas en retard par ma faute surtout. »

Les parents sont là pour mourir, pas pour se plaindre, n'inversons pas les rôles.

Jamais une plainte, Toto, jamais un reproche non plus. Dans la merde jusqu'aux yeux mais toujours soucieux du moral de ses quatre aînés, dont je suis, le quatrième – « Ça va mon p'tit vieux, tu as pu rattraper ton retard ? Bon, bon, eh bien continue comme ça, je suis de tout cœur avec toi. » Et il filait en clientèle placer ses aspirateurs, son huile-moteur ou ses éponges. Pour les six enfants suivants, son cœur avait eu des ratés, tout comme sa vieille Peugeot, une 403, les soupapes qui ne fermaient plus, un taux de compression en chute libre. Si des familles adoptantes s'étaient présentées, je suis certain qu'il les leur aurait cédés, à l'unité ou les six d'un coup, en vrac si j'ose dire, pour une somme à débattre, certes, mais raisonnable. Il pouvait en aimer quatre, il n'était pas de taille pour dix. Mais qui le serait ? Moi aussi, quatre enfants. Et moi aussi dévoué sans limites aux quatre, oublieux de ma fatigue, de mes états d'âme, de ma vie privée (parce que même à soixante-dix ans on conserve une vie privée – j'imagine leurs moues de dégoût s'ils savaient), oublieux de ma personne pour les écouter, les conseiller, leur passer de l'argent, ma maison, ma voiture, mes vélos, mes chaussettes, que sais-je encore. Le problème avec les enfants ce sont les limites, l'édiction des limites, je n'ai compris cela que récemment en écoutant ma petite sœur, Adèle, que j'aime infiniment, m'expliquer qu'à ce rythme ils allaient bientôt me tuer.

Nous sommes issus d'une famille de hors-la-loi, à plusieurs reprises le juge a renoncé à mettre Toto en prison parce qu'il n'aurait su que faire de sa femme et de leurs dix enfants, et curieusement tous les dix nous sommes honnêtes – aucune dette, aucun retard de paiement, pas la moindre petite escroquerie à nous reprocher. C'est dire que nous n'avons pas répliqué aveuglément le modèle du père. Mais en ce qui me concerne je n'ai pas compris que lois et limites sont synonymes – si je respecte la loi c'est parce que je déteste l'idée d'être pris en faute, de devoir me défendre plus ou moins pitoyablement comme j'ai vu Toto le faire, et non à l'issue d'une réflexion sur la *nécessité* de la loi. De sorte que je n'en ai formulé aucune dans l'éducation de mes enfants, ne leur ai donné aucune limite, et qu'ainsi, sans le vouloir, par manque de clairvoyance, suis demeuré un hors-la-loi en dépit des apparences.

Tandis que je patiente au feu pour traverser la rue du Faubourg-Saint-Antoine me revient en mémoire mon premier voyage avec David. Amsterdam, cette ville qu'il a contribué à me faire prendre en grippe. C'est Agnès qui m'en avait soufflé l'idée parce qu'elle voyait bien qu'il n'y avait aucune complicité entre nous. Si on jouait, David en profitait pour m'envoyer un coup de genou dans le nez – « Merde, David, je suis content de passer un moment avec toi et regarde… » Il me regardait me coller un coton dans la narine, en effet, ne s'excusait pas, encore essoufflé, et je remontais silencieusement dans mon bureau. Deux heures plus tard, quand je reparaissais, il attendait que je sois occupé, à la vaisselle par exemple, pour me mordre par-derrière. Qu'est-ce qu'il avait contre moi, cet enfant ? Tant de colère, à six ans, c'était sidérant. « Mais Agnès, jamais je n'aurais mordu mon père ! » Donc Amsterdam, pour repartir du bon pied. Le temps d'un week-end il m'avait réclamé tout ce qu'il voyait en vitrine. La première fois j'avais dit oui, la deuxième j'avais voulu discuter, puis de nouveau consenti. Par la suite, comme je cédais par intermittence, malheureux de son chagrin et secrètement honteux de ma faiblesse, je me taisais, tandis que lui boudait et m'envoyait à l'occasion des coups de pied dans les chevilles. J'étais perdu, non, jamais je n'aurais agi comme ça avec mon père qui n'avait pas d'argent et dont l'extrême pauvreté me touchait. Mon fils était aussi perdu que moi. Il m'a fallu des années pour comprendre qu'il attendait que je lui fixe des limites, que je le contienne.

Il me revient qu'en me promenant avec Anna c'était le contraire, j'aurais voulu lui offrir tout ce que je voyais dans les magasins et c'était elle qui refusait – « Non, papa, je n'en ai pas besoin, et en plus c'est beaucoup trop cher. » Elle avait dû, très tôt, pressentir la vacuité du père, deviner le danger, et décréter ses propres règles. La vie débridée de David à vingt ans, quand elle en avait dix, l'y avait sûrement aidée – elle ne ferait pas « n'importe quoi », comme lui, et à dix-sept ans, son bac en poche, elle était partie pour l'Angleterre étudier le droit, la loi en somme. J'aime me faire croire qu'Anna est fragile, que je suis là pour la protéger, me raconter inlassablement sa naissance où j'apparais à mon avantage, c'est certain, vu que j'ai quarante-trois ans et elle à peine dix minutes, mais en réalité Anna serait fondée à prétendre que, des deux, c'est moi le plus fragile. D'ailleurs, je me rappelle une scène qui n'est pas à mon avantage, pour le coup. L'année de son bac, je lui avais fait suivre un mail effroyable de David qui me menaçait et m'insultait. Je me sentais seul et j'espérais confusément son soutien. Je ne l'avais pas obtenu, elle n'avait fait aucun commentaire, mais deux ou trois ans plus tard elle m'avait reproché de lui avoir transmis ce texte – « Tu crois que c'est agréable de lire les conneries de David, papa ? Je préparais le bac, je m'en serais bien passée. — C'était une bêtise, oui. Je le regrette. Mais pourquoi tu ne me l'as pas dit sur le moment ? — Parce que ce n'était pas la peine d'en rajouter, il suffisait de voir ta tête… — Anna, je suis ton père ! Tu n'as pas à me protéger. — Bien sûr que je te protège ! Et c'est maintenant que tu t'en rends compte… Bien sûr qu'on te protège tous ! Enfin, sauf David, qui n'en a rien à faire de personne. »

Je suis un père incertain, peu sûr de lui, « flottant », c'est le mot qui me vient tandis que je franchis la Seine par le pont d'Austerlitz et m'y accoude un instant pour fumer une cigarette. « Flottant », c'est exactement ça. J'ai élevé mes enfants à tâtons, peut-être même est-ce un peu prétentieux de prétendre que je les ai « élevés ». Disons que je les ai « accueillis », oui, et aussitôt aimés – sans la moindre réflexion préalable sur le rôle d'un père. Pour avoir cette réflexion, il aurait fallu que j'éprouve auparavant un désir d'enfant, plus ou moins partagé par ma femme. Or, je ne saurais même pas dire d'où a surgi entre nous l'idée de devenir parents, la trentaine venue. Agnès et moi vivions alors ensemble depuis plus de dix ans. Les premières années, nous partagions l'opinion que les enfants sont un fléau équivalent aux sauterelles dans les dix plaies d'Égypte. De ma part, c'était assez prévisible, mais pourquoi Agnès préférait-elle les chats, les chiens ou les oiseaux aux enfants, alors qu'ils n'étaient que deux chez elle et n'avaient jamais manqué de rien ? Je ne sais pas, et il est trop tard pour le lui demander. Toujours est-il que nous applaudissions, en hurlant de rire, à ce passage de Montherlant, exaspéré par les pleurs des enfants quand il traverse l'Espagne : « le poupon, le chialeur international, qui hante les trains comme la punaise les lits, fléau du voyage, que ni les précautions ni l'argent ne peuvent réduire ». Quand soudain l'un d'entre nous a suggéré d'en avoir un.

Pourquoi pas, en effet ? Ainsi avons-nous conçu un premier enfant dont la vie s'est interrompue in utero à quatre ou cinq mois. Puis David.

Par curiosité, dans mon souvenir, sans nous projeter cinq minutes dans un quelconque « projet familial ». D'ailleurs, je crois que rien que l'expression « fonder une famille » nous aurait dissuadés de le faire. Le seul mot de « famille » nous donnait la nausée. Nous voulions un enfant par goût de l'aventure, pour la nouveauté qu'il allait représenter, c'était à la fois excitant et extravagant. Et, de fait, David nous avait emportés, charmés, éblouis. Nous nous étions découverts parents, puis bons parents, pensions-nous, en admiration devant notre petit garçon. Ainsi le dessein de concevoir un autre enfant s'était-il immiscé comme une évidence dans nos conversations. Claire était arrivée trois ans après David, et voilà que sans le vouloir nous étions devenus une famille. Je me dis que si tout cela avait été réfléchi, prémédité, Agnès ne se serait pas enfuie avec le premier crétin venu alors que Claire n'avait pas trois ans.

L'amour d'Esther m'avait consolé. Elle avait tout de suite aimé Claire (mais je ne vois pas qui pourrait ne pas aimer Claire), et bientôt rencontré des résistances du côté de David. Esther avait vingt-six ans, moi quarante et un. La regarder s'occuper de mes enfants me réconfortait. Nous avions découvert ensemble le Jardin des plantes puis étions retournés au Parc floral, comme avec Agnès deux ou trois ans plus tôt. C'était étrange, cette famille qui s'était reconstruite malgré nous et dont on venait de changer la mère. Blonde auparavant, et désormais brune. Je me mettais à la place des gens qui croyaient nous reconnaître, ils devaient chercher l'erreur – « Dis-moi, chérie, elle s'est fait refaire ou quoi la femme de ce type ? Là-bas, oui, avec les deux gamins qui se disputent… »

J'étais si en colère contre l'irresponsabilité dont Agnès et moi avions fait preuve que lorsque Esther m'avait demandé un enfant j'avais hurlé que jamais plus, que quoi qu'il arrive on ne m'y reprendrait pas. Mais un an plus tard j'avais cédé pour ne pas la perdre et nous avions conçu Anna.

Dans mon esprit, c'est avec la naissance d'Anna que j'ai enfin accepté d'avoir créé une famille ou, en d'autres termes, d'être « père de famille », cette expression qui me donnait envie de vomir à vingt ans. C'est qu'Esther n'avait rien contre l'idée d'être « mère de famille ». Onzième d'une famille de douze, elle ne semblait jamais débordée par les petits et elle savait rire et insuffler du jeu là où Agnès et moi nous serions mis à pleurer. D'épuisement. D'ennui, également. Esther avait plaisir à faire des gâteaux, à organiser des goûters d'anniversaire, à déguiser les enfants, à chanter avec eux, à faire la ronde. J'ai découvert avec elle qu'une famille peut être joyeuse, ce que je n'aurais pas soupçonné. De sorte que, lorsqu'elle a voulu un second enfant, j'ai d'abord dit non, puis oui. Et Coline, qui avait dû m'entendre dans sa coquille, a tout de suite su se faire désirer en tombant malade à la naissance, puis en mangeant de la mort au rat, puis en affirmant une singularité qui n'a jamais cessé de me toucher.

Cependant, l'année de ses quinze ans, tout s'est effondré. Esther s'est enfuie avec son amant, exactement comme Agnès l'avait fait vingt ans plus tôt. « Enfin, m'a-t-elle dit un matin au petit déjeuner, se levant soudain de table, comme excédée, on ne va quand même pas vieillir ensemble avec cette petite ado, c'est sinistre ! » Le goût de la famille lui était passé, elle avait quarante-six ans, était amoureuse et avait envie de vivre pour elle-même.

Apprenant notre séparation, Agnès avait confié à Claire (qui me l'a répété) que je l'avais bien cherché, qu'en sacrifiant tout à l'écriture je finirais seul (comme si « finir seul » était à ses yeux le pire des châtiments). C'était suggérer qu'Esther serait partie par lassitude de me voir écrire tous les jours, vaincue par la monotonie de mon quotidien comme la vache par le passage des trains. Il y a un peu de cela, sûrement – comment Esther, si fantasque, si vivante et joyeuse, a-t-elle pu supporter durant près de vingt ans un type à peu près aussi rasoir qu'Emmanuel Kant, en moins talentueux ? Avec le recul, je me le demande. Cependant, Agnès se trompe : ce n'est pas l'écriture qui nous a torpillés, mais l'absence d'écriture. Soudain, je m'étais découvert impuissant à poursuivre un manuscrit et cette impuissance m'avait précipité dans une impuissance à vivre. Tétanisé devant ce texte devenu lourd comme un macchabée, privé d'écriture en somme, je m'étais surpris à pleurer, à trembler, puis à vouloir mourir. Les hommes qui tremblent n'intéressent pas Esther, ils lui donneraient plutôt envie de les achever d'un bon coup derrière la nuque. Elle avait donc très vite laissé tomber.

Et voilà comment je me retrouve aujourd'hui à flâner seul sur le boulevard de l'Hôpital, en direction de la place d'Italie, pour aller déjeuner avec mes quatre enfants.

Un père « flottant », oui, c'est le mot qui me vient. C'est-à-dire différent selon qu'il bavarde avec tel ou tel enfant, comme si l'enfant induisait le père. Sans lois, sans principes préétablis, sans le Code de paternité que certains possèdent sur le bout des doigts à la façon du gendarme le Code de la route. Si j'ai imaginé quelque chose avant de les mettre au monde, tous les quatre, et ce n'est même pas certain, j'ai dû croire qu'en faisant comme Toto cela marcherait plutôt bien. Oubliant que Toto n'a pas eu de père, qu'orphelin et fils unique il a grandi entre deux femmes, sa mère et sa tante, et que, devenu père, il a dû improviser. Ses quatre aînés sont devenus les frères et sœurs qu'il n'avait pas eus. Il nous appelait « mon p'tit vieux » (« ma p'tite vieille » pour Christine, notre aînée), nous emmenait camper comme il avait aimé le faire sous le Maréchal, dans les Chantiers de jeunesse, nous demandait conseil pour échapper à sa femme « qui commençait sérieusement à [le] faire braire », sans prendre garde qu'elle était aussi notre mère, nous embarquait dans ses coups tordus et riait de bon cœur quand tout foirait et qu'on se foutait de lui. Aucune autorité, Toto, aucun principe, nous étions une petite bande de simili-scouts à la moralité douteuse (outre le Maréchal, il admirait Baden-Powell et Guy de Larigaudie), une petite bande dont il avait accepté d'être le chef parce qu'il était le plus âgé, mais quand les ennuis s'étaient accumulés j'avais pu constater combien il était soulagé que Frédéric, quatorze ans, accepte de le remplacer. Bien qu'il eût alors quarante ans, il s'était placé sous l'autorité de Frédéric qu'il consultait tous les jours – « Tu as parfaitement raison, mon p'tit vieux, c'est ce que je vais faire. » Ainsi, chez nous, la paternité était-elle tournante, comme la maternité, d'ailleurs, puisque Christine, quinze ans, avait au même moment succédé à notre mère, devenue folle, « la pauvre vieille ».

« Putain, papa, à quoi tu penses ? Ça fait dix minutes que je te klaxonne ! »

Sa main sur mon épaule, une tête de plus que moi.

« Ah salut, David. Excuse-moi, je n'ai pas entendu.

— J'ai le camion, tu montes avec moi ?

— On est presque arrivés, non ?

— Ouais, cinq cents mètres, mais c'est plus marrant d'y aller ensemble. Tu viens ? »

L'extrême vitalité de David à laquelle je n'ai jamais su résister. À deux ans, déjà, chevauchant son petit camion, moi courant derrière, et aujourd'hui grimpant avec lui dans son vieux fourgon Volkswagen alors que j'aurais préféré continuer à pied.

« J'ai apporté deux ou trois trucs à te montrer puisque tu ne viens jamais me voir.

— Tu exagères, j'ai passé une journée dans ton atelier…

— Oui, il y a six mois ! »

Son rire. Et puis il attrape son tabac au lieu de démarrer.

« Je t'en roule une ?

— Non, merci. »

Il est beau, mince et musclé, christique avec cette barbe. Il peut m'agacer par son rire, et la seconde d'après, par cette façon qu'il a de me regarder, comme s'il espérait encore, me donner envie de le prendre dans mes bras.

« Si, roule-m'en une finalement. »

Ses mains aux ongles cassés, pleines de cicatrices. « Merde, David, je t'avais dit de prendre mes gants. » Ma colère quand il se blessait en taillant les arbres, dans le jardin. « Laisse tomber, c'est rien. — Ce n'est pas rien, non. Montre-moi. Tu t'abîmes sans cesse, on dirait que tu le fais exprès. — Papa, laisse tomber s'il te plaît. »

Il allume la mienne, puis la sienne.

« Qu'est-ce qui t'a pris de nous inviter tous les quatre ensemble ? C'est pas ton genre.

— Envie de vous voir, j'imagine.

— D'accord, d'accord *(sourire)*. Non, mais *ensemble*, je veux dire. Qu'est-ce qui t'a pris ? Tu cherches les ennuis, là ! *(Rire.)*

— Allez, démarre. »

Il trouve une place devant le restaurant et, aussitôt garé, file ouvrir à l'arrière. Ce ne sont pas deux ou trois pièces qu'il a apportées, mais une bonne dizaine, dont un buste de Claire, deux visages fracassés, un Jan Karski que je reconnais immédiatement (je lui avais passé le livre de Karski, *Mon témoignage devant le monde*, et il était allé voir l'homme, filmé par Claude Lanzmann dans *Shoah*), un cygne en position d'envol et plusieurs mains.

« Tiens, celle-ci, elle est pour toi. »

Je pensais à ses mains et il m'en offre une, douloureuse, aux doigts tordus. N'oublie pas que c'est à cause de toi que je me blesse, papa. Quand tu te décideras à m'aimer…

« Merci, mon David, ça me touche beaucoup.

— Tu pourrais la sceller dehors, à l'entrée de ta maison, tu sais, sur l'espèce de rampe du perron.

— Non, quelqu'un pourrait la voler, ou la casser… Je vais la mettre dans mon bureau.

— Bon, comme tu veux. »

J'aime ses visages fracassés, des sculptures qu'il fait tomber puis répare de façon hasardeuse avec les morceaux qu'il retrouve dans la poussière de son atelier, laissant des cicatrices et des béances, de sorte qu'il est impossible de ne pas voir dans ces gueules cassées la représentation qu'il a de lui-même telle qu'elle se dissimule sous le masque christique. *Tu me trouves beau, papa, les femmes aussi me trouvent beau, mais regarde dans quel état je suis sous l'enveloppe après toutes les chutes, tous les accidents qui ont émaillé ma vie.*

« Celles-ci, dit-il, je n'arrive pas à les vendre, personne n'en veut. "Vous achèteriez de la vaisselle cassée, vous ?" m'a dit une femme, l'autre jour. Elle m'engueulait presque, cette conne. »

Il repart de son grand rire et c'est alors que surgit Coline.

Elle se hausse sur la pointe des pieds pour l'enlacer, presse son visage contre le sien – « Mon David », souffle-t-elle. Parfumée, les cheveux lissés, les joues poudrées, les ongles vernis de rose. Il a douze années de plus qu'elle, mais c'est lui l'enfant.

Quand elle s'écarte, je vois qu'elle a les yeux noyés, et d'ailleurs elle cherche un mouchoir dans son sac.

« C'est trop bien ce que tu fais, David, dit-elle, penchée sur ses sculptures pour dissimuler son émotion tout en se tamponnant les paupières.

Puis, se retournant :

« Toi, ça va, mon papa ? C'est beau ce qu'il fait, hein ?

— On était en train de regarder les gueules cassées…

— Oui, ben ça c'est bien le genre de David. Il est comme toi, papa, il faut toujours qu'il cherche à tout gâcher. »

L'hilarité de David, de nouveau.

« Coline, heureusement que tu existes !

— On ne cherche pas à tout gâcher, ma chérie, on essaie de dire ce qui est caché, ce qui ne se voit pas mais pèse malgré tout sur nos vies.

— Ah oui, tout de suite, papa-le-penseur... Non, mais moi je m'en fiche de ce qui ne se voit pas. Par exemple, le buste, là... mais c'est Claire ! Tu as fait le buste de Claire ? Il est magnifique !

— Ouais, avec tout de même des choses pas très normales qui lui sortent de la tête...

— On la reconnaît très bien quand même. N'empêche, t'es vraiment doué, David. Hein, papa ?

— Il est très fort, oui.

— C'est pour Claire ? Tu vas le lui donner ? »

Comme il se roule une nouvelle cigarette et la colle d'un coup de langue, il hausse les épaules, se dispense de répondre.

Alors je propose qu'on prenne un verre en terrasse en attendant Claire et Anna.

« Carrément », dit-il.

C'est un samedi lumineux de juillet, la moitié de la ville est partie en vacances et l'autre moitié doit être encore au lit, on pourrait compter les voitures sur le boulevard.

« Mais toi, ça va, papa ? s'inquiète-t-elle de nouveau, glissant un bras sous le mien tandis que nous sommes plantés tous les trois devant les portes béantes du camion de David.

— Ça va, ma chérie.

— C'est bien que tu réunisses tes enfants, parce que sinon, avec toutes tes femmes, on ne peut jamais se retrouver en famille.

— Ses ex-femmes, tu veux dire.

— Ben oui, si c'est maman qui fait un dîner, toi, David, tu ne viens pas. Et si c'est Agnès, Anna n'a pas trop envie d'y aller si c'est pour parler d'animaux toute la soirée.

— Ouais, convient doucement David, Esther, je préfère éviter.

— Ma Coline, quand Esther et moi on vivait ensemble, c'était toi qui ne voulais jamais sortir avec tes deux parents. C'était l'un ou l'autre, ça nous rendait dingues. Et finalement, on partait dîner sans toi.

— Oui, c'est vrai. C'était lourd avec vous deux. »

Entre-temps, David a fermé son camion et gagné la terrasse du restaurant qu'ombrage un tilleul. Son bras toujours sous le mien, Coline observe à quelle table il s'assoit (loin des deux seuls clients, un couple qui en est encore au petit déjeuner) et se place de façon à figurer entre son frère et moi.

« N'empêche, dit-elle, c'est bien que vous vous revoyiez.

— Mais je ne revois pas Esther !

— Papa..., soupire-t-elle, David et toi, je veux dire. Que vous vous revoyiez David et toi. Je sais bien que tu ne veux plus voir maman.

— Ah, excuse-moi.

— Quelle famille ! reprend-elle.

— Si tu nous disais ce que tu fais en ce moment au lieu de te mettre en colère », suggère David.

Elle sort ses cigarettes, puis comme elle cherche son briquet au fond de son sac, David lui tend le sien.

« Ah, merci… Qu'est-ce que je fais… Qu'est-ce que je faisais, plutôt… Je remplissais des demandes de logement pour des familles qui vivent dans la rue.

— Je pensais que tu servais la soupe. À Jaurès… Ou Stalingrad. J'ai même dit à un pote…

— Ça, je le fais toujours… trois soirs par semaine. Mais c'est pas mon travail. Tu crois vraiment qu'on me payerait pour servir des repas ?

— Pourquoi pas ?

— Les gens n'ont pas d'argent pour manger et moi on me payerait pour leur distribuer de la nourriture qu'on nous donne ! Non mais David…

— Quoi ? Je connais la vie, hein, je travaillais dans le bâtiment quand tu suçais encore ton pouce.

— Oui, mais tu dis des trucs impossibles parce que tu te fiches complètement des autres, en fait. T'es comme papa, tu ne t'intéresses qu'à toi. »

David regarde sa sœur fumer, il ne répond pas, sourit. Je devine que ça ne lui déplaît pas, soudain, d'être comparé à son père après trois décennies à me refiler des coups de genou, puis à me voler, à m'insulter. Je suis tenté de redire à Coline qu'écrire sur soi, comme je le fais, peut néanmoins être intéressant pour les autres, que des romans autobiographiques de Marguerite Duras, Knut Hamsun ou Thomas Bernhard, pour ne citer que ces trois-là, nous permettent parfois d'échapper au désespoir. Mais au fond je n'ai pas envie de réveiller ce vieux débat qui nous avait occupés quand elle avait abandonné la photographie pour devenir assistante sociale – « Toi, papa, tu crois que tous tes enfants sont des artistes. — Pas seulement mes enfants, Coline, tout le monde. Seulement c'est plus difficile de s'écouter et de produire une œuvre à partir de soi que d'aller travailler dans une entreprise et de faire ce qu'on te dit de faire en échange d'un salaire. — Je ne veux pas travailler dans une entreprise, je veux m'occuper des gens qu'on abandonne, qu'on voudrait voir disparaître. — En les photographiant, tu nous forçais à les voir. — Bon, papa, ma décision est prise. »

« Pourquoi parles-tu au passé, ma chérie, tu ne t'occupes plus des familles qui dorment dans la rue ?

— Non, j'ai arrêté. Mais je n'ai pas envie d'en parler, là. »

Elle fouille de nouveau au fond de son sac pour en sortir un Kleenex. Se tamponne les yeux.

« Ben Coline… »

David lui caresse furtivement l'épaule.

« Tu veux bien nous expliquer, dis-je. Tu veux bien nous expliquer quand même ?

— J'ai fait un burn-out, voilà.

— Tu as fait une dépression ? Mais quand, ma chérie ? Je n'ai pas su, tu ne m'as pas prévenu.

— J'attendais qu'on se voie, maman m'a aidée. Ce qui s'est passé… Je sais bien qu'il ne faut pas s'attacher aux gens dans ce métier, sinon tu ne peux pas… tu ne peux pas supporter puisque ça ne sert à rien ce qu'on fait, sur cent demandes de logement s'ils t'en donnent un, ces bâtards, tu peux être contente. »

Elle ne se retient plus de pleurer, puis se mouche.

« Je comprends, c'est décourageant.

— On s'interdit de s'attacher, se reprend-elle après un moment, mais cette famille-là… Tu sais, papa, la petite me rappelait Anna, brune, tendue comme une lame, toute maigre comme elle et jamais contente. Pour son anniversaire j'avais apporté un gâteau. Je pensais que je leur obtiendrais quelque chose, le père était malade, il toussait tout le temps, la petite avait huit ans, si même eux on les laissait mourir dans la rue alors à quoi on servait ? J'avais même demandé à maman d'appeler la mairie puisqu'elle connaît Hidalgo. Je pensais sans arrêt à cette petite, ça me réveillait au milieu de la nuit… Comment tu peux dormir quand tu sais qu'ils sont dehors, sous le métro aérien ? Comment tu peux dormir ? Merde, tout le monde est riche en France et tout le monde s'en fout… Tout le monde s'en fout…

— Attends, Coline, attends, ne pleure pas, on va commander du vin. Tu vas nous raconter en prenant le temps. Tu veux bien aller voir à l'intérieur, David, pourquoi personne ne s'occupe de nous ?

— Il n'y a rien d'autre à raconter, papa. La préfecture nous a écrit qu'ils n'avaient aucun droit à rester en France et qu'ils seraient sûrement reconduits dans leur pays. Après ça, je n'ai pas réussi à y retourner. Je ne faisais que pleurer. Dans leur pays tout est détruit, qu'est-ce que je pouvais leur dire ? J'ai appelé maman, elle m'a dit de penser à moi, elle m'a pris un rendez-vous chez le médecin et finalement voilà, il m'a mise en arrêt longue maladie et j'ai décidé de ne pas reprendre. »

Je la revois à quinze ans, l'année de ma séparation avec Esther, prenant seule la décision d'abandonner l'école, où elle ne s'était jamais plu, et de partir pour Londres avec son premier appareil photo. Elle en était revenue avec des images de clochards. Aucune n'avait été volée, tous ces hommes avaient accepté d'être photographiés parce qu'elle avait pris le temps, chaque fois, de s'asseoir sur le trottoir avec eux. Plusieurs jours de suite s'il le fallait. Elle connaissait leur histoire, leur nom, leur âge. Enfant, déjà, elle sonnait à toutes les portes de notre village sur le Ventoux et parvenait à se faire offrir tout ce qu'elle voulait – de la grenadine, du chocolat, des gâteaux. Jamais je n'avais vu aucune enfant aussi adorablement effrontée, je disais à Esther qu'on risquait de nous la voler et en même temps je lui faisais confiance, même à six ans, pour flairer le danger et s'en défendre.

Elle serait une grande photographe, j'en étais certain. Je lui avais proposé de reprendre le lycée pour décrocher un baccalauréat photo et, après des semaines de discussion, elle avait accepté. Nous avions rempli ensemble les dossiers de candidature pour lui permettre de postuler dans les rares établissements publics qui proposaient ce bac, préparé ensemble son oral d'admission et le book qu'elle devait y présenter. Esther était ailleurs, prise dans une passion amoureuse. Trois années plus tard, Coline avait obtenu son baccalauréat avec mention « bien ».

C'est alors qu'Esther était reparue pour lui expliquer qu'elle n'était pas une artiste, contrairement à ce que je prétendais, qu'elle ne gagnerait jamais sa vie avec ses photos, et qu'avec sa fibre sociale elle ferait bien mieux de devenir éducatrice ou quelque chose dans ce genre. Durant l'été qui avait suivi l'obtention de son bac, manifestement touchée par l'intérêt que lui portait sa mère, Coline avait abandonné la photographie pour suivre son conseil.

Elle rallume une cigarette tandis qu'on nous sert du vin frais. Elle est le genre de fille à revenir sur ses pas si un garçon lui demande si elle « suce » et à s'écrier en plein trottoir « Mais oui, bien sûr, justement j'en mourais d'envie, ouvre vite ta braguette espèce de gros connard ! », mais là elle est perdue. Le danger est venu d'ailleurs, de son impuissance à changer le monde, et comme je la regarde pleurer je songe à ma propre impuissance à lui venir en aide.

Le temps d'un été, oui, elle avait envoyé promener tout ce que nous avions décidé ensemble pour prendre place à l'automne dans la cohorte des futurs travailleurs sociaux, convaincue qu'elle tenait là sa vocation. Sans prendre de gants à mon égard, allant jusqu'à me dire un jour que son bac ne lui servait à rien, qu'elle avait perdu son temps à le préparer. Jusqu'à m'annoncer aujourd'hui sa dépression et sa démission, quand il est trop tard pour revenir en arrière, comme si elle n'attendait plus rien de moi, ni réconfort ni conseils. J'en ressens de la tristesse, peut-être même un peu d'amertume. Je ne devrais pas, bien sûr. Est-ce que je ne suis pas le mieux placé pour savoir qu'on ne résiste pas à Esther ? « Toi, papa, disait Coline à douze ou treize ans, tu es comme un petit chien avec maman, tu fais tout ce qu'elle veut. — Sans doute, oui, parce que je l'aime. — C'est ça, c'est ça… » Elle était trop petite pour trouver la réplique, s'en allait furieuse et j'entendais claquer la porte de sa chambre. L'amour avait bon dos, en vérité je survivais dans la dépendance d'Esther, sous son emprise, m'enfonçant chaque jour un peu plus dans une impuissance mortifère. Indifférent et distant au début de notre relation, j'avais été bientôt charmé par Esther et nos rapports s'étaient inversés au fil des années. Ce n'était plus moi qui la maintenais dans le désir et la frustration, c'était elle qui me tenait, et alors seulement j'avais découvert combien elle était habile à réduire à une ombre flageolante celui qu'elle avait cessé de désirer et dont elle voulait se débarrasser. Coline voyait – un « petit chien » –, mais elle n'avait pas encore les mots pour le dire.

Elle m'a sorti de sa vie, elle ne compte plus sur moi – c'est ce que je pense tandis que nous buvons silencieusement et qu'elle allume une nouvelle cigarette. J'en ressens de la tristesse, oui. Puis je suis frappé par la place qu'Esther continue d'occuper dans son existence – « Maman m'a dit… J'ai appelé maman… » –, à vingt-quatre ans, bientôt vingt-cinq.

Esther qui aurait pu me tuer – « Je ne comprends pas, qu'est-ce que tu attends pour partir ? m'avait dit un jour mon amie Sylvie. De faire un arrêt cardiaque ? De te tirer une balle ? Tu restes là comme une souris devant un serpent. » Et finalement, c'est Esther qui était partie, quand moi j'avais tenté de la retenir. Coline et Anna (Anna qui s'était inscrite dans une université anglaise pour nous fuir) s'étaient réjouies de notre séparation, elles n'en pouvaient plus du spectacle que nous leur offrions. Aujourd'hui, elles ne comprennent pas pourquoi je ne veux pas revoir Esther comme le font tant d'ex-conjoints, me le reprochent à mots couverts, et moi je me tais, n'explique rien, juste « jamais ». Le problème, avec les enfants, c'est qu'on ne peut pas tout leur dire, c'est une chose que j'ai apprise de Toto qui, lui, n'avait pas de secrets pour nous.

Mais soudain Coline sourit dans ses larmes, se lève, et comme je regarde dans la même direction qu'elle je vois Claire surgir de la bouche de métro. Alors moi aussi je me lève et souris – Claire, enfin, quel soulagement !

« Ça va, papa ? Ben Coline, tu as pleuré ! Qu'est-ce qui s'est passé ?

— Rien, je te dirai plus tard…

— David, tu sais que je t'ai appelé ce matin ? J'espérais qu'on irait ensemble, j'en ai tellement marre du métro…

— Ah, merde, je n'ai pas ouvert mon téléphone. »

Tout cela en nous embrassant l'un après l'autre. Puis elle tire une chaise, se débarrasse de son sac qu'elle portait en bandoulière sur une robe jaune taille haute et s'assoit à côté de son frère. Elle est essoufflée, la masse de ses cheveux blonds ramassée dans un chignon qu'elle a dû se confectionner en courant, les joues roses, les narines frémissantes, manifestement pressée de raconter un truc à David, ah voilà, qu'elle a rencontré Fousia, la veille, au bois de Vincennes.

« Mariée, avec deux enfants ! Tu le savais ?

— Oui, bien sûr. Je la croise dans ma rue avec ses lardons. Elle a l'air de se faire bien chier mais qu'est-ce que tu veux que j'y fasse…

— Mais non ! Elle m'a présenté son mari et les deux petits, justement j'ai trouvé qu'ils paraissaient vraiment heureux tous les quatre. Son mari est super beau, en plus. Tu te souviens de Fousia, papa ?

— Évidemment ! Mais comment s'appelait…

— Voilà Anna ! » s'écrie Coline.

Sur un vélo de course flambant neuf, je vois ça au premier coup d'œil. Casquée, le buste pris dans un tee-shirt vert fluo assorti à ses chaussures.

Elle nous a repérés, roule jusqu'à notre table, et tous les quatre de nous dresser de nouveau.

« Putain, il est super ton vélo ! dit David.

— Pas mal, hein ? Je viens de l'acheter. Carbone, freins à disque, la classe, non ?

— Anna ! souffle Coline en riant.

— Quoi ?

— Rien, rien… Ça te va bien le vert.

— Finalement, dis-je, tu as choisi le Pinarello.

— J'ai hésité parce qu'il était plus cher que le Wilier, mais j'ai bien fait, non ?

— Il est superbe !

— Papa, rigole Coline, trop content qu'un de ses enfants se soit mis au vélo…

— En même temps, je ne vous y ai jamais poussés, hein…

— Tu avais quand même acheté un beau vélo à Esther dont elle ne s'est jamais servie, se souvient Claire.

— Ah oui, c'est vrai, confirme Coline. Pauvre papa !

— Arrêtez avec ça. De toute façon je préfère pédaler seul, je déteste qu'on me parle quand je suis sur mon vélo.

— Bon, nous coupe Anna, ça ne vous ennuierait pas qu'on s'assoie ? »

Elle me laisse la débarrasser de son vélo – « Tu fais attention, hein ? — On va le mettre là-bas, dans le coin, comme ça on pourra le surveiller » –, retire son casque et se pose sur la chaise qu'est allé lui chercher David.

« Un verre, Anna ? demande Claire. C'est du chardonnay, je vois que papa a pensé à toi.

— Je pense à vous à chaque instant.

— Oui, oui, dit Anna, mais si on n'appelle pas, c'est pas toi qui vas le faire…

— Vous êtes grands maintenant, vous pouvez vous passer de moi, non ?

— Coline n'est pas si grande, note Anna.

— Mais elle peut compter sur Esther. Et moi je suis à sept cents kilomètres.

— Tu veux dire qu'elle ne peut plus compter sur toi ?

— Mais arrête, Anna ! intervient Coline. Pourquoi tu agresses papa ? Et de quoi tu te mêles d'abord ?

— Coline peut compter sur moi, Anna. Mais la preuve que j'ai cessé de lui être indispensable, c'est que je viens seulement d'apprendre ce qui lui arrive.

— C'était ma décision, papa, tu n'aurais rien pu y changer. Je ne sais pas pourquoi Anna…

— Bon, bon, ça va, l'interrompt Anna, c'est juste que je trouve un peu facile…

— Est-ce que je n'ai pas été toujours là pour vous, ma chérie ?

— Ouais, si on veut…

— Bon, Anna…, dit Claire, fronçant les sourcils tout en lui souriant.

— Quoi ?

— Bois un peu de chardonnay. »

Alors s'élève le rire de David qu'Anna feint de ne pas entendre.

« La mère de Fousia, c'était Martine, papa, reprend Claire. Et son mari "JP", même que ça t'agaçait beaucoup qu'on l'appelle JP.

— Il réparait les flippers, se souvient David. Avec Fousia, il nous emmenait dans ses tournées, le mercredi. On traînait dans les cafés. C'est là que j'ai commencé à cloper. On ramassait des mégots autour du zinc qu'on allait fumer dans les chiottes.

— David ! se désole Coline.

— T'étais pas née, mon gros bébé, on habitait Fontenay en ce temps-là, j'avais six ans.

— Tu fumais à six ans !

— Ben ouais. Dans les toilettes. Avec Fousia qui en avait huit. On se montrait nos zizis aussi…

— Mais c'étaient qui ces gens ?

— Nos voisins. Lui, il était nettement plus marrant que toi, papa, faut dire les choses comme elles sont. On rigolait bien. C'est quand même grâce à ce mec que j'ai découvert la vraie vie.

— Parce que la vraie vie, le reprend Anna, c'est de fumer à six ans et de se déculotter dans les toilettes des cafés… Tu dis vraiment n'importe quoi, David.

— Pense ce que tu veux, mais moi je sais que sans lui je serais passé à côté de la rue, du graff, du grunge. Il était DJ le week-end, le JP, il connaissait tout. C'est lui qui m'a fait écouter Nirvana pour la première fois. Ça te rappelle quelque chose, papa ? »

Son rire d'adolescent, soudain, comme au temps où il se foutait de moi.

« Quelque chose d'assez sinistre, oui. Toi sur ton lit à douze ans, écoutant Kurt Cobain qui s'était suicidé deux ou trois ans plus tôt. J'essayais de m'intéresser à ce type dont je n'aimais pas la musique mais dont les portraits couvraient les murs de ta chambre. Il ne m'avait pas échappé qu'il détestait ses parents. Il leur reprochait de lui avoir flingué son enfance en divorçant l'année de ses six ans. *Nous* avions divorcé l'année de tes six ans, David. Agnès ne voulait plus te voir parce que tu refusais d'obéir à son mec, et Esther, qui venait d'accoucher de Coline, commençait à ne plus te supporter. Autant dire que j'ai aimé Nirvana et Kurt Cobain. Autant dire…

— Hep, hep, on commande, papa, m'interrompt Claire, brandissant un menu. Qu'est-ce que tu veux manger ?

— Ah, pardon…

— Il y a du dos de cabillaud.

— Parfait ! Vous choisissez le vin ? »

Je m'efforce de sourire, de paraître tout à fait détendu, alors que je ne peux même pas porter mon verre à mes lèvres tellement je tremble. Tant d'années après, ma colère est intacte contre David. Songer qu'il couchait à douze ans, quand j'ai attendu vingt ans – avec Agnès qui en avait seize. Ça les fait rire tous les quatre, mais lui particulièrement, et je sens bien que chez lui c'est encore une façon de me ridiculiser, de prendre le dessus. À quatorze ans, déjà, je l'avais perdu – « Quoi, tu ne vas pas me prendre la tête pour cinquante balles ! — Je travaille pour les gagner les cinquante balles. — Ah ouais ? » Son ricanement. Son ricanement encore quand je lui avais dit que j'attendais les soldes pour m'acheter des chaussures. Plus tard, il m'expliquera que l'argent il n'a qu'à se baisser pour le ramasser, de sorte que le jour de ses dix-huit ans je lui demanderai de quitter la maison et qu'en fait de se baisser il se retrouvera perché à quinze mètres de haut sur des échafaudages pour ravaler des façades au Kärcher, comme je le faisais au même âge.

« Ça va, papa ? s'inquiète-t-il. Tu tires une drôle de tête. J'ai l'impression que j'aurais mieux fait de fermer ma gueule.

— Ça va, mon chéri. »

J'avais dû arrêter le « mon chéri » l'année de ses douze ans, justement, pour y revenir timidement vingt ans plus tard, après son dernier accident, lorsque je l'avais découvert au milieu de la nuit pleurant silencieusement sur un lit d'hôpital. « Ah c'est toi, papa. — C'est moi, *mon chéri.* » Je m'étais entendu le dire, et au même moment je m'étais mis à pleurer, moi aussi. *Je ne veux pas que tu meures, David, je t'en supplie, arrête de faire le con.* Je l'avais pensé mais ne l'avais pas formulé. Pas pu lui dire non plus « Je t'aime ». À la place, je lui avais caressé les cheveux, comme je le faisais quand je lui lisais une histoire avant de le mettre au lit.

Je n'ai pas prêté attention à ce qu'ils ont commandé, ni à l'échange qui a suivi, mais maintenant ils rient – « Trop mignon, David », dit Coline en l'embrassant, et même Anna le regarde en souriant.

Tout va bien, je me détends, feins de rire comme si j'avais suivi la conversation. Et quand l'excitation retombe :

« Tu me roulerais une cigarette, David ? J'ai laissé mon sac dans ton camion.

— Tu veux une des miennes, papa ? propose Coline.

— J'aime bien celles de David.

— Ah, ça me fait plaisir ! »

Dans les minutes qui suivent nous fumons silencieusement, adossés (même Claire, qui ne fume plus, tire à deux reprises sur la cigarette de David), il me semble que nous sommes heureux d'être ensemble, soudain, attablés sous ce tilleul, peut-être légèrement ivres et attendant qu'on nous serve.

« N'empêche, dit Coline, on devrait faire ça plus souvent.

— Quoi, ma chérie ?

— Se retrouver au restaurant. Si tu n'habitais pas si loin... »

Alors je songe que je dois leur dire que je vais m'en aller, que je dois le leur dire *maintenant*, non pas disparaître, bien sûr, cela nous entraînerait dans de trop longues explications, mais repartir à vélo sur mon vieux Singer, comme l'année de mes vingt ans quand aucun d'entre eux n'existait encore, seulement tandis que je cherche mes mots et peux entendre mon cœur s'emballer, Coline reprend :

« Ça remonte à quand la dernière fois, d'ailleurs ?

— La dernière fois qu'on était tous ensemble ? s'enquiert Anna. Noël 2009.

— Anna ! rigole David. On t'aurait pas greffé un ordinateur de bord par hasard ?

— Mais non, corrige Claire, ça ne fait pas onze ans…

— Tu paries cinquante euros ? » bondit Anna.

Déjà debout, la main tendue à plat vers sa sœur.

« Sûrement pas…

— Noël 2009, répète-t-elle en se rasseyant, toute vibrante d'indignation. David et papa ne s'étaient pas encore disputés et maman était là, les parents n'étaient pas encore séparés.

— Anna doit avoir raison, dis-je, parce que ensuite David ne vient plus si je suis là, ou c'est moi qui ne viens plus s'il est là, puis on se réconcilie mais alors Claire habite Berlin, et quand elle rentre en France c'est moi qui ai quitté Paris définitivement.

— Ah, qu'est-ce que je disais ! se félicite Anna. Noël 2009. Même qu'on avait tous offert à papa des vêtements de vélo pour remplacer ses vieux tee-shirts troués, et un casque qu'il n'a jamais porté. Toi, Coline, tu avais eu une machine à coudre.

— Ah oui, c'est vrai…

— Et moi, qu'est-ce que j'avais eu ? l'interroge Claire, se couchant à moitié sur la table pour se rapprocher d'elle, la tête penchée sur le côté avec un sourire équivoque.

— Des trucs pour ta maison, tu venais d'avoir ton studio. Et aussi ton manteau Agnès b.

— Oui, d'accord. Jusqu'ici tout est bon. Mais c'était quoi les “trucs” pour ma maison ?

— Une cafetière italienne, un presse-orange, un grille-pain, une poêle Tefal…

— D'accord, d'accord. Et maintenant, la question à mille euros : de quelle couleur était le grille-pain ?

— Rouge.

— Perdu, il était noir ! Tu me dois cinquante euros !

— Mais non ! s'écrie Anna, déjà debout. Il était rouge, j'en suis sûre ! Hein papa ? Tu avais même dit : “On te l'a choisi rouge, comme les portes de tes placards”.

— Arrête, Claire, dis-je, riant à moitié, Anna a raison, tu le sais très bien.

— Ah, merci papa ! »

Anna est satisfaite, elle peut se rasseoir.

« Mais oui, dit Claire, il était rouge, je te faisais marcher.

— Non, tu trichais, comme d'habitude. T'as toujours été qu'une tricheuse.

— Je voulais voir si papa allait voler à ton secours, comme au bon vieux temps. Eh bien oui ! »

Et disant cela, elle claque deux doigts de sa main droite sur sa paume gauche en s'esclaffant, un geste bien à elle.

« Mon Anna, dis-je, tendant le bras pour lui caresser le poignet. Bien sûr que je volerai toujours à ton secours. D'autant plus que tu as raison, Claire n'est qu'une tricheuse. »

Claire pouffe en se tenant la poitrine, mais Anna ne rit pas, elle lui sauterait à la gorge si elle le pouvait. Elle a de nouveau huit ans, son visage de petite

Chinoise en colère, les sourcils courroucés, le regard noir, et je dois me retenir pour ne pas aller l'embrasser.

Les soirs d'été, ils étaient plusieurs enfants du village à jouer aux cartes sur la terrasse. Des amis de Claire, de la génération de Claire, et ils invitaient Anna à se joindre à eux bien qu'elle ait cinq ans de moins. Elle jouait bien, voulait gagner, et aurait souvent gagné si Claire n'avait pas triché. Mais tricher l'amusait énormément, peut-être plus que de jouer, parce qu'elle rendait Anna folle. Je l'entendais soudain quitter la table au milieu des rires et des exclamations et grimper dans sa chambre dont elle claquait la porte. Deux minutes plus tard je l'y rejoignais après avoir vaguement apostrophé Claire que je n'ai jamais réussi à engueuler (mais je ne connais personne capable d'engueuler sérieusement Claire, à part le compagnon de sa mère, que Claire s'est juré de ne jamais revoir pour des raisons qui lui appartiennent).

Mon émotion quand je regarde Anna ! Elle est celle de mes enfants dans laquelle je me retrouve le mieux. Moi aussi, petit, j'aimais que les règles soient dites et que chacun s'y tienne. Je pensais que rien n'avait été laissé au hasard dans le monde que je découvrais, que tout avait été prévu, codifié, y compris l'au-delà, bien sûr, et c'est pourquoi je ne nourrissais aucun doute sur l'existence de Dieu et la présence de Jésus parmi nous (il s'incarnait en la vieille dame qui m'aidait à traverser, comme en le policier qui arrêtait le voleur). J'étais l'enfant le plus assidu au catéchisme, sur la terre comme au ciel je savais que je respecterais toujours la loi, que jamais je ne commettrais de péchés. Comme Anna, j'apprenais vite, je me remplissais de connaissances parce que le monde me convenait et que je ne doutais pas de la place que j'y occuperais. Si le naufrage de nos parents n'avait pas fait de nous des hors-la-loi, de Toto un voleur par nécessité et de nous ses complices, me forçant à changer de point de vue, peut-être serais-je devenu comme elle un grand juriste, l'incarnation du droit et de la morale.

« Le pire, dit-elle, tandis qu'on nous apporte nos plats, c'est qu'elle trouve ça drôle, cette idiote.

— Anna, arrête, ne sois pas méchante, elle plaisantait.

— Oui, ben moi ça ne me fait pas rire.

— Bon, excuse-moi, dit Claire en lui effleurant à son tour le poignet, j'ai été bête, je regrette.

— Il faut toujours que tu gâches tout.

— Je regrette, c'est vrai. Tu me pardonnes et on fait la paix ? Mais tiens, j'y pense, j'ai un cadeau pour toi ! J'allais oublier, dit-elle en se penchant subitement pour attraper son sac. Un truc que tu voulais…

— Si c'est encore pour te moquer de moi…

— Anna… Un truc dont tu m'avais parlé. Et l'autre jour, en me promenant dans la brocante du cours de Vincennes, toc, j'en vois un ! Ancien comme tu voulais, mais en super état. »

Elle sort l'objet enroulé dans du papier journal.

« Non mais c'est quoi ? demande Coline.

— Vous allez voir. Patience !

— Tiens, Anna, pour me faire pardonner. »

Elle retire méthodiquement le scotch dont le marchand a un peu abusé. Puis déroule prudemment le papier journal. Alors se présente à nos regards un petit fagot de tubes de cuivre oxydés.

« Trop bien ! » s'exclame Anna.

Elle déploie l'objet, et à ce moment seulement nous apparaît un pupitre à partitions.

« Regarde derrière, il est daté, dit Claire.

— Köln, lit Anna, 1880. »

Elle est confuse, semble se demander un instant ce qu'elle doit faire, puis se lève et vient embrasser Claire.

« C'était bien un comme ça… que tu voulais ?

— Oui, mais pas aussi beau quand même… Je ne sais pas si je vais oser m'en servir. »

C'était elle qui avait demandé à apprendre le piano, à sept ans, alors que ni Esther ni moi n'avions jamais touché un instrument de musique. Un an plus tard, elle savait le solfège et avait voulu passer au violon. On lui avait offert son premier violon pour Noël. Et quatre ans plus tard, elle jouait dans l'orchestre pour adolescents de la Ville de Paris.

« Au fait, dit-elle, revenue à sa place et s'apprêtant à manger, pour ceux que ça intéresse on donne un concert en septembre à la mairie du Ve.

— Ben moi je viendrai, dit aussitôt Coline.

— On viendra tous, renchérit Claire. Toi aussi, papa ? »

Je n'y serai pas, j'en suis certain, mais je profite d'avoir la bouche pleine pour sembler abonder. Anna sait bien que je n'ai raté presque aucun de ses concerts, sauf les fois où Esther a décidé d'y aller, ce dont elle m'a prévenu à sa façon – « Maman sera peut-être là, hein, comme je sais… — Très bien. Alors je viendrai au suivant. »

« À la mairie du Ve, tu dis ?

— Oui, David, réplique-t-elle, mais comme tu n'es jamais venu me voir jouer, ça ne me vexera pas si tu ne viens pas non plus cette fois-ci.

— Oh là, mais faut pas démarrer comme ça…

— Tu ne t'es jamais intéressé à nous, tu ne m'as même jamais posé une question sur ce que je faisais.

— Oui, eh bien les choses peuvent changer, non ?

— À part piquer du fric à papa et mettre une ambiance de merde dans la famille, qu'est-ce que tu nous as apporté ? Qu'est-ce que tu nous as donné ?

— Mais ça ne va pas de lui parler comme ça ! s'écrie Coline.

— Si tu commences sur ce ton, je ne vois pas trop ce qu'on va pouvoir se dire.

— Rien, justement. Je n'ai rien envie de te dire. Si papa n'avait pas insisté, je ne serais pas là.

— OK, ben je me tire alors. Salut les amis ! »

Il pose sa fourchette, recule sa chaise et enfourne son paquet de tabac dans sa poche.

« Attends, David, reste, s'il te plaît.

— Non mais papa, tu es témoin !

— Reste, s'il te plaît. Aujourd'hui, particulièrement, j'aimerais que vous soyez là tous les quatre.

— Pas si c'est pour me faire insulter…

— Arrête, on s'en fout, on s'est pas mal insultés nous-mêmes, non ? Et maintenant on arrive à se parler. Anna te demande ce que tu lui as donné, essaie au moins de répondre à sa question.

— Ce que je lui ai donné… Un jeu pour fabriquer des figurines en terre, dit-il avec un pâle sourire en direction d'Anna. Une espèce de boîte de sculpture, en fait.

— Pour l'anniversaire de mes dix ans, acquiesce-t-elle, sans lui rendre son sourire.

— J'aurais dit que tu étais plus grande…

— Non, pour mes dix ans. 2003.

— Pardon, pardon… »

Elle y avait joué pendant des mois, allant cuire ses figurines chez un potier de Belleville. La boîte était rangée sous son lit, personne n'avait le droit de s'en approcher, et surtout pas Coline.

« Après ça, tu n'es même plus venu à nos anniversaires. On t'attendait pour le gâteau…

— C'est bon, Anna, toi non plus tu ne t'es jamais intéressée à ce que je faisais.

— Les parents parlaient de toi à tous les repas, papa savait que tu graffais le long des voies ferrées, il avait peur que tu te fasses tuer par un train ou que la police t'arrête. Qu'on le veuille ou non, tout le monde dans la famille devait s'intéresser à toi. Et tu ne passais jamais nous voir, je ne vois pas comment j'aurais pu…

— J'avais vingt ans, papa m'avait foutu dehors, je bossais le jour et je vivais la nuit.

— Tu faisais surtout un maximum de conneries, oui. Quand le téléphone sonnait la nuit, c'était soit l'hôpital, soit le commissariat de police.

— Ça a pu se produire, oui.

— Et c'est bien, ça te fait rire ! Pas moi, figure-toi. Tu ne t'es jamais demandé, par exemple, si toutes tes crétineries d'adolescent attardé ne pesaient pas sur nos vies ?

— J'avoue que non.

— Dans une famille de quatre, si l'aîné passe son temps à faire le con, les autres ont intérêt à marcher droit. C'est ce que j'ai fait. J'ai très vite compris que je ne devais pas causer d'ennuis supplémentaires aux parents et de toute ma scolarité ils ne m'ont pas entendue.

— Ben moi, ça ne m'a pas empêchée d'abandonner l'école à quinze ans comme David, remarque Coline. Il n'y a que Claire et toi qui ayez “marché droit”, comme tu dis.

— Parce que toi tu n'as pas souffert des bêtises de David peut-être ?

— Non, je crois même que je n'ai jamais su tout ce que tu racontes, là. C'est vrai que tu graffais dans le métro, David ?

— Ouais, entre deux passages de train…

— Oh là là… si j'avais su, ça m'aurait empêchée de dormir.

— Mais toi, Coline, s'agace Anna, tu n'écoutais rien de ce que disaient les parents. La seule chose qui t'intéressait, c'était de jouer avec tes Barbie.

— Ah oui, ça c'est vrai, convient-elle en éclatant de rire. Tu te souviens, papa ? À chaque début de vacances tu m'en achetais une nouvelle.

— On en trouvait aussi pas mal dans les brocantes.

— Et tu m'avais rapporté Raiponce de Los Angeles ! La Barbie Raiponce ! »

Cette fois, elle s'étouffe carrément dans son assiette.

« Vous êtes vraiment trop bêtes, soupire Anna sans parvenir à dissimuler un sourire.

— Bon, maintenant que tu m'as dit tout le mal que tu penses de moi, tu voudras bien que je vienne à ton concert ? »

Elle hausse les épaules, ne répond pas.

« Elle sera très contente si tu viens, dit Coline tout en se séchant les yeux avec sa serviette de table. Je la connais, Anna.

— D'accord, dit David. Mais en échange, Anna, tu passeras un jour dans mon atelier.

— Peut-être.

— Anna ! s'exclame Claire. Là, quand même, tu exagères !

— Tu crois qu'il n'a pas exagéré, lui ?

— Si tu viens, je te ferai un cadeau, ajoute David en se remettant à manger. Tu choisiras une sculpture qui te plaît. Je fais beaucoup de mains, j'en ai offert une à papa. Des gueules cassées, aussi, mais ça c'est pas vraiment ton style… »

Comme il a un bref ricanement, Anna, qui se détendait, repart aussitôt.

« Qu'est-ce que tu sais de mon *style* ? Qu'est-ce que tu sais de moi ? Tu ne me connais même pas.

— Mais David, bondit soudain Coline, tu n'as pas montré à Claire…

— Attends, oui, tout à l'heure… Là, je parle avec Anna.

— Qu'est-ce que tu ne m'as pas montré ? l'interroge Claire.

— Rien, laisse tomber.

— N'empêche, reprend Coline, qu'un jour, si ça se trouve, elles vaudront très cher les sculptures de David.

— Ha ha, j'aimerais bien ! Tu te souviens d'un truc que tu disais, papa ? Que j'ai jamais digéré d'ailleurs…

— Vas-y.

— "S'il y a une artiste dans cette famille, ce sera Claire." Je faisais des collages, des installations au plafond, je graffais dans tout Paris, mais tu ne voyais rien, ça ne t'intéressait pas. L'artiste, dans ta tête, c'était Claire.

— Non, mais papa…, commence Coline.

— Et finalement, l'interrompt David, la seule des quatre qui n'a aucun sens artistique, c'est Claire ! Ha ha, elle est bien bonne. »

Il a un rire un peu forcé parce qu'il ne l'a pas digéré, en effet.

« David, j'étais sans cesse en colère contre toi. Il m'est arrivé de repérer dans ta chambre un collage ou un dessin qui me touchait, mais très vite la colère m'aveuglait. Je n'ai sûrement pas été un bon père pour toi, mais je ne te souhaite pas d'avoir un jour le fils que tu as été pour moi. »

Il me regarde fixement, et peut-être entend-il que je tremble, que la colère est toujours là.

« Tu ne le sais pas, mais j'ai gardé certains dessins de toi et mon préféré est accroché dans mon bureau. Je l'ai fait encadrer.

— Excuse-moi, papa, c'était juste histoire d'évacuer ce truc. »

Durant un moment plus personne ne parle, par ma faute, à cause de cette phrase complètement déplacée au milieu de ce déjeuner, cette phrase sur le fils qu'il a été pour moi, mauvais père, certes, mais lui mauvais fils en retour, même si j'ai évité de justesse de le dire aussi crûment. Je m'en veux de m'être laissé aller. Cependant, si je prends la peine de réfléchir, je vois bien que ce qui a ravivé ma colère contre David c'est sa suffisance à l'égard de Claire – « la seule des quatre qui n'a aucun sens artistique ». Qu'est-ce qu'il en sait ? Comment ose-t-il ? Et Claire, bien sûr, n'a pas relevé. Claire n'a aucune conscience de ses qualités – sa finesse d'analyse, son attention aux autres, sa bienveillance, ses scrupules, son humour… Je suis le seul dépositaire du manuscrit qu'elle m'a adressé de Berlin quand elle y habitait avec son mari et leurs deux jeunes enfants pour que je lui donne mon avis. À vingt-huit ou vingt-neuf ans, son âge alors, j'aurais été incapable d'écrire un texte de cette force. Claire écrivait déjà à huit ans, j'ai conservé dans mon bureau tous ses carnets, sans jamais les ouvrir, comme je m'y étais engagé, mais dès cette époque j'ai su qu'elle serait écrivaine. Elle travaille ici et là, expérimente tous les métiers du livre pour retarder le moment de se mettre à écrire. Elle se prend si peu au sérieux qu'elle s'autorise à perdre du temps, mais je ne doute pas qu'un jour…

« Tu as fini, papa, me demande-t-elle, parce que la jeune fille attend…

— Ah pardon, oui.

— C'était pas mauvais, hein ? s'enquiert-elle à la ronde quand la serveuse a tout emporté.

— Le dessin de David que tu as mis dans ton bureau…, reprend Coline.

— La main transpercée par le stylo. Tu le connais, non ? Le sang qui coule a la couleur de l'encre.

— Ah oui, la symbolique ne saurait nous échapper ! rigole Claire.

— Moque-toi, rétorque David. N'empêche qu'il fallait y penser.

— Tu avais quel âge, quinze ans ?

— Papa ! J'avais à peine treize ans. J'étais allé te piquer une de tes cartouches d'encre violette pour faire le sang.

— Je l'aime beaucoup ton dessin... Quand je l'ai vu qui traînait par terre dans ta chambre j'ai compris qu'il allait finir à la poubelle et je l'ai pris. Plus tard, j'ai pensé que c'était une façon de me signifier que tu me comprenais.

— Ah ouais ?

— Si tu me faisais un sang d'encre, c'est que tu admettais que je devais écrire, que c'était... dans mon sang.

— Oui, et alors ?

— C'est mon premier roman qui t'a coupé de tes cousins et de toute ma famille, ma nombreuse famille. J'aurais pu éviter ça en renonçant à le publier, ce que me demandaient mes frères et sœurs. Ils m'avaient prévenu que si je passais outre ils ne me verraient plus, et que tu subirais le même sort. Je n'ai pas tenu compte de leur menace, je l'ai publié, j'ai choisi mon intérêt contre le tien. Tu avais six ans, je me suis même dispensé de te demander ton avis.

— Je t'aurais dit de le publier. Je pense que tes frères et sœurs sont des gros connards de t'avoir fait ce chantage.

— C'est ce que tu penses aujourd'hui, mais sur le moment, et dans les années qui ont suivi, tu as souffert de notre isolement. Peut-être que ton adolescence aurait été moins chaotique si tu avais eu tes cousins et d'autres adultes autour de toi.

— Peut-être.

— Tout ça pour t'expliquer que j'ai interprété ton dessin comme un geste de soutien à mon égard alors que, par ailleurs, on ne faisait que s'engueuler. »

David se tait tandis que Claire a une moue moqueuse :

« C'est pas un peu tiré par les cheveux ?

— Non mais surtout, objecte Anna (de nouveau bien remontée, je vois ça), papa oublie qu'il a quatre enfants. Parce que nous, peut-être, tu ne nous as pas coupées de nos cousins et de nos oncles et tantes ?

— Vous n'étiez pas nées, Anna ! Enfin, Coline et toi n'étiez pas nées, je ne risquais pas de vous couper de qui que ce soit. Et Claire avait trois ans.

— Tu aurais pu te dire qu'un jour tu aurais d'autres enfants et penser à eux au lieu de ne penser qu'à toi.

— J'aurais pu, oui, mais je n'imaginais pas qu'on se séparerait avec Agnès, et encore moins que je me remarierais avec Esther.

— Ça, c'est vrai, Anna, dit Claire, tu ne peux pas reprocher à papa de te faire du tort alors que tu n'existais pas.

— De toute façon, il n'a jamais pensé qu'à lui. Hein, papa, tu ne peux pas prétendre le contraire ?

— Anna, comment peux-tu dire ça, s'exclame Coline, alors que papa ne t'a jamais rien refusé ! La petite chouchoute…

— Je parle pour ses livres, crétine, pas dans la vie de tous les jours, bien sûr. Pour ses livres, il s'est toujours fichu des conséquences. C'est pas vrai, papa ?

— Je ne me fiche pas des conséquences, Anna, je ne veux pas y penser, c'est un peu différent. Sinon, je sais que je risquerais de m'interdire d'écrire certaines choses.

— Et alors ?

— Et alors ce qui m'intéresse c'est de ne rien cacher de toutes les horreurs qui me traversent, dis-je en riant. Parce que ces horreurs-là nous traversent tous plus ou moins et que si les écrivains ne les formulaient pas, personne ne le ferait.

— Bref, heureusement que tu es là pour nous les dire, si je résume.

— Après beaucoup d'autres, ma chérie. À quinze ou seize ans je serais peut-être devenu fou si je n'avais pas reconnu dans les livres des pensées qui me tourmentaient. Des pensées inavouables. Je me suis senti moins seul grâce aux écrivains. Tu comprends ? »

Elle secoue la tête, comme si elle estimait inutile toute discussion.

« Là où Anna n'a pas tort, dit Claire, c'est qu'au nom de ton travail si important pour toi – et ça je ne le conteste pas – tu mets dans tes livres toutes les personnes qui comptent, ou ont compté pour toi – tes ex-femmes, tes frères et sœurs, tes parents, tes amantes, tes voisins, et même nous, tes enfants, que les gens soient d'accord ou pas.

— Oui, voilà, je ne leur demande pas leur avis. Vous voulez des desserts ?

— Ouah, l'esquive ! rigole David. Trop fort, papa ! Vous avez remarqué comment il a pris la tangente ? Oui, on veut bien des desserts, et en échange on arrête de t'emmerder.

— Merci. »

Je les entends rire puis choisir leurs desserts. Une nouvelle fois la conversation va donc s'interrompre sur la question du consentement, s'y embourber, devrais-je dire. Je songe à écrire sur ma relation si complexe avec eux, mes enfants, si confuse, je le dois pour ne pas mourir idiot. Je n'ai pas l'intention de « balayer sous le tapis » (pour reprendre une expression chère à Ingmar Bergman) tout ce qui s'est joué entre eux et moi. Sûrement pas. Ainsi, de ce déjeuner, je pourrais, par exemple, tirer un livre. Mais si je le leur annonçais, là, tout de suite, si je leur demandais leur consentement, ils hurleraient que non, jamais, que je leur ai suffisamment pourri la vie comme ça avec mes livres et ils quitteraient la table en se passant de dessert. C'est peut-être leur droit de m'interdire d'écrire sur la façon dont nous nous sommes aimés et querellés durant ces trois dernières décennies, oui, mais c'est aussi mon droit de l'écrire. Et il n'existe personne pour nous départager. Certes, c'est de leur vie qu'il s'agit, mais c'est aussi de la mienne. D'une partie seulement de leur vie, et d'une partie seulement de la mienne – celle qui concerne notre lien. Si j'écrivais ce livre, je prendrais bien garde de ne pas aller au-delà, de ne pas violer leur intimité, mais il me faudrait remettre en scène nos controverses pour comprendre comment je me suis débrouillé avec chacun d'entre eux, et aussi comment j'ai aimé chacun d'une façon bien différente des trois autres. Quelle entreprise, n'est-ce pas ? Qui se finirait sur un sentiment partagé d'inachèvement, je n'en doute pas. Mais s'ils surmontaient leur colère, ils pourraient au moins se dire que jusqu'aux derniers moments j'aurai tenté d'éclairer, et aussi de sauver, ce qui a existé entre nous.

« Claire, dis-je, vous prétendez ne pas ouvrir mes livres, mais apparemment vous savez bien qui en sont les personnages.

— Je n'ai pas besoin de les lire pour le savoir, il suffit de voir la tête de maman chaque fois que tu en sors un nouveau. *(Rire.)*

— Elle ne les lit pas non plus, elle me l'a dit…

— Elle doit quand même les entrouvrir parce qu'elle me demande chaque fois quand est-ce que tu te décideras à l'oublier.

— Mais c'est idiot ! Comment est-ce que je pourrais l'oublier ? C'est comme si elle me demandait d'effacer vingt ans de ma vie. Ces années-là sont faites en partie d'elle, elle est présente dans presque tous mes souvenirs.

— Oui, bon, je n'ai pas envie de me disputer avec toi. C'est d'ailleurs pour ça que je ne veux pas lire tes livres. Mais on ne réagit pas tous de la même façon, je crois qu'Anna en a lu certains.

— Je les ai tous lus », dit Anna.

Et puis elle se tait. Le rapide regard qu'elle me lance n'est pas aimable. Elle m'avait laissé entendre qu'elle lisait parfois des passages, ici ou là, allant jusqu'à me mettre en garde après le gros roman sur ma séparation avec Esther – « Tu sais, papa, si tu continues comme ça, il ne faudra pas que tu t'étonnes si on ne te voit plus. » J'avais continué comme ça, et nous avions continué à nous voir. Elle a donc lu tous mes livres, je ne le savais pas, les autres non plus, je vois ça à la façon dont ils semblent suspendus à ses lèvres.

« Tu les as tous lus, vraiment ? dis-je en feignant d'en être amusé pour reprendre le fil.

— Tu te permets d'inventer des choses qui ne se sont jamais produites. Par exemple…

— Je transpose, oui, pour essayer…

— Non, s'il te plaît, papa, je n'ai aucune envie d'en parler.

— Mais tu ne peux pas m'empêcher de te répondre !

— Si. Je veux te dire ça, mais je ne veux pas entendre tes explications, je n'ai pas envie de parler de tes livres. Par exemple, dans le dernier, tu fais apparaître maman dans ta maison alors que tu ne l'as pas revue depuis sept ans. Par ta faute, d'ailleurs, parce qu'elle trouverait très bien que vous vous revoyiez.

— C'est ce que j'essaie de te dire, Anna, j'invente le plus souvent pour essayer…

— Papa, je ne veux pas en parler.

— Alors n'en parle pas, s'énerve Coline. Sinon tu ne peux pas l'empêcher de te répondre.

— Toi, on ne t'a pas demandé ton avis.

— Oui, eh bien je le donne quand même. Moi, papa, je n'ai lu aucun de tes livres et je n'ai pas l'intention de les lire. C'est ta vie, ce sont vos histoires qui n'en finissent plus. Je peux juste te dire que je n'ai aucune envie que tu parles de moi. Et je comprends que maman ne soit pas contente. »

Coline, qui a envisagé de changer de nom, quelques mois plus tôt, quand une de ses collègues de travail lui a demandé si, « par hasard », elle ne serait pas la fille de l'écrivain. Le soir même, je l'avais au téléphone – « Ce n'est pas contre toi, papa, hein, c'est juste que je n'aime pas qu'on se mêle de ma vie. — Je comprends, ma chérie, je vais me renseigner, mais je crois que c'est assez compliqué, et assez cher aussi. En tout cas si c'est possible, et quel que soit le prix, je payerai, ne t'en fais pas. » Je m'étais entendu le dire : je voulais bien payer pour qu'un de mes enfants ne s'appelle plus comme moi. C'est avouer si je me sens coupable tout en ne trouvant pas la solution.

Le silence est pesant quand la serveuse nous apporte les desserts.

« Bon, dit David, aussitôt la jeune fille repartie, est-ce que quelqu'un n'aurait pas une histoire drôle ?

— Ah ah, fait Anna.

— Tu vois, papa, ce qui est bien avec la sculpture, reprend-il, c'est qu'on ne peut pas me faire ce genre de procès. Je peux dire tout ce que je veux, comme toi, mais ce n'est pas explicite.

— Anna, dis-je, je me souviens de ta réflexion, pour ne pas dire de ta menace, après le livre sur ma séparation avec Esther. Il rendait compte des trois années les plus terrifiantes de ma vie d'homme. Comment peux-tu imaginer que je passe à autre chose sans en faire le récit ? Et un récit à ma façon, oui, qui s'écarte de la seule relation des faits. Pour dire le tremblement, l'effondrement, il faut travailler les phrases jusqu'à ce qu'elles éclairent ce qu'il y a de plus obscur en nous, d'indicible, d'inavouable. Et s'il faut inventer une scène pour faire resurgir l'émotion ou l'horreur d'un moment, je vais l'inventer, bien sûr. Tu vas prétendre que je suis un menteur alors qu'au contraire j'aurai passé des dizaines d'heures à travailler et retravailler la même scène pour attraper un sentiment fugace – mais si prégnant cependant qu'il revient dans mes cauchemars. Je vous entends tous les quatre me reprocher d'écrire, d'écrire ce que j'écris plutôt que de "vrais romans", comme me l'a dit un jour Agnès, mais je ne comprends pas : comment pouvez-vous imaginer traverser la vie en effaçant le film au fur et à mesure ?

— Qui te dit qu'on efface le film ? rétorque Anna. J'écris tous les jours depuis l'année de mon bac, en particulier pour ne rien oublier de la façon dont vous avez tout détruit, maman et toi, jusqu'à vous détester.

— C'est vrai, Anna ? Tu écris ? Excuse-moi, je ne savais pas.

— Tu ne savais pas parce que ça ne t'intéresse pas.

— Tu ne peux pas me dire ça, ma chérie, tu ne peux pas me dire que je ne m'intéresse pas à toi.

— La preuve ! J'ai quitté la maison à dix-sept ans pour faire mes études en Angleterre et depuis dix ans tu n'as jamais su que j'écrivais.

— Comment aurais-je pu le savoir si tu ne me le dis pas ?

— En me posant la question, par exemple. Mais vous étiez bien trop occupés à vous faire la guerre pour penser à nous. Et ensuite tu as été bien trop occupé par toi-même.

— Anna, j'aurais dit que de mes quatre enfants, tu es celui auquel j'ai été le plus attentif. J'ai encore le souvenir de nos promenades rue de Rome pour aller regarder les violons. Tu me donnais la main, et puis on entrait dans les magasins et j'adorais te regarder et t'écouter quand tu interrogeais le luthier.

— J'avais onze ans, papa. Tu me ressors chaque fois les mêmes vieilles histoires.

— Je te dis ce qui a compté pour moi.

— Oui, voilà, on dirait que pour toi le temps s'est arrêté à ce moment-là. Mais c'était il y a plus de quinze ans, je te rappelle. »

Et brusquement elle me sourit.

« Non, mais c'est pas grave, papa, j'ai pas envie que tu te sentes mal. C'est vraiment pas grave, tout va bien, je vais très bien et j'aime ma vie. »

Alors elle allonge le bras pour me caresser la main par-dessus sa coupe de sorbet.

« Ce que te reproche Anna, dit David, ce n'est pas d'écrire, finalement, c'est de publier.

— J'ai bien compris. »

Ce qu'ils me reprochent tous les quatre, en vérité, et David le premier, qui est allé jusqu'à me faire un procès, après notre rupture, pour réclamer la destruction d'un roman dans lequel il s'estimait insulté (il avait obtenu de l'argent mais pas la destruction du livre, par bonheur). Imagine-t-on un peintre refusant de montrer ses toiles et les empilant dans une soupente ? Je suis écrivain, c'est la place que j'ambitionnais d'occuper à vingt ans, aucune autre n'existait à mes yeux. Seuls les écrivains me réconfortaient de la tristesse d'exister. Si je le devenais à mon tour, pensais-je, je me réconforterais avec mes propres livres et, au lieu de me sentir écrasé sous le poids des choses, chaque jour et inlassablement je les affronterais. J'entrerais en résistance d'une certaine façon. Je n'avais aucune disposition pour l'écriture et il m'a fallu travailler une quinzaine d'années avant d'accoucher d'un premier texte qui soit publiable.

« Je suis écrivain, dis-je doucement, tandis que nous mangeons tous silencieusement notre dessert. Et un écrivain publie, sinon il n'est pas écrivain.

— Un sculpteur qui ne vendrait pas ses œuvres ne serait pas sculpteur, selon toi ?

— La question du statut, du revenu, sanctionne l'engagement dans un métier, quel qu'il soit. Et le risque pris. C'est ce qui différencie celui qui tient un journal intime d'un écrivain, un peintre du dimanche d'un peintre professionnel. Seul celui qui prend le risque de vivre de ce qu'il produit peut se targuer d'être écrivain ou peintre. Ou sculpteur. »

Aucun ne relève, ils se demandent sans doute pourquoi je ratiocine subitement, marmonnant et parlant bas. Laissons-le radoter, il est vieux, doivent-ils penser. Ils m'ont toujours connu écrivain, ils ne savent rien des années que j'ai passées à essayer d'écrire. Ils n'ont aucune idée du combat que cela a représenté et de mon éblouissement lorsque j'ai vu en librairie mon premier roman. Après tant d'efforts, venant d'où je viens. De mon éblouissement lorsque j'ai su que désormais je possédais le stratagème pour m'extraire du large fleuve qui nous emporte tous à la mort et dénoncer le mauvais sort qui nous y est fait. Avant d'y retourner, n'est-ce pas, puisque je n'allais pas rester enfermé dans mon grenier une fois le livre terminé. J'avais envie de revoir Agnès, puis Esther, de faire l'amour avec elles, et c'est comme ça qu'on se retrouve à nager avec quatre enfants auxquels il faut tout apprendre. Oui, mais il dépendait de moi désormais de remonter dans mon grenier pour écrire un nouveau livre. Et je l'ai fait, j'ai pris garde à ne rien laisser passer – dix, quinze, vingt romans peut-être. Parfois, j'ai songé que si les événements et le temps ne me pressaient pas sans cesse, je pourrais faire l'effort d'écrire un « vrai roman », comme dit Agnès, dissimulant mes héros sous des noms d'emprunt, mais le temps m'a manqué pour raffiner et je vois qu'il va me manquer de plus en plus.

Songer qu'ils ne connaissent pas mon travail, que la seule qui le connaisse s'arrête à ce qu'elle juge « mensonger » me précipite le plus souvent dans un sentiment d'impuissance et de tristesse. Certains jours, relisant l'unique lettre que Toto m'a écrite en soixante-seize années de vie, je me découvre en colère contre mes enfants : quoi, je leur laisse entre sept et huit mille pages et non seulement ils ne me remercient pas mais ils s'en détournent comme si tout cela leur donnait envie de vomir. Quand Claire et Anna tombent sur une critique élogieuse (mes deux autres enfants n'ouvrent pas les journaux), j'ai aussitôt l'espoir qu'elles vont avoir une curiosité nouvelle, un autre regard, et je suis chaque fois déçu. Qu'est-ce que j'espérais ? Leur curiosité, et pourquoi pas leur soutien, comme j'avais espéré que Toto me raconterait sa vie secrète et les réflexions qui avaient dicté ses choix lorsque je l'avais emmené en voyage sur les lieux de son enfance puis de ses premières années de mariage. J'allais avoir quarante ans, il en avait soixante-dix, mon âge aujourd'hui. Pourquoi ne s'était-il pas engagé dans la Résistance, lui qui avait vingt ans en 1940 ? Pourquoi ne nous avait-il pas parlé des rafles et de la Shoah quand nous étions adolescents ? Pourquoi toute sa vie avait-il soupçonné les Juifs de lui faire du tort ? Pourquoi avait-il épousé notre mère et pourquoi ne l'avait-il pas quittée alors qu'elle n'avait pas cessé de le « faire braire » ? Pourquoi avait-il eu onze enfants quand il gagnait à peine de quoi en nourrir deux ? J'étais rentré déçu, durant les dix jours qu'avait duré ce pèlerinage il n'avait fait que tergiverser, mentir, nier, ergoter, me donnant le sentiment qu'il n'avait pas de pensée propre et avait mené sa vie à tâtons. J'imagine qu'observant mes enfants grandir depuis mon grenier où je passais mes journées à écrire, je me suis cru plus malin que Toto, plus perspicace, me racontant qu'avec tous ces livres ils entreraient en confiance dans la vie, fiers de leur père, sachant d'où ils venaient et tirant des leçons de mon entêtement à ne rien cacher.

« Mais merde, Claire, dis-je subitement, sous le coup de la colère, pourquoi ne dis-tu rien ? Tu es la seule des quatre à savoir ce que c'est qu'écrire et tu te tais !

— Ça ne va pas, papa, de lui parler sur ce ton ! s'indigne aussitôt Coline.

— Comment ça, je me tais… qu'est-ce que tu voudrais que je dise ? Je ne comprends pas. »

Claire, dont la main tremble soudain au-dessus de sa coupe de glace.

« Tu sais le courage qu'il faut pour écrire, tu sais qu'il faut parfois passer par la fiction pour dire une vérité impossible et que ce n'est pas pour autant un mensonge, et tu les laisses parler de mes livres comme s'ils sentaient les égouts. L'une qui me traite quasiment de menteur et l'autre qui voudrait changer de nom pour n'avoir plus honte d'être ma fille.

— Papa, je t'ai dit que je ne lisais pas tes livres…

— Oui, pour ne pas te disputer avec moi. J'ai entendu. Eh bien je préférerais que tu les lises et qu'on se dispute.

— Mais papa, tu es fou, je n'ai pas honte de toi ! » s'exclame Coline.

Et, déjà, elle est au bord des larmes.

« Comment peux-tu penser une chose pareille ? Tu sais bien…

— Et moi, je ne t'ai jamais traité de menteur, siffle Anna. Comme d'habitude, tu déformes tout.

— Attendez, attendez, s'il vous plaît, répète Claire, s'efforçant de les faire taire, je veux savoir ce que tu me reproches, papa.

— Je te reproche de ne pas prendre position, je te reproche ton silence, ta neutralité, alors que tu es la seule des quatre à écrire.

— Comment est-ce que je pourrais prendre position puisque je ne lis pas tes livres ?

— D'accord, tu ne les lis pas, mais alors que tu écris toi-même, tu n'as pas un mot pour me défendre. De toute façon, je trouve incompréhensible que vous ne me lisiez pas, toi comme les deux autres, incompréhensible que vous vous foutiez de tout ce que j'écris depuis quarante ans. Votre désinvolture, quand ce n'est pas votre mépris. J'aurais tellement aimé tomber sur un manuscrit de mon père après sa mort. Et rien, je n'ai trouvé aucun texte de lui durant son adolescence, même pas une vieille rédaction, aucune lettre de lui à ma mère, aucun carnet secret dans lequel il aurait noté les choses idiotes, tristes ou folles qui le traversaient. Vous êtes tous adultes aujourd'hui, et cependant vous préférez vous comporter comme des petits. De sorte que nous avons des conversations de petits à parent, comme si le temps n'y faisait rien. De quoi avons-nous parlé depuis le début du repas ? De vos souvenirs d'enfance et d'adolescence, de vos petites rancunes, mais nous n'avons rien dit de vos vies d'adultes, de votre regard d'adultes sur la vie issue de cette enfance. Lorsque nous nous parlons, je dois faire comme si je n'avais pas écrit tous ces livres car, à part Anna, vous ne savez rien de ce qui s'est joué dans nos têtes d'adultes. Vous ne voulez pas savoir, vous voulez rester petits, et nous demeurons donc des énigmes les uns pour les autres alors qu'enfin nous pourrions nous parler en adultes.

— Je sais que tu aimerais que j'écrive, mais je n'écris pas, proteste Claire d'une voix à peine audible.

— Tu écris, si. Ton premier manuscrit était prometteur et, depuis, j'attends le suivant.

— Eh bien tu risques de l'attendre longtemps, dit-elle en me souriant furtivement.

— Tu t'es fait peur, c'est ça ? Et tu n'as pas envie de recommencer.

— J'ai vu que je pouvais faire du mal et abîmer beaucoup de choses autour de moi, et j'ai préféré arrêter.

— Tu as vu ce qu'on ne peut pas voir tant qu'on ne se met pas à écrire, et j'ai sûrement espéré que toi, au moins, tu comprendrais mon travail, pour ne pas dire mon entreprise.

— De démolition, ajoute David avec un petit ricanement. Excuse-moi, papa, c'était trop tentant, je n'ai pas pu résister.

— Pour une fois, je suis d'accord avec David, dit Anna sans le regarder.

— Je retiens que vous considérez comme une entreprise de démolition de revenir sur les événements de nos vies plutôt que de faire comme si rien ne comptait. À ce propos, Anna, j'en profite pour te dire que je ne reverrai pas Esther, bien qu'elle trouverait « très bien » que nous nous revoyions. Eh bien pas moi, figure-toi. Il m'a fallu écrire tout un livre pour comprendre ce qui nous est arrivé, quelle femme se cachait derrière celle que j'ai tellement aimée, tu n'as qu'à le relire si tu te demandes pourquoi je ne veux pas la revoir.

— Je le comprends, ton travail, reprend Claire, mais ne me demande pas de le défendre, papa, je ne suis pas prête à me brouiller avec la terre entière comme tu l'as fait. Je trouve que c'est cher payé pour des vérités que les gens n'ont pas envie d'entendre. J'aime ceux qui m'entourent, j'aime la vie que nous sommes parvenus à construire, j'aurais peur de les faire souffrir inutilement.

— Toi, dit Coline, tu penses qu'écrire est au-dessus des liens familiaux, de l'amitié, au-dessus de tout, en fait. Tu penses qu'il faut tout dire, ne rien cacher, ne rien oublier. Mais moi je pense que les liens familiaux sont bien plus importants que l'écriture. J'ai retrouvé une famille grâce à mon fiancé, puisqu'on peut dire qu'il ne reste pratiquement plus rien de la nôtre, et je suis d'accord avec Claire : je n'aimerais pas leur faire du mal. Je sais que tu vas sourire, mais pour moi c'est précieux une famille. C'est sans doute pourquoi j'ai envisagé de changer de nom, pour dresser une frontière infranchissable entre les ruines de la nôtre et la nouvelle. J'aimerais qu'ils ne sachent pas d'où je viens, comme si le mal qui nous a gangrenés pouvait les atteindre s'ils l'apprenaient. Je n'ai pas honte de toi, papa, tu fais ce que tu veux, ç'aura été ta vie tous ces livres, toutes ces ruptures, mais pour moi je veux une vie différente. »

Elles m'observent l'une et l'autre avec tristesse, l'air de ne pas comprendre ce que j'attends d'elles et comment je peux leur reprocher quoi que ce soit. L'air de se demander pourquoi je me suis mis en colère, soudain, et comment nous allons pouvoir reprendre notre relation d'avant maintenant que tout cela a été dit. Jamais nous n'avions eu cette conversation autour de mes livres, Anna seule avait osé s'en approcher parfois, mais sans recevoir le soutien des trois autres. Lorsque David avait porté plainte contre un de mes romans, Claire avait refusé de le soutenir, ils s'étaient violemment accrochés, et leurs sœurs étaient restées silencieuses. Il était allé seul devant le tribunal, et quand nous nous étions réconciliés, quatre ans plus tard, il n'avait plus jamais fait allusion à ce que je publiais.

Je suis le seul à pouvoir comprendre l'origine de ma colère car elle est en lien avec mon départ – sans doute n'ai-je pas voulu disparaître avant de leur avoir dit combien leur dégoût pour mon travail m'a touché. Seulement j'ai laissé passer le moment de leur annoncer ce départ et, si je le faisais maintenant, l'effet serait désastreux : ils seraient capables de voir dans mes reproches la raison de ma décision.

Ils ont fini leurs desserts et se tiennent silencieux. Si le repas avait été amical et tendre, comme le sont habituellement nos repas en tête à tête, je devrais dire maintenant : « Bon, mes chéris, moi je dois y aller, j'ai encore beaucoup de choses à faire, je vous appelle et on se revoit lors de mon prochain passage à Paris », mais là c'est tout à fait impossible, nous ne pouvons pas nous quitter sur ces échanges pleins de rancœur, de regrets, ce serait comme abandonner une fouille malheureuse sans même prendre la peine de refermer les excavations.

David se roule une cigarette, et comme nos regards se croisent :

« Tu en veux une, papa ?

— Avec plaisir. »

Il doit être à peine quinze heures, la table où le couple prenait son petit déjeuner a été desservie et la jeune serveuse semble attendre que nous partions à notre tour pour pouvoir s'en aller. Une ambulance passe en trombe sur le boulevard, puis un souffle tiède et paresseux fait frissonner le tilleul au-dessus de nos têtes. Alors je songe au Jardin des plantes, si étroitement lié à notre reconstruction quand Esther était entrée dans ma vie, un mois d'avril ou de mai. Je songe au Jardin des plantes comme s'il avait une vertu réparatrice, traversé du souvenir de mes enfants petits, de nos pique-niques « en famille » de nouveau, David qui avait perdu confiance, dont le regard s'était assombri mais qui, malgré tout, avait feint de croire qu'on pouvait recommencer, Claire qui avait aussitôt marché, puis Esther conduisant la poussette d'Anna jusqu'au carré d'herbe où nous avions l'habitude de déjeuner et David prenant alors ses premières photos – mais tiens, c'est vrai, lui aussi avait pensé devenir photographe. Il m'avait semblé qu'à ce moment-là il avait repris confiance. Nous y étions retournés après la naissance de Coline, mais de moins en moins, et de plus en plus rarement avec David.

« Et si on allait prendre un café au Jardin des plantes, dis-je. Ce n'est pas loin, nous n'avons que le boulevard à redescendre.

— Pourquoi pas en prendre un ici ? s'étonne David.

— Parce que ça fait plaisir à papa d'aller au Jardin des plantes, lui rétorque Coline. Hein, papa ?

— D'y retourner, dit Claire. Quand on habitait l'île Saint-Louis…

— On a habité l'île Saint-Louis ? »

Coline, sidérée.

« Bien avant ta naissance, lui confirme David.

— Trop bien ! Je ne savais pas…

— Quand papa vivait seul.

— Un appartement qu'un ami avait accepté de me sous-louer quand on s'est séparés, Agnès et moi. C'est comme ça qu'on a découvert le Jardin des plantes.

— Et c'est là que papa nous a présenté Esther, dit Claire. Tu te souviens, David ?

— Ouais. »

Le regard d'Anna sur son frère. Elle sait que David nourrit une rancune tenace à l'égard d'Esther, qui le lui rend bien, et elle ne le laissera pas dire un mot désagréable sur sa mère.

« Toi, Anna, dis-je, tu as des souvenirs du Jardin des plantes ?

— Bien sûr. Tu m'emmenais voir les serres, tu disais que tu allais en construire une sur le mont Ventoux, derrière la maison, pour protéger tes petits arbres du mistral. Vous veniez d'acheter la maison.

— Ah oui, c'est vrai.

— Et finalement tu ne l'as pas construite.

— Non, parce que les plantes ont cessé de m'intéresser. Quand j'ai rencontré Esther j'entretenais une mini-forêt dans mon appartement, et puis votre arrivée, à toi et Coline, a dû combler petit à petit mon besoin de jardiner. »

Je vois Claire sourire à sa façon, imperceptiblement moqueuse, et aussitôt je crains d'avoir laissé échapper une métaphore sexuelle. Je me rappelle son rire un jour où je racontais comment ma passion pour l'arrosage du gazon m'était soudain passée quand Agnès était tombée enceinte – « Ah oui, vraiment… Et tu n'as pas fait le lien ? Papa ! ».

« Entendu, dit-elle, allons au Jardin des plantes, ce sera plus sympa qu'ici. Vous êtes partantes, les filles ?

— Coline est d'accord, et moi aussi, dit Anna, donc quatre voix contre une, on ne te demande pas ton avis, David.

— Écoutez-la, celle-ci ! Tu m'emmerdes, si j'ai envie de me tirer, je prends mon camion et je me tire.

— Tout de suite le révolté, ironise Coline en lui caressant la joue. Mon David…

— OK, dis-je en me levant, je paye et on y va. »

Anna est visiblement heureuse de réenfourcher son vélo, Claire veut bien profiter du camion et Coline glisse son bras sous le mien.

« Nous, papa, on y va à pied.

— Avec plaisir, ma chérie. »

Durant la première minute, nous marchons silencieusement.

« Tu es toujours en colère, papa ?

— Je pense que je le suis depuis longtemps, et puis brusquement c'est sorti. Je ne le regrette pas, c'est une chose que je voulais vous dire depuis longtemps.

— Mais moi, je ne lirai pas tes livres, tu sais, ça ne m'intéresse pas vos histoires.

— J'ai compris. Seulement "nos histoires" sont aussi la tienne.

— Pas si je le refuse. J'ai trouvé une nouvelle famille où chacun est attentif à l'autre, où il y a de l'amour, si tu les connaissais tu le ressentirais tout de suite. Nous allons inventer autre chose en faisant bien attention à ne pas laisser entrer chez nous ce qui vous a détruits. »

Il me revient en l'écoutant que moi aussi j'ai cru, avec mon premier roman, me débarrasser de toute la merde de nos parents et pouvoir célébrer l'année zéro d'une nouvelle ère avec Agnès et nos deux jeunes enfants. Que mes frères et sœurs se détournent de moi à cause de ce livre, je ne l'ai pas prévu, mais cela m'a conforté dans le sentiment que nous allions inventer autre chose à nous quatre. Que nous allions obstinément refuser l'héritage. Cependant, le livre a précipité ma rupture avec Agnès, et si ma vie a été bien différente de celle de mes parents, elle a été largement aussi chaotique.

« Je te comprends, Coline, dis-je, et je te souhaite de réussir.

— C'est vrai ? Tu ne dis pas ça par dépit ?

— Je ne crois pas, non, même si ta défiance à mon égard n'est pas agréable à entendre.

— Reconnais quand même que tu ne penses qu'à toi et que tu te fiches des dégâts que provoquent tes livres.

— Admettons que je m'en fiche.

— Oui, tu n'as aucune empathie, jamais tu ne te mets à la place des gens qui se retrouvent dans tes livres. Tu crois que maman, par exemple…

— Attends, Coline, si je suis vivant aujourd'hui c'est parce que j'écris. À vingt ans, j'étais profondément dépressif, si je n'avais pas pris la décision d'écrire pour retourner la situation et accabler la vie de mes livres plutôt qu'être accablé par la vie, je n'aurais pas survécu bien longtemps, je le sais.

— Voilà, c'est bien ce que je dis, tu n'as jamais été préoccupé que de toi. Alors tu aurais mieux fait de ne pas te marier, papa, et de ne pas avoir d'enfants, parce que tu vois bien qu'aujourd'hui ni nous ni tes femmes ne sommes contents d'être devenus tes personnages.

— Quand nous serons tous morts, Coline, et que plus personne n'aura le loisir de s'adonner au voyeurisme, j'ai l'espoir que les lecteurs trouveront dans mes livres ce que nous espérons tous en ouvrant un roman : un petit supplément de réflexion sur des plaisirs ou des chagrins que nous partageons tous. Je me suis mis à lire fébrilement à douze ou treize ans quand j'ai compris que j'allais trouver ça dans les livres – des choses qu'on préfère taire.

— Quand nous serons tous morts… on dirait que tu ne t'entends pas parler. Tu es comme David, complètement mégalo. Parce que tu crois peut-être qu'on lira tes livres dans cent ans ! Pfuttt… Obnubilés par votre nombril.

— Si je ne croyais pas en ce que j'écris, ma chérie, je n'y passerais pas chaque jour l'essentiel de mes heures.

— Et pendant ce temps-là, des gens dorment dans la rue et se demandent s'ils ne vont pas mourir de faim.

— Oui. Mais regarde, Coline, même toi tu as été rattrapée par la nécessité de penser à toi. On ne peut pas s'effacer au nom des autres, se noyer dans leur malheur pour oublier ce qui nous traverse. Je veux bien croire que tu as trouvé une famille idéale pour remplacer la nôtre, que les choses cachées ne t'intéressent pas, comme tu le disais ce matin devant les gueules cassées de David, mais il n'empêche que tu as démissionné parce que tu n'en pouvais plus.

— Oui, eh bien ça me regarde. Je sais que dans cinq minutes tu vas regretter que je ne sois pas restée photographe.

— Je le regrette déjà.

— Tu vois ! Je sais aussi que tu en veux à maman de m'avoir expliqué que je ne suis pas une artiste.

— Je ne crois pas que l'empathie et le don de soi pour une cause, quelle qu'elle soit, nous permettent d'oublier durablement qui nous sommes. Et je me demande si un jour tu ne reviendras pas à une expression artistique.

— Bon, papa, laisse tomber s'il te plaît. »

Bien que je l'énerve, elle ne lâche pas mon bras et nous poursuivons notre chemin attachés l'un à l'autre mais sans parler. Puis elle aperçoit Anna sur son beau vélo, dans son tee-shirt vert fluo, appuyée à la grille du jardin en nous attendant et elle étouffe un rire.

« Anna ! Elle fait ses trucs, elle a besoin de personne. En fait, elle est comme toi, papa.

— Tu crois ? Elle est difficile, hein, mais c'est incroyable ce qu'elle me touche.

— Moi aussi. Pourtant c'est rare qu'elle soit gentille avec moi. Enfin maintenant ça va mieux, je m'arrange pour qu'on s'entende bien.

— J'ai remarqué, oui.

— Ah, merci, ça me fait plaisir. »

Et soudain nous courons pour traverser le boulevard avant que le feu passe au vert et je sais qu'Anna ne va pas être contente – « Papa, quand le bonhomme est rouge on ne traverse pas, tu es comme un enfant, il faut tout te dire » (quand nous nous promenons dans les rues d'Avignon, de Carpentras ou de Paris), et comme je ris invariablement, elle se met en colère : « C'est pas drôle, un jour tu te feras renverser. »

« C'est pas drôle, dit-elle, le front courroucé sous son casque en nous voyant débouler devant elle, un jour vous vous ferez renverser.

— Oui, ma chérie (lui caressant la joue), et on ne pourra pas dire que tu ne m'auras pas prévenu. Les autres ne sont pas arrivés ? »

Elle hausse les épaules, agacée.

« Ben qu'est-ce qu'ils font…

— Là-bas », dit Coline.

Ah oui, à l'autre bout de la rue Buffon, en train de se garer.

Quand nous les rejoignons, ils bavardent sur le trottoir, à l'arrière du camion, devant les portes closes. David explique qu'il s'en fout de la plastique de ses modèles, qu'il essaie de donner forme à ce qu'il devine, ou ressent, et qu'aussi bien le rendu pourrait être un visage déformé par la douleur, ou en train de hurler.

« Je comprends, dit Claire. Tu me montres, maintenant ?

— Oui, oui, mais je préférais te prévenir. »

Alors il ouvre et les œuvres apparaissent, certaines renversées. Le buste de Claire, lui, est resté debout.

« Ah…, fait-elle après un moment. Alors c'est comme ça que tu me vois…

— Il est fort, hein ? dit Coline.

— … bien plus vieille qu'en réalité, poursuit Claire, avec ce truc qui me barre le front… Je ne sais pas trop quoi en penser.

— C'est pas du tout toi, dit Anna.

— Si tu ne le veux pas, observe David en se roulant une cigarette, c'est pas un problème, j'ai une galerie qui me l'a demandé, je ne serai pas vexé. »

Comment savoir ce qu'il pense vraiment ? Je dirais qu'il aurait aimé que Claire soit enthousiaste et qu'il va ruminer sa déception pendant des mois avant de la lui balancer à la figure au détour d'une conversation – « Tu m'as bien tapé ce jour-là ! » Cent fois je l'ai entendu me retourner ainsi ce qu'il avait considéré sur le moment comme une marque supplémentaire de mon désamour.

« Bon, reprend Claire, je vais réfléchir.

— Comme tu veux, dit-il en refermant son camion. On va le boire ce café ? »

Anna part aussitôt devant, poussant son vélo, Coline lui emboîte le pas, puis Claire, mais de façon moins décidée, manifestement embêtée, tandis que David se met curieusement à chalouper derrière elle sur ses longues jambes, comme s'il voulait éviter de se retrouver à sa hauteur, et que moi je ferme la marche. Voilà, nous sommes en conflit de nouveau, et nous en offrons le spectacle – n'importe qui, nous croisant ainsi en file indienne, songerait que nous nous sommes disputés, que nous *venons* de nous disputer. Moi, je dirais qu'Anna en veut à David de massacrer à dessein ses modèles pour « faire le malin » – « Quel crétin, celui-ci, il m'énerve trop ! » –, que Coline en veut à Claire d'avoir fait de la peine à David en ne s'extasiant pas sur son buste, que Claire s'en veut à elle-même de sa sincérité – « Quelle idiote ! J'aurais dû lui dire que je l'aimais, voilà tout » –, que David en veut à Claire – « Quand je pense que papa la prend pour une artiste ! » –, et que tous les quatre m'en veulent de leur mésentente. J'ai laissé passer l'unique moment de concorde (quand nous fumions tous les cinq, enivrés par le chardonnay) durant lequel j'aurais pu leur annoncer que j'allais repartir à vélo pour un long voyage

(« À soixante-dix ans ! se serait exclamée Coline. Non mais papa t'es complètement fou, je t'interdis de partir », ils se seraient tous mis à rire du ton de Coline, aucun ne m'aurait pris au sérieux mais la chose aurait été dite), et maintenant je crains que l'occasion ne se représente plus, que l'un d'entre eux s'en aille, aussi bien, comme David a failli le faire au milieu du repas. Je suis un père insuffisant, je n'ai ni l'autorité ni les mots pour rétablir la paix, d'ailleurs il me revient qu'à cet égard David ne m'avait pas raté : « Dis donc, le vieux, m'avait-il écrit, dans une famille normale ce serait à toi de faire le premier pas, non ? » J'étais resté un moment à relire son SMS. Quatre ans que je n'avais plus aucune nouvelle de lui, notre plus longue brouille, et voilà soudain qu'il se rappelait à mon souvenir. À ma responsabilité, aussi. Il avait raison, dans une famille normale c'est au père de tendre la main au fils prodigue, mais je ne l'avais pas fait, ça ne m'avait même pas effleuré.

Il avait disparu à vingt-six ans en me laissant une année de loyers impayés – « Tu t'es porté caution, papa, tu vas payer pour ton fils. » J'avais payé. À la fois pour solder l'addition du mauvais père et pour en finir avec cet enfant qui s'était acharné à me mettre en échec. C'était une transaction coûteuse, certes, mais modeste au regard de l'apaisement qu'elle m'avait apporté. Il m'était arrivé d'éprouver de la tristesse certains jours, d'aller revoir nos photos au temps où je n'en revenais pas de l'aimer autant, à dix-huit mois, à deux ans, lui chevauchant son petit camion et moi lui courant derrière, mais, pensais-je, il venait un moment où les liens devaient se rompre et c'était arrivé. Au même âge exactement, vingt-six ans, je m'étais moi-même éloigné de Toto parce que je ne voulais plus l'entendre frapper à ma porte pour me réclamer du fric. Mon frère Nicolas avait fait de même. Ça ne nous empêchait pas de l'aimer, mais nous disions : « Merde, maintenant ça suffit, on ne va pas continuer à lui refiler tout le temps du blé, c'est lui qui a fait tous ces enfants avec cette conne, c'est sa vie, ce n'est pas la nôtre, qu'il se débrouille pour les nourrir. » Un jour que nous marchions tous les deux dans une rue de Paris, nous l'avions croisé poussant seul sa vieille Peugeot, sans doute pour tenter de rejoindre une station-service. Et au lieu de l'aider nous nous étions planqués derrière les voitures en stationnement. Là, déjà, j'avais pensé que c'était le prix à payer pour avoir la paix, et cependant aujourd'hui encore je le regrette – j'aurais tellement aimé bondir à son secours et lui payer son plein d'essence. « Toi, me dit Sarah, tu te sens coupable, ça doit remonter loin, alors tu payes. » Coupable d'être un mauvais père, c'est certain, après avoir été un fils trop dévoué, voire complice, de sorte que je me suis laissé dépouiller par mon fils après l'avoir été par mon père.

Et donc David était reparu à trente ans avec ce SMS… auquel je n'avais pas répondu. Entre-temps, Esther et moi avions divorcé, je l'avais perdue comme j'avais perdu Agnès vingt ans plus tôt en même temps que mes parents et mes neuf frères et sœurs. À son tour Anna menaçait de ne plus me voir si je continuais d'écrire ce que j'écrivais, or je continuais, bien entendu, de sorte qu'il était prévisible qu'après David et tous les miens elle aussi allait disparaître et qu'à cette allure notre famille aurait bientôt complètement cessé d'exister. Je n'avais pas répondu à David parce que, bien que souffrant de toutes ces défections, elles me procuraient un agréable sentiment de légèreté propice à l'écriture. Jamais je ne m'étais senti aussi libre d'exprimer ce qui me venait, et d'ailleurs jamais je n'avais autant écrit.

Après avoir fait le premier pas, David avait dû faire le second. Il m'avait invité à rencontrer son fils, que je ne connaissais pas. Il avait appris par Claire que j'allais être opéré des yeux et voulait absolument que je voie son enfant avant l'intervention dans l'hypothèse, assez improbable, où je me réveillerais aveugle. C'est ainsi que nous nous étions donné rendez-vous, un dimanche après-midi, dans un parc du XXe arrondissement où nous nous étions timidement réconciliés autour de mon premier « petit-enfant » (qui savait déjà pédaler sans les petites roues).

Décidément, me dis-je, les observant se suivre tout en prenant bien soin de s'éviter, les jardins de Paris nous sont secourables. Et comme nous franchissons le portail principal, devant la gare d'Austerlitz, me revient le soulagement que j'éprouvais quand, portant Claire sur mes épaules et tenant David à l'œil, nous passions cette même grille sachant qu'Esther nous attendait au belvédère. Arrivée au pied du labyrinthe, Claire voulait descendre et courir pour la rejoindre. Débarrassé de sa sœur qui lui empoisonnait la vie, David venait alors me prendre la main et nous grimpions ensemble jusqu'à la gloriette de Buffon. Il n'aimait pas beaucoup Esther, mais il aimait encore moins être témoin du tremblement qui me saisissait à l'idée de passer tout un week-end seul avec eux deux, aussi s'était-il réjoui de son arrivée – « C'est quand même bien que tu aies trouvé une amoureuse, hein, papa ? »

Cette fois-ci, personne ne nous attend, et je vais devoir inventer seul les mots pour les réconcilier.

« Dis-moi, David, tu te souviens de ta passion pour les GI Joe ?

— Oui, c'est pas la période de ma vie que j'ai préférée.

— Le GI Joe parachutiste… Tu le lançais du haut du belvédère.

— Ah oui, dit Claire, toi c'étaient les GI Joe, et moi la poupée-gâteau. »

Elle a marqué le pas pour nous attendre et sourit à David.

« Il fallait quand même le faire, dis-je : inventer une poupée parfumée au gâteau ! Ça puait dans tout l'appartement. »

Elle étouffe un rire.

« C'est Esther qui me l'avait achetée, je te signale.

— Les GI Joe aussi c'est Esther qui les achetait à David. Le problème c'est qu'ils atterrissaient dans les massifs de fleurs ou les buissons et qu'une fois sur deux on les perdait.

— Ouais, Esther n'était pas contente et en plus je me faisais engueuler par les gardiens. »

Je suis certain qu'Anna nous entend mais c'est exactement le genre de conversations qui l'agace, aussi continue-t-elle à marcher devant avec son vélo. Coline, au contraire, est venue se placer à côté de Claire, amusée et curieuse – je l'ai toujours vue rire des choses de leur petite enfance. Je les entraîne vers le belvédère, mais sans le vouloir, simplement parce que je suis habité du souvenir de Claire courant à travers le labyrinthe pour retrouver Esther au sommet. Elle avait quatre ans ce printemps-là. Comment Agnès avait-elle pu ? J'aurais dit que nous étions heureux tous les quatre, mais pas elle, sans doute. Bon, mais Esther allait nous consoler. « Mon petit grain de maïs », s'écriait-elle à l'instant où Claire lui sautait dans les bras, et puis elle la couvrait de baisers. Et à David : « Ça va, mon chéri ? Regarde ce que je t'ai apporté… » Elle s'agenouillait pour être à sa hauteur et je pensais qu'un jour il l'aimerait. Nous ne pouvions pas cesser de penser à Agnès, elle manquait à chacun d'entre nous, c'était forcé, mais petit à petit Esther allait l'emporter dans nos cœurs et nous allions redevenir une famille. Dans les derniers mètres de l'ascension, David lâchait ma main pour courir – il avait hâte d'être là-haut pour lancer son GI Joe parachutiste.

Je les entends rire de la poupée-gâteau, mais je ne les écoute plus. Pendant des années Esther avait eu à cœur de construire une famille, allant jusqu'à organiser, certains dimanches, le déjeuner traditionnel – que David désertait généralement. Et puis elle avait tout envoyé balader l'année des quinze ans de Coline, oui, et au fond je ne sais pas pourquoi. Si j'acceptais de la revoir, j'aimerais qu'elle me le dise. Je me demande aussi quel homme je serais devenu si nous étions restés ensemble. Le « petit chien » que décrit Coline en pire ? En ce cas, je n'aurais sans doute plus rien écrit après le gros livre qui m'avait valu une année de dépression. Dans les derniers mois, je me voyais mourir sous les mots d'Esther – « Je ne te désire plus… Je regrette d'avoir eu des enfants avec toi… Ne m'attends pas ce soir, je ne rentrerai pas… » –, et cependant je ne voulais pas qu'elle me quitte, j'aurais tout donné pour qu'elle reste. Je peux dire aujourd'hui qu'elle m'a sauvé la vie en s'en allant. D'ailleurs, dès le lendemain de son départ je me remettais à écrire et n'ai plus cessé depuis.

Et soudain je m'entends dire :

« Montons au belvédère, les enfants, j'ai envie de revoir cet endroit. »

Eux aussi, sans doute, puisqu'ils ne protestent pas et continuent à bavarder en attendant Anna, partie accrocher son vélo.

Puis nous montons, eux devant, moi derrière, et alors je me surprends à imaginer qu'elle sera là-haut.

Avec son mari, aussi bien. Son second mari après moi. Mais non, c'est impossible. Pourtant je sens déjà que mon cœur s'emballe. À moins qu'il s'affole, je ne sais pas. Comment pourrait-elle être là-haut ? Je le redoute et le voudrais en même temps. La revoir une dernière fois, n'est-ce pas, car il est certain qu'une telle chance ne se représentera plus. « Jamais », dis-je à nos filles, sans rien leur expliquer, « jamais je ne reverrai votre mère », et voilà que je parle d'une « chance ». Maintenant on doit entendre cogner mon cœur à travers tout le labyrinthe. « J'entends ton cœur, papa, risque de me dire Anna qui me surveille de près et se retourne par instants, tu ne veux pas qu'on s'assoie un peu ? » Une chance, oui, la preuve que je ne me serais pas complètement trompé quand je me suis mis à aimer Esther, à l'aimer plus que tout. La preuve qu'elle peut parfois être prise de nostalgie, elle aussi, et peut-être même de regrets. En ce cas venue seule, sans son mari, bien sûr. Pourquoi l'aurait-elle emmené, ce crétin ? Ce n'est pas son histoire, un type plus jeune qu'elle, du genre à porter un tee-shirt Mickey, quand elle m'avait choisi à dessein bien plus vieux et déjà père. « Je n'aime pas les hommes jeunes », prétendait-elle. Et donc nous attendant seule là-haut, bien entendu. Durant tout un printemps le belvédère avait été le lieu de nos rendez-vous. Pas de téléphones portables en ce temps-là, juste la certitude de ce lieu, le dimanche, à l'heure du pique-nique. Elle riait de mes retours incessants à Bizerte, à Bordeaux, à Neuilly, au domaine de la Côte noire à Rueil, partout où j'ai vécu, elle ne peut donc pas ignorer la place qu'occupe le belvédère dans mon souvenir. Si elle peut être certaine de me trouver quelque part à Paris, c'est bien ici. Près de dix ans que je ne l'ai pas revue, allons-nous nous reconnaître ? Elle, cinquante-cinq ans, et moi si vieux à présent.

« Je t'entends respirer, papa, tu ne veux pas qu'on se repose un peu ?

— Mais non, ça va très bien, ma chérie. »

Cependant, là-haut, personne d'autre que nous. Quel idiot ! Comment ai-je pu croire… Je dois avoir la tête de ces hommes que l'on voit s'extraire d'un carambolage sur l'autoroute, pâle et chancelant, ahuri pour tout dire, car Claire s'interrompt de parler à l'instant où j'apparais sous la gloriette.

« Ben, papa, qu'est-ce qui t'arrive ?

— Rien, j'ai dû monter trop vite.

— Je lui ai proposé qu'on s'arrête, dit Anna, mais comme d'habitude il n'écoute personne.

— Bon, les filles, dit David, foutez-lui la paix. Tu veux une cigarette, papa ?

— Avec plaisir, c'est exactement ce dont j'ai envie.

— C'est malin, proteste Anna, tu veux qu'il fasse un AVC en plus ?

— Je te signale qu'il grimpe encore le Ventoux.

— Laisse, Anna, ça va très bien, dis-je en m'accoudant au garde-corps. Je suis content d'être ici. Vous avez vu, les enfants, ça n'a pas changé, hein ? Oui, roule-moi une cigarette, David, s'il te plaît. »

Oh, quelle bonne idée j'ai eue de m'être remis à fumer ! Après quelques bouffées seulement me voilà de nouveau tout à fait bien. C'est le moment que choisit Anna, s'approchant furtivement à sa façon et m'effleurant l'épaule – « Ça va mieux, mon papa ? » –, puis attendant que je l'enlace, ce que je fais aussitôt.

« Oui, ne t'inquiète pas, tout va bien.

— Tu repars ce soir ?

— Non, dans deux ou trois jours.

— Tu voudras qu'on se retrouve pour dîner, avant ?

— Je ne vais pas avoir le temps, ma chérie, j'ai beaucoup de choses à faire.

— Bon, ça ne fait rien.

— Mais tu sais combien je t'aime, hein ?

— Oui, ne t'en fais pas. »

Alors elle retourne vers les autres, que l'on entend rire – en pleine affaire Dutroux, comme on jouait à cache-cache dans le labyrinthe, Claire attendait que je la découvre pour hurler : « Un pédophile ! Un pédophile ! », et bien qu'ils me voient rire les gens se demandaient tout de même s'ils ne devaient pas intervenir.

« C'est vrai, papa, qu'elle faisait ça ? s'exclame Coline.

— Mais oui, c'est vrai ! Tous les parents étaient à cran, on parlait de six ou sept gamines assassinées, et cette idiote me traitait de pédophile. Aussi bien ils auraient pu appeler les flics.

— Mais tu avais quel âge ? demande-t-elle à Claire.

— Je ne sais pas, sept ou huit ans…

— Et toi, Anna, tu t'en souviens ?

— Si elle avait sept ans, j'en avais deux, alors je ne risque pas de m'en souvenir. »

Anna sur mes genoux, à deux ans. Dans mes bras ou sur mes genoux, sur toutes les photos. Quel dommage que je n'aie pas pris avec moi les premières images faites par David. On aurait pu retrouver notre banc, celui sur lequel on s'était tous assis ce jour-là, un dimanche de janvier gris et froid, et refaire la même photo vingt-cinq ans plus tard, avec Coline cette fois-ci (mais sans Esther, évidemment).

« On redescend ? proposé-je.

— On avait parlé d'un café, non ?

— Oui, mon David, mais avant je voudrais… »

Je ne finis pas ma phrase, de toute façon ils ne m'écoutent pas. Je voudrais quand même retrouver le banc, derrière les serres. Il me semble qu'ensuite nous avions pique-niqué, assis dans l'herbe en dépit de l'humidité. Revoir notre carré d'herbe s'il existe encore.

Parvenus en bas, ils sont si occupés à se raconter des histoires qu'ils me suivent machinalement. Je prends la direction des serres, les contourne, dans mon souvenir notre banc était adossé à une haie, à moins que ce soit un grillage, la photo me le dirait, or le seul banc qui me semble correspondre, au bord d'une allée étroite et soigneusement ratissée (un sentier cabossé à l'époque), est entouré sur trois côtés d'une « pelouse interdite ». Le nôtre était caché, rencogné, parfois si sale qu'Esther et moi commencions par l'essuyer avec ce qui nous tombait sous la main, mais toujours libre de ce fait, et c'est bien pourquoi nous l'avions adopté. Oui, d'accord, mais est-ce que ça ne pourrait pas être celui-ci quand même, pour peu que les jardiniers aient débroussaillé tout autour et réhabilité le sentier ? Je me tiens là un moment en arrêt, puis décide que non et recommence un tour des serres en repartant du belvédère. Quel dommage que je n'aie pas avec moi cette photo ! En supposant même que la haie (ou le grillage) ait disparu, un détail inscrit dans le cadre – un poteau électrique, une grille d'égout, le coin d'un bâtiment, d'une des serres en l'occurrence – me permettrait de retrouver l'endroit. Et de nouveau je m'interroge : ce banc est décidément le seul susceptible de correspondre au nôtre. Est-ce à dire que notre carré d'herbe, celui où nous pique-niquions au printemps comme en hiver, serait un bout de ce gazon désormais protégé ?

« Mais qu'est-ce que tu fous, papa, on n'était pas déjà là il y a dix minutes ?

— Si. Je cherche un truc.

— Pourquoi on ne se mettrait pas sur l'herbe ? propose Claire.

— Ben peut-être parce que c'est interdit, observe Anna.

— J'ai vu, merci. Mais à droite, après la ficelle, c'est autorisé. Je pourrais aller chercher les cafés au kiosque et comme ça on les boirait au soleil.

— Moi, je suis d'accord, dit Coline. On fait ça, papa ?

— Pourquoi pas ? Tu veux bien accompagner Claire jusqu'au kiosque ? »

C'est vrai qu'après la « ficelle » (un de ces affreux rubans plastiques d'un blanc strié de rouge) les jardiniers semblent avoir renoncé à sauver ce qu'il reste de la pelouse.

David s'y allonge à moitié tandis qu'Anna s'assoit en tailleur, le dos au soleil, comme moi.

« On pique-niquait souvent dans le coin quand vous étiez petits, dis-je.

— Ah ouais ?

— Tu ne t'en souviens pas ? Tes premières photos, tu as dû les faire ici. Je les ai gardées, grâce à Esther, d'ailleurs, parce qu'elle les avait rassemblées dans un album « Photos de David ». On y voit beaucoup tes sœurs, bien sûr. Tu jouais avec la lumière, certaines sont vraiment très belles.

— Dommage que tu ne me l'aies pas dit plus tôt, j'aurais peut-être continué la photo. »

Alors il a le rire insolent de ses douze ans.

« J'ai dû te le dire.

— Je ne crois pas, non. Pour avoir un compliment de toi il fallait se lever de bonne heure.

— Ça, c'est vrai, papa, abonde Anna, pour une fois David a raison.

— Mais Anna, tu es folle ! Tu avais les meilleures notes de ta classe, on était très fiers de toi avec Esther.

— Oui, eh bien je ne vous ai jamais entendus me féliciter.

— Anna !

— Mes notes, vous vous en fichiez, vous passiez votre temps à m'engueuler à cause de Coline.

— Ah oui, ça sûrement. Mais tu étais tellement méchante avec elle, ma chérie, souviens-toi.

— Elle était insupportable, papa. Et on était dans la même chambre.

— Elle avait cinq ans, tu lui répétais toute la journée qu'elle était idiote et que tu voulais la tuer. Mets-toi à notre place, évidemment qu'on la défendait !

— Ça ne vous a jamais traversé l'esprit que vous auriez pu me défendre, moi aussi ?

— Mais Anna, le rôle des parents c'est de protéger les petits contre les grands, c'est quand même marrant que tu ne comprennes pas ça aujourd'hui, à ton âge. De la même façon, on a protégé Claire contre David qui la traitait toute la journée de débile.

— Ah oui, confirme Claire, trois gobelets de café entre les doigts, ça, je m'en souviens… En même temps, je ne savais pas ce que ça voulait dire.

— Il n'empêche que tu protestais – "bile, moi non". Tu te rappelles ? »

Elle nous tend nos cafés, suivie par Coline, puis toutes les deux s'assoient.

« Je ne crois pas que ça m'a sérieusement traumatisée, papa. Mais je me trompe ou c'est reparti pour une séance de thérapie familiale ? »

Elle est prête à rire, promenant son regard d'Anna, qui semble s'être fermée, à moi qui suis embêté, en passant par David sur le visage duquel ne flotte plus qu'un vague sourire.

« David prétend que je ne l'ai jamais complimenté pour ses premières photos, dis-je, et là-dessus Anna embraye : on aurait passé notre temps à l'engueuler à cause de Coline sans jamais la féliciter pour ses bulletins scolaires.

— Vous noterez que je pourrais dire la même chose, observe David : ma vie est devenue un enfer avec l'arrivée de cette petite pisseuse.

— Tu noteras à ton tour que la petite pisseuse n'y est pour rien, relève Claire, l'index dressé.

— Non mais Claire, dis-je, tu es d'accord que le rôle des parents c'est de défendre les petits contre les grands ?

— Heu… non, par forcément, papa, surtout quand ceux que tu appelles "les grands" sont en réalité des petits de six ou sept ans.

— Voilà ! s'écrie Anna. Merci, Claire. Sous prétexte de défendre Coline, les parents ne se sont jamais demandé si sa naissance ne m'avait pas gâché la vie. Vous auriez pu, au moins, nous mettre dans des chambres différentes.

— Nous n'avions pas les moyens de déménager, ma chérie. Et tu me dis ça à moi, qui sors d'une famille de dix ! Non mais je rêve. Tu crois peut-être qu'on avait chacun notre chambre ? L'un de mes frères dormait dans la salle de bains à Rueil et moi dans un garde-meuble.

— Papa, on parle de nos vies, là, pas de la tienne. Que vous ayez eu des enfances de merde, maman et toi, n'excuse pas ce que vous avez fait avec nous.

— Attends, Anna, tu penses qu'on aurait dû te laisser dire à Coline que tu voulais la tuer sans réagir ?

— Ce n'est pas ce qu'elle t'explique, intervient Claire. Si je comprends bien, elle vous reproche de ne pas avoir pris en compte son problème pour vous concentrer sur celui de Coline.

— Exactement, convient Anna. Heureusement que Claire est là, parce que, elle, au moins, tu l'écoutes. »

Vous m'emmerdez, suis-je tenté de rétorquer, soudain fatigué.

« Ce que tu ne comprends pas, repart Anna en me fixant (et je vois que ses lèvres tremblent), c'est que Coline et moi on était déjà très différentes quand on était petites. »

Et puis elle se tait parce qu'elle est émue, et moi aussitôt j'oublie ma colère.

« Oui, dis-je.

— Coline, elle a tout de suite aimé jouer, elle a tout de suite aimé tout ce qui faisait du bruit. Elle chantait tout le temps, ou elle mettait de la musique pour danser dessus, et même toi ça te dérangeait, papa, tu sortais de ton bureau pour lui demander de baisser. En plus, vous lui aviez offert une espèce de karaoké pour Noël. Mais de toute façon, même en jouant avec ses Barbie ou son lapin elle chantait... Elle chantait tout le temps, elle ne savait pas jouer sans faire de bruit.

— Je me souviens, oui. »

Les autres se taisent. Coline l'observe avec attention et je devine qu'elle attend le moment de lui dire quelque chose de gentil, mais de tout à fait neutre, du genre : « Non mais Anna, je ne t'en veux pas du tout, tu sais », mais qu'elle estime qu'elle ne doit pas l'interrompre.

« Si vous aviez fait un peu attention à moi, j'aurais pu vous dire que je ne supportais pas le bruit, reprend Anna. D'ailleurs, je ne vous ai jamais demandé que des jeux de société ou des livres.

— Je me souviens, oui. À huit ou neuf ans, tu passais déjà des heures à lire.

— Oui, voilà. Et j'ai appris l'anglais toute seule en lisant les *Harry Potter* dès leur parution en Angleterre parce que je n'avais pas envie d'attendre les traductions.

— Je me souviens, oui, tu les commandais sur Amazon, ou directement chez un libraire de Londres.

— Tu dis que tu te souviens, papa, mais alors comment as-tu pu me laisser dans la même chambre que Coline ? Si tu avais dû travailler avec elle dans ton bureau, tu serais devenu fou. Je devenais folle, j'essayais de me boucher les oreilles avec du coton pour ne plus l'entendre.

— Anna, je regrette, je n'ai pas vu, ou pas compris… Mais tu crois que tu avais une sensibilité particulière au bruit ?

— Oui, évidemment ! Tu aurais pu le deviner si tu avais été un peu attentif. Quand je me suis mise au violon, mon professeur, lui, l'a tout de suite vu.

— Pourquoi tu ne nous l'as pas dit ? »

Elle hausse les épaules.

« Je suis désolé, Anna.

— Quand, enfin, j'ai pu avoir ma chambre, parce que David avait quitté la maison, j'ai pensé qu'on allait tous être plus heureux. David allait cesser de vous rendre dingues, vous alliez pouvoir vous intéresser à nous, parler d'autre chose à table que de ses bêtises d'adolescent attardé. Il y a eu peut-être trois années plus agréables, et puis il a recommencé ses conneries jusqu'à l'année de mon bac et, ensuite, ça n'a plus été entre maman et toi.

— Mais là, tu étais déjà partie faire tes études en Angleterre.

— Je m'étais déjà enfuie, oui.

— *Enfuie* ? Tu dirais que tu t'es *enfuie* ?

— Tu t'imagines que c'est pour le plaisir que je suis partie à dix-sept ans sur un campus anglais où je ne connaissais personne ?

— C'était un concours dans mon souvenir, il y avait très peu de places pour deux ou trois mille candidats, et tu as été prise. À ce moment-là, j'ai considéré…

— J'avais compris depuis longtemps que je ne devais pas être un souci pour vous, vous en aviez suffisamment comme ça, et je suis partie faire ma vie ailleurs. C'est ça la vérité, papa. Loin de vous. Et sans vous. »

Jamais je n'aurais raconté de cette façon l'histoire d'Anna. « Ma petite chouchoute », prétendent-ils. J'aurais dit que, de mes quatre enfants, Anna est celle sur laquelle j'ai veillé avec le plus d'attention. Sans cesse préoccupé de son bonheur, me souciant d'elle constamment – « Ça va, mon Anna ? Ça s'est bien passé à l'école aujourd'hui ? » Et elle, invariablement : « Ça va, papa. Et toi, c'était bien ta journée ? » J'aurais dit qu'en dépit de son intelligence acérée et de son courage, elle est sans doute la plus fragile de mes quatre enfants. Mais la plus secrète également – je l'aurais souligné, comme pour me faire pardonner par avance des manquements mineurs. Puis j'aurais répété qu'à chaque instant j'ai veillé sur elle. J'aurais parlé de son petit visage pointu, de son regard noir, attentif et tendu, qui me bouleversait, qui faisait que je l'embrassais plutôt dans les cheveux, pour ne pas être intrusif, quand je serrais Coline dans mes bras sans retenue. J'aurais dit qu'à six ou sept ans, déjà, Anna imposait une forme de respect, de distance. J'aurais dit que si jeune, si petite, elle m'intimidait déjà.

Je me suis trompé, persuadé que je veillais sur elle, quand en réalité je ne faisais sans doute que *penser* à elle. Penser ne produit rien de concret, aucune initiative remarquable pour celle ou celui qui en est l'objet. Le malentendu vient de là, me dis-je, tandis que le silence se prolonge. Le malentendu vient de là.

« Pardonne-moi, Anna, j'ai cru qu'avec toi, au moins, nous avions été de bons parents, et je découvre que non.

— Il faut reconnaître que vous avez pas mal merdé, abonde David, mais on s'en est sortis malgré vous. »

Son rire, de nouveau.

Je retiens le « malgré vous », particulièrement insultant au regard du temps que je lui ai consacré. Un instant, je peux croire qu'Anna va le remettre à sa place à la façon dont elle s'est tournée vers lui, le buste tendu, mais elle choisit de se taire et je fais de même. Je devine qu'elle doit être épuisée, comme je le suis moi-même, et qu'elle n'a aucune envie, maintenant qu'elle a le sentiment d'avoir été entendue, de revenir à leur conflit sans issue.

« Bon, ben maintenant c'est à ton tour, ma Coline, dit Claire, souriante et moqueuse.

— Non, papa et moi on a déjà parlé. Je sais que je le déçois mais tant pis.

— Tu ne me déçois pas, ma chérie, aucun d'entre vous ne me déçoit. »

Il y a un nouveau silence, comme s'ils attendaient que j'en dise plus.

« C'est exceptionnel que tu nous réunisses tous les quatre, papa, reprend soudain Claire. Qu'est-ce qui t'a pris ? D'habitude, quand tu viens à Paris, tu nous vois séparément.

— C'est vrai.

— Je lui ai dit qu'il cherchait les ennuis, intervient David. Et, de fait…

— … je les ai trouvés, dis-je en tendant le bras pour effleurer le poignet d'Anna.

— Oui, enfin là tu exagères un peu, papa, dit Claire, on sait bien que dans toutes les familles…

— La nôtre est quand même bien frappée, l'interrompt David.

— Ça vous fait rire, mais pas moi, dit Coline. J'aurais préféré naître dans une famille normale. »

Alors je songe qu'il n'y a rien à ajouter, que c'est le moment et que, cette fois, je ne dois pas le laisser passer.

« Je vais partir quelque temps, dis-je.

— Pour un livre ? s'enquiert Claire.

— Oui, mais pas seulement. J'ai demandé à Singer, Alex Singer, de me préparer mon vélo, nous faisons les derniers réglages ensemble, je suis venu à Paris pour l'embarquer.

— Mais papa, tu ne vas pas repartir en voyage à vélo ! s'écrie Coline.

— Si je l'ai apporté chez Singer, c'est pour voyager dessus, ma chérie, sinon pour me promener sur le Ventoux j'en ai déjà six ou sept que tu connais.

— À soixante-dix ans, tu vas repartir ? Mais t'es complètement fou !

— J'avoue..., convient Anna, subitement tirée de ses réflexions.

— Mais tu vas partir où et combien de temps ? veut savoir Claire.

— Je ne sais pas, sûrement pas mal de temps, mais je n'ai pas envie de le décider maintenant. Vous êtes tous largement adultes désormais, j'ai retrouvé ma liberté, je vais en profiter.

— T'es complètement fou, répète Coline.

— Où tu vas aller ? redemande Claire.

— À Stalingrad. Enfin, j'aimerais pouvoir atteindre Stalingrad.

— Tu vas aller jusqu'en Russie à vélo ?

— Je le voudrais, oui, Stalingrad est un très vieux rêve. À trente ans, déjà, je voulais y aller. »

La surprise passée, ils semblent plus ennuyés qu'autre chose. L'après-midi est bien avancé, ils ont leurs propres soucis et au fond pourquoi m'empêcheraient-ils d'aller à Stalingrad à vélo si j'en ai envie ? Ils ne dépendent plus de moi pour grandir et je peux bien occuper comme je le veux le temps qu'il me reste à vivre. Aucun ne me demande même pourquoi Stalingrad plutôt que Moscou ou Saint-Pétersbourg et, les observant dans le silence qui suit, je repense soudain à la nuit où le mistral avait abattu notre vieux cèdre. Eux dormaient, ils étaient encore petits. Je l'entendais craquer, à plusieurs reprises je m'étais levé, cherchant un moyen de l'étayer – que je n'avais pas trouvé. Le matin, en nous réveillant, nous l'avions découvert couché en travers du jardin. Dans

sa chute, il avait démoli le portail et une partie du mur d'enceinte. La haie de lauriers était complètement écrasée et à y regarder de plus près il avait également cassé deux grosses branches du jujubier centenaire. C'était un spectacle effrayant. Ils étaient restés longtemps comme pétrifiés, tous les quatre dans leurs pyjamas froissés, pieds nus dans l'herbe tandis que j'allais et venais en maugréant, puis soudain Claire s'était mise à pleurer. Elle devait avoir dix ou onze ans. « Tout est cassé, tout est cassé, répétait-elle, maintenant on n'a même plus de jardin.
– Ne pleure pas, ma chérie, je vais réparer, je vais tout réparer, je te le promets. »

C'était un temps où je pouvais encore prétendre « réparer », un temps où ils me faisaient encore confiance pour reconstruire le monde, voilà pourquoi je repense à la chute du cèdre, à ma gloire passée, tandis qu'aujourd'hui les jeux sont faits. Aujourd'hui, ce qui a été raté n'est plus réparable, en tout cas pas par moi dont ils savent les insuffisances. En les réunissant tous les quatre, je pensais que ce serait un déjeuner léger et drôle et qu'ainsi nous nous quitterions sur une note joyeuse. Nous garderions tous les cinq le souvenir de cette journée et ce qu'ils se raconteraient plus tard ce seraient nos rires et nos moqueries pendant ce repas. Si j'avais imaginé que chacun se livrerait avec tant d'amertume et de colère, je serais parti sans les prévenir et à un moment ou à un autre je leur aurais écrit un petit mot simple et tendre, mais rien de plus – « Je voyage avec bonheur, je pense à vous, soyez heureux. »

David ne sourit plus, Anna est absente, retournée en elle-même, Coline semble mécontente et Claire regarde sa montre.

« Bon, dit-elle, les enfants m'attendent et je dois encore faire des courses pour le dîner.

— Je te dépose quelque part ? propose David.

— Ben, pourquoi pas chez moi ? Et comme ça tu m'aideras à monter la sculpture.

— Carrément ! »

Il est le premier debout, et tandis que nous nous relevons je peux voir au regard qu'elle lui lance combien Coline est satisfaite de Claire.

« Au revoir ma Clairou, dit-elle d'ailleurs en l'embrassant.

— Au revoir ma Colinou », rétorque Claire en riant.

Puis nous nous embrassons les uns les autres et déjà David et Claire filent en direction du camion tandis que Coline s'éloigne vers le métro, irritée malgré tout, je devine cela à son pas, et sans m'avoir dit un mot de plus pour me souhaiter bon voyage, par exemple.

« Tu m'accompagnes jusqu'à mon vélo ?

— Bien sûr, mon Anna.

— Quand même, dit-elle après un moment (et je pouvais presque l'entendre chercher ses mots), Coline a raison, t'es un peu fou, papa – partir à vélo à soixante-dix ans.

— Ne t'en fais pas, ça va aller très bien.

— Tu nous donneras des nouvelles, hein ?

— De temps en temps, oui. Mais regarde-moi, de quoi as-tu peur ? La dernière fois, j'ai grimpé le Ventoux devant toi.

— Oui, enfin… »

Et comme nous arrivons à son vélo et qu'elle se penche pour le détacher.

« Je te demande pardon pour ce que j'ai raté, Anna.

— Ça va. Ne t'inquiète pas.

— Il est magnifique, tu l'as bien choisi.

— Oui.

— Au revoir, ma chérie.

— Au revoir, mon papa. Sois prudent, hein ?

— Promis. »

Deuxième partie :

Stalingrad

« Il y a un grand écrivain portugais du siècle dernier qui, au moment de mourir, a dit à un de ses amis qui était à son chevet : "Tu vois, mourir, c'est ça, ce n'est que ça !" »

María Luisa Blanco, *Conversations avec António Lobo Antunes*

Le souvenir de ma conversation avec Curtis m'a réveillé au milieu de la nuit. J'étais venu lui annoncer mon départ et, dans la foulée, signer un contrat pour le livre que j'allais écrire tout au long de ce voyage.

Je parlais, je parlais, j'étais sans doute un peu exalté, je voyais que beaucoup de choses lui échappaient dans mon projet mais qu'il hésitait à m'interrompre comme si tout cela était trop intime pour être débattu dans son bureau.

La destination de Stalingrad le laissait manifestement perplexe, mais surtout le préoccupait la question de l'*après* Stalingrad.

« Pourquoi ne pas choisir une destination moins lointaine ?

— J'ai besoin de me projeter loin, de me laisser du temps. »

Il y avait eu un silence durant lequel je m'étais répété ce passage, écrit dix années plus tôt dans un livre qu'avait édité Curtis : « Il m'arrivait, l'année dernière, tandis que j'écrivais mon autobiographie, de songer que je pourrais m'enfuir à vélo, quitter ce livre qui me précipitait chaque jour dans un désespoir sans nom, abandonner les miens, et disparaître. Je pédalerais vers l'Est, me disais-je, vers la Russie de mes premières lectures – la Russie que j'avais tellement aimée en rêve, adolescent – jusqu'à tomber d'épuisement au bord de la route, un jour, dans l'Oural peut-être, et mourir. »

Était-il en train de se remémorer ce passage, lui aussi ? Il m'avait semblé préoccupé, aussi avais-je lancé en riant, pour couper court à une discussion impossible et détendre l'atmosphère :

« Vous rappelez-vous la sortie de Bernard Moitessier, Curtis ? En 68 ou 69, si j'ai bonne mémoire.

— Attendez, Moitessier, Moitessier… Ah oui, le navigateur.

— Il était en tête de la première course autour du monde en solitaire et, au moment de passer la ligne, il avait dit qu'il n'avait aucune envie de revenir et qu'il continuait.

— Absolument !

— "Parce que je suis heureux en mer, avait-il expliqué dans un message radio à peine audible, et peut-être aussi pour sauver mon âme." Cette histoire d'âme était assez obscure, certains avaient prétendu qu'il était probablement devenu fou.

— Oui, maintenant que vous me le dites…

— Eh bien je suis dans le même état d'esprit. Si je parviens à atteindre Stalingrad, je crois que moi aussi je continuerai. »

À son tour il avait choisi d'en rire et la question de l'après Stalingrad, de mon retour en réalité, était restée pendante.

Dans mon souvenir, Bernard Moitessier avait disparu en mer quelques mois plus tard. Et en somme, Curtis et moi avions ri d'une extravagance magnifique, certes, mais qui s'était terminée dramatiquement.

La conscience soudaine du destin de Moitessier m'a tiré du sommeil, aurais-je dû écrire en ouverture, plutôt que de mettre en cause « ma conversation avec Curtis », faussement détendue mais évidemment amicale. La preuve en est qu'à peine réveillé je suis monté à moitié nu dans mon bureau pour ouvrir mon ordinateur et en avoir le cœur net. « Bernard Georges Moitessier, ai-je lu d'une traite, né le 10 avril 1925 à Hanoï et mort le 16 juin 1994 à Vanves, est un navigateur et écrivain français. » Vanves ! Mort à Vanves ! Je n'en croyais pas mes yeux. Et moi qui le pensais, depuis cinquante ans, disparu en mer. Comment un tel homme a-t-il pu mourir à Vanves ? Quoi de plus ordinaire que de mourir à Vanves ? Oui, mais quel soulagement ! Candidat à la disparition, il avait donc survécu pour venir s'éteindre tranquillement dans un pavillon de banlieue. Et à quel âge, voyons ? Eh bien soixante-neuf ans, mon âge à quelques mois près.

Après ça, je m'étais rendormi.

Dans la semaine qui précède mon départ, je balance entre la peur de mourir qui me surprend la nuit et le réconfort, durant le jour, à la pensée d'être bientôt sur mon vélo, occupé du seul souci de pédaler, d'avancer. À vingt ans, sur ce même Singer, j'avais échappé à la dépression en partant pour le Maroc. Peu m'importait la destination, du moment qu'elle était lointaine. L'effort allait me distraire d'une tristesse abyssale et, en somme, me reposer de moi-même.

Le projet de repartir à soixante-dix ans avait surgi six mois plus tôt, une nuit, tandis que je me remémorais les propos de Sarah, sa désillusion grandissante au fil du temps – combien elle m'avait aimé à travers mes livres, bien avant de me connaître, et combien je l'avais déçue finalement. Elle avait espéré que je l'aimerais comme j'avais aimé Esther, dans une tentative désespérée de possession, dirais-je aujourd'hui – Esther sur laquelle j'avais écrit des centaines de pages, que je photographiais sans cesse et dont le mystère m'avait épuisé. Sarah avait espéré, oui, et moi aussi peut-être, mais en fait de possession je m'étais rendu rapidement impuissant et nous étions devenus ce couple sans joie – elle, amère et désenchantée ; moi, lesté de culpabilité.

Aux premières lueurs du jour j'étais allé dans mon garage décrocher mon vieux Singer et j'avais entrepris de le dépoussiérer. Des araignées avaient tissé leurs toiles entre les rayons, dans le pédalier, sous la selle, partout où il était possible de s'accrocher. C'était au lendemain de Noël, il neigeait au sommet du Ventoux, mais ici, dans mon jardin, ne tombait qu'une fine bruine. Quand Sarah était apparue, enveloppée dans un plaid, les cheveux dans les yeux, sortant du lit – « Ben qu'est-ce que tu fais, mon chéri ? » –, je m'étais entendu lui annoncer que j'allais repartir en voyage. « Ah bon, je… Je ne savais pas. Et tu vas partir longtemps ? — Sûrement plusieurs mois, oui. — Eh bien, quelle nouvelle ! » Elle était restée un moment à me regarder décrasser mon dérailleur avant de me demander si je voulais prendre un café avec elle, dans un moment, quand elle serait habillée.

En le buvant, ce matin-là, nous n'étions pas revenus sur le sujet, ni dans les semaines qui avaient suivi tandis qu'elle était repartie pour Paris. Puis, soudain, elle m'avait exprimé au téléphone combien elle trouvait insupportable ma façon d'être – « Tu décides seul de ta vie, Augustin, tu ne me demandes pas mon avis, tu fais comme si je n'existais pas. » C'était une manière de me redire sa déception et de réaborder le sujet de notre séparation. Jusqu'ici, chaque fois que nous l'avions envisagée, nous y avions finalement renoncé parce que la perspective de nous perdre nous était apparue plus douloureuse que celle d'être insuffisamment présents l'un pour l'autre.

« Ce serait très hypocrite de te demander ton avis, Sarah, avais-je dit, puisque s'il était contraire au mien je n'en tiendrais pas compte. — Alors que faisons-nous ensemble si je compte pour rien ? — Tu es mon amie. » Elle s'était tue si longtemps que j'avais cru la communication coupée – « Tu es toujours là ?

— Séparons-nous, Augustin, je crois que tu ne t'entends pas. Je ne suis pas ton amie, merde ! » Elle avait raccroché, avant de me rappeler un quart d'heure plus tard pour s'excuser. Et cette fois elle avait proposé qu'on se donne le temps de mon voyage pour « réfléchir ». Je savais que roulant vers Stalingrad, s'il m'arrivait de « réfléchir » ce ne serait pas à nous, mais j'avais simplement répondu « Si tu veux », et nous nous étions quittés sereinement.

Notre séparation était intervenue deux ou trois semaines plus tard, un soir d'avril ou de mai, à l'occasion d'un de mes passages par Paris. Comme Sarah téléphonait, je m'étais installé pour lire dans son canapé. Nous nous étions à peine dit bonjour, je n'avais pas ouvert mon sac de voyage, je l'entendais rire tandis que je sentais monter l'angoisse à l'idée de me coucher près d'elle un moment plus tard. Plus sa conversation se prolongeait, plus je me persuadais qu'elle le faisait exprès pour me signifier combien j'étais devenu superflu dans sa vie. « Bon, m'avait-elle dit après avoir raccroché, je vais me coucher », et elle était allée s'enfermer dans la salle de bains. En l'entendant sortir, je m'étais levé, et c'est en parlant que j'avais découvert ce que je venais de décider – « Je vais m'en aller, Sarah. — Comment ça, tu vas t'en aller ? — Je vais partir, là, tout de suite. On va se séparer, il faut être courageux, nous savons bien tous les deux que ça ne sert à rien de *réfléchir*. — Mais où vas-tu dormir ? — À l'hôtel. — Tu es sûr ? — Tout à fait sûr, oui. — Bon, je ne sais pas… Je ne sais pas. Va-t'en vite alors. »

La peur de mourir est une araignée sournoise qui ne sort que la nuit et profite de notre abandon pour nous tourmenter. Le jour, nous supportons très bien l'idée de devoir mourir, la preuve en est mon sifflotement désinvolte tandis que j'expérimente comment charger mon vélo. Une des deux sacoches arrière pourrait contenir ma cuisine, tiens – réchaud à gaz, gamelle, torchon et vivres en quantité. L'autre porterait mes chaussures de ville, ma pharmacie, mes affaires de toilette et les deux livres, trop anciens pour être numérisés, dont je n'imagine pas de me séparer. Les voilà bien remplies l'une et l'autre. À gauche de la roue avant j'accroche ma tente, à droite le sac étanche rempli de mes vêtements. Et maintenant, où loger mon duvet et son matelas autogonflant ? Eh bien, sur le porte-bagages arrière, bien sûr, au-dessus des sacoches. Avec mon antivol – je me demandais où placer celui-ci de manière qu'il soit facilement accessible. Sur le porte-bagages avant j'attache mon « bureau », une sacoche en toile épaisse conçue pour s'encastrer entre les joues du guidon et contenant mes cartes routières jusqu'à Stalingrad, mes carnets et mes stylos, mon téléphone, un appareil photo, une loupe, un appareil à ultrasons contre les chiens, etc. Pour mon passeport, ma carte de crédit, l'argent liquide et ma liseuse (chargée d'une cinquantaine de romans), j'ai prévu un mini-sac à dos dont je ne me séparerai jamais, de sorte que même si on me volait mon chargement, je pourrais continuer mon voyage – mon antivol, donné comme inviolable, me permet d'espérer qu'on me laissera le vélo.

L'essai après chargement, mené dans mon jardin, à l'abri des regards, n'est pas très encourageant : j'ai perdu l'habitude de rouler avec un tel poids et je tombe comme un sac, à peine en selle, avant d'avoir pu donner le premier coup de pédale. Bon, je vais tout diviser par deux, me dis-je : la nourriture, la pharmacie, les vêtements, et jusqu'aux piquets de tente – six au lieu de douze.

Au deuxième essai, je parviens à faire le tour du jardin dans un équilibre précaire.

L'araignée ne me visite pas cette nuit-là car je ne dors presque pas : je reconnais les symptômes d'une infection urinaire fulgurante qui me force à marcher en rond dans ma grande pièce quand je ne suis pas debout devant les toilettes en train de geindre. Le médecin qui me reçoit en urgence, le lendemain, me prescrit un antibiotique provisoire en attendant les résultats de l'analyse d'urine. Je devais partir trois jours plus tard, il me le déconseille, et je rentre chez moi tremblant de fièvre et de colère. J'ai le souvenir de ma première infection urinaire survenue il y a une vingtaine d'années, la veille du jour où je devais présider un petit festival de littérature, accueillir les participants et prononcer quelques mots. Je ne voulais pas y aller, apparaître sur une scène me demande un gros effort et, en outre, je déteste l'idée de présider quoi que ce soit, mais j'avais fini par céder devant l'extrême gentillesse des organisateurs et je m'en étais finalement sorti en déclarant cette maladie. Il ne fait pas de doute dans mon esprit que je recommence la même manœuvre pitoyable – « Cette envie de faire demi-tour, écrit Sylvain Tesson, lorsqu'on est au bord de saisir ce que l'on désire. » Lui ne veut pas quitter son lit à l'instant de partir seul pour la Sibérie, et moi je m'invente un prétexte pour y retourner.

Au moment de m'élancer vers Stalingrad, la peur me rattrape donc et me paralyse. Dans ma conversation avec Curtis, comme au fil de mes derniers échanges avec mes enfants, la question de mon retour était restée flottante. Parce qu'elle l'était également dans mon esprit. Je n'envisageais pas de revenir, mais jamais je ne me l'étais formulé de façon aussi abrupte, aussi définitive. C'était un secret enfoui dont je caressais l'idée depuis Noël, songeant à Tolstoï, à la fuite ratée de Tolstoï et me promettant confusément de réussir la mienne (avec chaque fois le même sourire intérieur), mais en évitant soigneusement d'en prendre la mesure. Et soudain, une part de moi-même se révolte, ne veut pas. La part frileuse, me dis-je, celle qui a dû pousser Moitessier à venir mourir à Vanves entouré des siens. Enfin, entouré des siens, je ne sais pas, mais voilà bien l'image qui me fait horreur : moi sur mon lit, en train de mourir sous le regard horrifié de mes enfants, et moi soudain mort, n'est-ce pas. Envolé, disparu, leur laissant sur les bras ce vieux corps. Avez-vous remarqué comme nous rapetissons et nous racornissons aussitôt morts ? On jurerait que nous nous dégonflons pour prendre en quelques minutes la texture marronnasse et fripée du vieux coing devenu immangeable.

Pendant toutes ces années je me suis efforcé d'habiter dignement ce corps, avec le souci d'épargner mes enfants, de ne pas les dégoûter ni leur faire honte, veillant à me raser, à me coiffer, me parfumer à l'occasion, me tenir aussi droit que possible – chemise blanche et pantalon, jamais de short pour ne pas leur exposer mes mollets, et d'un seul coup je me donnerais en spectacle, sale et débraillé, la bouche ouverte aussi bien et en voie de décomposition pour ne rien arranger ? Sûrement pas.

« Et c'est en rejetant l'option d'une mort conforme à nos tristes coutumes – les pleurs, les adieux, les enterrements ruineux et le repos éternel sous une dalle en granit –, c'est donc, en voulant m'éviter les épitaphes et les couronnes, que j'ai choisi de partir », écrit Wanda, la narratrice du roman de Paulina Dalmayer, *Les Héroïques*, avant de s'envoler pour l'Inde où elle compte disparaître à soixante-dix ans dans les eaux du Gange.

Au contraire de Wanda, et j'allais écrire de moi-même, Léon Tolstoï ne sait pas précisément s'il fuit la mort, ou part à sa rencontre, lorsque dans la nuit du 27 au 28 octobre 1910 il quitte clandestinement sa propriété de Yasnaïa Poliana. La cause immédiate de son départ est la folie de Sophia, sa femme, qu'il a surprise une nouvelle fois en train de fouiner dans son bureau. Parlant de lui à la troisième personne, il écrit que « nuit et jour, elle voulait percevoir ses gestes, ses paroles, le tenir sous contrôle ». Mais cette fois c'est plus qu'il ne peut en supporter. « Il sentit que le dégoût et la révolte augmentaient, poursuit-il, il se sentit suffoquer et prit son pouls, quatre-vingt-dix-sept battements, il ne put rester plus longtemps au lit. Il se leva, prit la décision définitive de quitter Yasnaïa Poliana. En lui s'était produit le choc qui le poussait à le faire. »

Il réveille doucement sa fille Sacha et son médecin personnel et ami, Douchan Makovicky, pour qu'ils l'aident à préparer ses valises. Il a quatre-vingt-deux ans, il écrit qu'il tremble à l'idée que Sophia se réveille et le retienne.

Malgré tout, il prend le temps de lui écrire pour lui dire adieu et cette lettre est intéressante car, tandis qu'il ne lui reste qu'une dizaine de jours à vivre (ce qu'il ignore, évidemment), il se projette dans la vie et non dans la mort. J'emprunte toutes ces informations, pour en tirer mes propres conclusions, au livre d'Alberto Cavallari, *La Fuite de Tolstoï*, merveilleusement documenté. « Je fais seulement ce que font d'ordinaire les vieillards, écrit-il à Sophia, des milliers de vieillards, gens proches de la mort, je m'en vais. La plupart s'en vont dans des monastères, et j'irais moi aussi si je croyais à ce à quoi l'on croit dans les monastères. Mais n'y croyant pas, je m'en vais dans la solitude. Il m'est indispensable d'être seul. Je t'en prie, ne me cherche pas, et ne viens pas à moi si tu apprends où je suis. Ton arrivée ne ferait que rendre plus pénibles ta position et la mienne. »

Tolstoï ne part pas seul en réalité, il s'en va à six heures du matin, alors que le jour tarde à se lever, avec trois complices : son médecin, Douchan, sa fille Sacha et Varvara, une amie de celle-ci. « Où pourrions-nous aller pour être loin ? » leur demande-t-il en chemin tandis qu'ils gagnent la gare la plus proche de Yassienki-Chtchokino, ce qui atteste du caractère improvisé de sa fuite.

Et, de fait, il va tourner en rond durant trois jours. Parvenus à la gare, les deux hommes montent dans le train pour Gorbatchèvo quand Sacha et Varvara repartent pour Yasnaïa Poliana avec la consigne de garder le secret sur la destination de l'écrivain. À Gorbatchèvo, Tolstoï décide de descendre, au lieu de poursuivre vers le sud, cela pour emprunter un autre train en direction de Soutchinichi-Kozielsk, à l'ouest, ce qui ne l'éloigne guère de sa propriété et de sa femme. À Kozielsk, il interrompt de nouveau son voyage pour se rendre en voiture attelée à l'ermitage d'Optino où il passe la nuit. Le vendredi 29 octobre, deuxième jour de sa fuite, il se réveille donc à Optino, et décide alors de gagner la localité voisine de Chamardino, où vit sa sœur. Le samedi 30 octobre, il est à Chamardino, où il vient de louer une maison sur un coup de tête, quand sa fille Sacha et Varvara le rejoignent pour lui annoncer que

Sophia a tenté de se suicider et lui remettre des lettres de ses fils. Sierguiéi, le préféré, lui écrit : « S'il devait arriver quelque chose à maman, ce que je ne crois pourtant pas, tu n'aurais rien à te reprocher. La situation était insoluble, et je crois que tu as choisi le bon chemin. » Andréi est d'un avis absolument contraire. Après avoir expliqué à son père que, eux, les enfants, ne peuvent pas protéger continuellement leur mère du suicide, il lui demande de revenir. « Tu pourrais sacrifier les dernières années de ta vie à la famille, lui écrit-il, en te réconciliant avec l'extérieur. »

Quand l'après-midi de ce 30 octobre s'achève, Tolstoï a pris trois décisions, nous explique Alberto Cavallari. « La première, de ne pas revenir à Yasnaïa Poliana. La seconde, de partir en renonçant à la maison louée à Chamardino. La troisième, de s'en aller loin, décidément loin. »

Trois jours ont été perdus, l'écrivain semble en prendre soudain conscience car il réveille ses compagnons à l'aube du dimanche 31 octobre par des mots qui témoignent de sa profonde inquiétude et de sa grande nervosité : « Partons ! Partons vite ! » Cette fois, il a décidé de sa destination : le Sud lointain, la vallée du Don, et peut-être même le Caucase, pourquoi pas ? Les quatre fugitifs, Tolstoï, Douchan, Sacha et Varvara, montent au matin dans le train en direction de Rostov-sur-le-Don. Tolstoï semble enfin rasséréné – là-bas il peut espérer disparaître. Mais au milieu de la journée il est pris de frissons. Douchan Makovicky s'inquiète et prend sa température

– 38,1. À dix-sept heures, la fièvre est montée à 40. « Makovicky voyait que Tolstoï luttait de toutes ses forces pour continuer sa fuite », écrit Alberto Cavallari. Cependant, ses forces le lâchent, il semble respirer de plus en plus difficilement, ses compagnons le voient se tasser sur lui-même et c'est finalement Sacha qui prend la décision de le faire descendre à la prochaine gare.

Le gros bourg où le train s'arrête à 18 h 35, ce dimanche 31 octobre 1910, porte le nom d'Astapovo. Douchan descend aussitôt pour faire retenir le train, puis il revient avec le chef de gare et tous deux font descendre Tolstoï en le soutenant tandis que Sacha et Varvara se chargent de sortir les bagages. L'écrivain est conduit dans la salle d'attente avant que le chef de gare, touché par son état d'épuisement, ne propose de l'installer chez lui dans un lit qu'on prépare à la hâte. « L'aimable chef de station a donné deux belles chambres », trouve la force d'écrire ce soir-là Tolstoï après s'être assuré auprès de sa fille qu'ils repartiraient bien le lendemain matin en direction du sud.

Mais, durant la nuit, il est pris de spasmes, respire de plus en plus péniblement, puis se met à délirer. « Il entendit de nouveau passer les trains de nuit, puis ceux de l'aube, imagine Alberto Cavallari, il eut l'impression que la fuite continuait. »

Tolstoï s'éteint le matin du 7 novembre, dans la petite gare d'Astapovo, après six jours d'agonie. « J'irai quelque part, que personne ne m'en empêche, laissez-moi tranquille », murmure-t-il à plusieurs reprises dans son délire, se souviendra Sacha. Puis une nuit, l'une des dernières de sa longue existence, il se redresse soudain et s'écrie : « Fuir, il faut fuir ! » Ce seront ses ultimes paroles.

Sans doute a-t-il balancé jusqu'à la fin entre l'espérance d'une autre vie, loin de Sophia, si brève soit-elle, et le désir secret de mourir seul. L'évocation du monastère pour « les vieillards » laisse supposer qu'il s'imaginait une retraite plus ou moins longue, mais une retraite dans la solitude. Sa dernière lettre à Sophia, écrite à Chamardino, pour la dissuader de se suicider, exprime en tout cas sa foi en la vie et en ses bienfaits : « La vie n'est pas une plaisanterie, écrit-il à sa femme, et nous n'avons pas le droit de l'abandonner ainsi. C'est même irraisonnable de la mesurer suivant la durée du temps ; les mois qui nous restent à vivre sont peut-être plus importants que toutes les années vécues ; il faut bien les vivre. »

La vie ne lui est pas reconnaissante de sa foi en elle – elle l'abandonne alors qu'enfin il a trouvé la force de partir. Non seulement il rate sa fuite, mais en fait de mourir dans la solitude il rend son dernier souffle entouré d'une foule considérable au milieu de laquelle, nous rapporte Alberto Cavallari, figurent « ses enfants, les médecins célèbres, les envoyés du gouvernement, les amis tolstoïens, les archiprêtres pour le réconcilier avec l'Église, les journalistes pour le décrire, les moujiks pour le veiller en allumant sur les collines à l'entour des myriades de feux de bois ».

Sa seule réussite tient en sa séparation d'avec Sophia. Arrivée à Astapovo par un train spécial, celle-ci n'est pas autorisée à en descendre. Les médecins estiment que son apparition serait une contrariété trop violente pour l'écrivain, ce qu'approuvent les enfants, respectueux de la volonté du père. Sophia demeurera dans son train jusqu'à la fin, au milieu des voies ferrées, et ne reverra pas son mari vivant.

S'enfuir, partir à la rencontre de la mort, se jouer d'elle d'une certaine façon en ne la laissant pas décider seule du lieu et de la date est une entreprise risquée. On ne saura jamais ce qu'a espéré Bernard Moitessier en renonçant à sa première place pour continuer à tourner autour du monde, pour « sauver [son] âme ». Paulina Dalmayer ne nous dit pas si Wanda est parvenue, comme elle le voulait, à disparaître dans les eaux troubles du Gange. Elle a pris l'avion, elle est bien arrivée à Bénarès après une escale à Francfort, elle est montée le lendemain sur un de ces bateaux, aperçus la veille depuis la terrasse de son hôtel, qui se déplacent paresseusement sur le fleuve, mais le livre s'arrête juste avant qu'elle ne prenne la décision d'en descendre – ou d'y rester pour être ramenée sur la terre ferme. Quant à Tolstoï, qui lui aussi espérait sauver son âme des griffes de Sophia et disparaître dans quelque lieu silencieux protégé de la foule et de ses propres démons, il est mort dans une gare, otage des siens et de son immense notoriété, sans plus pouvoir décider de quoi que ce soit.

Et moi je tombe opportunément malade trois jours avant de prendre la route sur mon vieux Singer. La bactérie est mauvaise, le médecin me prescrit un nouvel antibiotique et, durant quelques jours, je passe l'essentiel de mon temps allongé. J'ai dû reporter mon départ de deux semaines. À mes enfants comme à Curtis j'explique que cela n'a aucune importance. Mais une nuit, comme j'essaie de calculer à quelle date je peux être à Stalingrad dans cette nouvelle configuration, soudain l'angoisse d'être pris dans les grandes pluies d'automne me fait bondir du lit. En admettant que je puisse partir au milieu du mois d'août, combien de temps vais-je mettre pour parcourir près de cinq mille kilomètres ? Je grimpe dans mon bureau. Vite, remettre la main sur ma calculette… Ah, voilà. Supposons que je fasse quatre-vingts kilomètres par jour, eh bien cinq mille divisé par quatre-vingts… soixante-deux. À peine plus de deux mois. Ce qui me ferait arriver à la mi-octobre, juste avant les pluies, si je me fie à la correspondance du soldat Günter Flügge, combattant de la VIe armée allemande, disparu à Stalingrad durant le mois de janvier 1943. Puis je me rappelle ma chute, vélo chargé, et mon pathétique tour de jardin. Certes, je parcours sans difficulté quatre-vingts kilomètres en une journée sur l'un de mes vélos en carbone, mais ceux-ci pèsent sept kilos quand mon Singer en fait à peu près trente-cinq avec son harnachement. Bon, disons plutôt soixante kilomètres quotidiennement – tac tac tac : quatre-vingt-trois jours, pas loin de trois mois, soit une arrivée au milieu de novembre, le début de la boue et des pistes impraticables dans la plaine russe. Sans compter, me dis-je, que je dois garder du temps le soir pour écrire le livre qui sera publié après ma disparition.

Alors le seul mot de « disparition » me glace un instant le sang. À me focaliser sur ma calculette, comme un petit comptable, j'ai fini par oublier le sens de ce départ. Certes, j'aimerais connaître Stalingrad, y entrer à vélo, et poursuivre au-delà si mes forces me le permettent, mais Stalingrad n'est qu'un objectif lointain, un prétexte, oserais-je dire, né de la curiosité puis de l'émotion qui m'ont saisi à la lecture des lettres de Günter Flügge, découvertes au marché aux puces de Hambourg quand je travaillais sur la psychologie des militaires durant les deux derniers conflits en Europe, celui de 39-45 et celui de 91-95 en ex-Yougoslavie. Je ne dois pas oublier que tout comme Wanda, Tolstoï, et peut-être Moitessier, je n'ai pas prévu de rentrer à la maison et qu'il se peut parfaitement que je tombe mort bien avant d'atteindre Stalingrad. Dès lors, pourquoi me polariser sur les jours et les saisons ? J'aurai bien le temps de mourir, et si l'hiver me surprend, eh bien je louerai une maison et j'écrirai tranquillement mon livre en attendant le printemps.

Cette idée de louer une maison quelque part entre la Roumanie et la Russie m'illumine. Tolstoï, de la même façon, a sûrement cru pouvoir s'accorder un sursis en louant une isba à Chamardino. Avant de devoir y renoncer car, évidemment, on l'y retrouverait facilement si près de chez lui. Mais la fuite de Tolstoï est affreusement brouillonne, d'abord il prévient qu'il ne reviendra pas, au lieu de se taire, ce qui donne l'alerte, ensuite il tourne en rond autour de sa propriété, comme s'il n'était pas vraiment décidé à en partir, etc., etc. Moi, au contraire, je laisse entendre que je reviendrai, de sorte que personne ne s'alarme ni ne me poursuit, et je roule résolument vers l'est, sans me retourner ni faire de détours.

Enfin, pour le moment je ne roule nulle part si ce n'est dans mon jardin, mais je regagne mon lit rasséréné – demain matin, je regarderai sur Internet les possibilités de location en Moldavie, pourquoi pas à Chișinău, tiens ? J'aime cette ville.

Quand, enfin, je me sens mieux, je reprends l'entraînement, mais cette fois sur mon Singer plutôt que sur un vélo en carbone, et en augmentant la charge progressivement. Après quelques jours d'antibiotique j'ai la conviction d'être guéri et je retiens la date du 18 août pour mon départ.

C'est un lundi, dans mon souvenir. Le samedi qui le précède, je me lève à l'aube dans l'intention de faire le tour du Ventoux dans la journée, soit un peu plus de cent kilomètres, mon vélo complètement chargé. Après une petite heure de route, comme je grimpe en danseuse vers le hameau de Veaux, ma pédale droite se dérobe soudain comme si la chaîne venait de se rompre. Le vélo perd son faible élan, tremble sous la charge, oscille dangereusement, et si j'évite de peu la chute, les pieds attachés, c'est qu'au tour de pédale suivant la chaîne raccroche, par bonheur. La sensation de vide, en pleine poussée, est déconcertante – en un demi-siècle de cyclisme jamais je n'en avais fait l'expérience. Sur le moment, j'attribue l'incident à un mauvais réglage du dérailleur et je l'ai déjà oublié quand, un peu plus loin, le phénomène se reproduit, par chance en descendant sur Veaux de sorte que le Singer poursuit sa course. Alors j'ai l'intuition que ce qui m'arrive est très grave, l'intuition qu'à la veille du départ mon vélo est sur le point de me lâcher. Ma santé d'abord, me dis-je, et maintenant lui. Lui qui sort de l'atelier.

En un quart de seconde ma décision est prise : rejoindre au plus vite Nicolas qui entretient mes carbone à Carpentras. Il est à peine huit heures, j'ai la journée pour réparer. J'arrête un petit camion, nous couchons le vélo dans la benne et le gars me dépose devant chez moi. Pas trop le temps de remercier, dix minutes plus tard le Singer est dans ma voiture, dépouillé de ses sacoches, et je roule à bonne allure vers la ville.

Jamais je n'aurais soupçonné qu'une *roue libre* puisse casser, surtout une neuve. C'est pourtant ce que vient de faire celle-ci. Le problème c'est que ce type de pignon arrière ne se fabrique plus depuis trente ans et que Nicolas ne voit pas bien où je pourrais trouver la pièce, à part chez Singer précisément, à Levallois, Alex Singer qui semble avoir stocké toute la production française des années 1980 condamnée à la faillite par la japonaise.

À ce moment-là, il est à peu près 10 h 30, et je dissimule difficilement mon désarroi. Je calcule mentalement que j'ai encore le temps d'attraper un TGV pour Paris, de courir à Levallois et de revenir le lendemain au plus tard. Alors, je pourrais maintenir mon départ à la date prévue. Nicolas ne voit pas d'autre solution non plus. Comme son magasin est plein de cyclistes, et que j'ai la voix qui tremble, je sors dans la rue pour téléphoner chez Singer. C'est une femme qui décroche – l'atelier est fermé, Olivier est en vacances, mais elle va tenter de le joindre et sans aucun doute il me rappellera. J'ai le sentiment pénible que tout m'échappe, d'être en train de me perdre dans une entreprise labyrinthique – à l'allure où vont les choses je n'aurai pas cette pièce avant trois ou quatre jours, et dans mon esprit ces trois ou quatre jours, s'ajoutant aux deux ou trois semaines déjà perdues, condamnent mon voyage. L'infection urinaire, puis la roue libre, puis Olivier en vacances, et demain quoi ? Les événements semblent se liguer pour m'empêcher de partir, *pour m'empêcher d'aller mourir* en somme, et si je n'étais pas dans un tel état d'angoisse j'aurais peut-être la lucidité d'en rire.

Alors, sur le même trottoir, j'appelle Robert à Avignon. Lui m'a dépanné un jour d'un vieux dérailleur Simplex. Mais non, il y a bien longtemps qu'il n'a plus de pignons de ce type intégrant le cliquet de roue libre. Il est embêté de me laisser en panne, je l'entends discuter avec les clients qui se trouvent dans la boutique, et soudain l'un d'entre eux a une idée : pourquoi ne pas aller voir à cette antenne d'Emmaüs, ou d'une paroisse, il ne sait plus, qui récupère des épaves de vélos pour les restaurer et les donner aux familles dans les cités ? Quand j'appelle, une voix d'homme fatiguée me dit de passer, qu'il doit avoir ça, oui. J'enfourne de nouveau le Singer dans ma voiture et je file en direction d'Avignon.

C'est un vaste hangar au fond d'une impasse. J'y pousse mon vélo. De petits groupes s'affairent ici et là autour de bicyclettes. Un homme à catogan s'approche – « Ah ouais, dit-il avant que j'ouvre la bouche, c'est toi la roue libre. » Il se penche sur un tiroir de la taille d'un fourneau et commence à y touiller des centaines de pignons arrière – « Tiens, dit-il, celui-là doit aller. Installe-toi dans le coin, là-bas. Pour les outils, c'est ici. Tu prends et tu remets. » Un moment plus tard, il vient voir où j'en suis, m'apporte une boîte de graisse, contrôle le serrage. « Ça va tenir cinq mille kilomètres ? » Il n'entend pas, ou ne comprend pas, et m'abandonne pour accueillir un barbu dont le vélo n'a plus de roue à l'avant.

À la date prévue, je me lève avant le jour. Le propre du fuyard est de ne pas vouloir être vu, et moi je ne veux pas l'être partant sur ce vélo. Tout de suite les gens s'imagineraient quelque chose de grand – une expédition, un tour du monde, et comme ils riraient et se moqueraient s'ils apprenaient ensuite que je suis mort à Manosque, ou à Draguignan – « Si c'était pour faire cent bornes, diraient-ils, il n'avait pas besoin de tout ce bazar. » Exactement comme je me moque de Tolstoï, n'est-ce pas, finissant avec toutes ses valises dans une gare distante d'à peine deux cents kilomètres de sa propriété de Yasnaïa Poliana. À cinq heures, ce matin-là, je ferme ma maison pour la dernière fois et cache les clés sous la grosse pierre, derrière le puits, où je sais que mes enfants sauront les trouver.

Il fait encore nuit quand je contourne le village, tous feux éteints telle une ombre, pour rejoindre la route d'Apt en direction de l'Italie. Les premiers moments sont enchanteurs dans la tiédeur de l'aube et mon lourd Singer semble glisser sans effort sur ces petites routes sinueuses. L'haleine humide d'une futaie, l'aboiement d'un chien, le chant du coq, le premier tracteur croisé, l'odeur du pain chaud à l'approche d'un village – j'accueille tout cela avec gratitude, et même, par moments, je chantonne, tellement heureux d'être enfin parti. Tellement heureux. Cinq mille kilomètres, c'est la promesse de semaines, de mois peut-être, à vivre dans la sérénité. L'homme qui pédale, comme l'homme qui écrit, n'a plus à se sentir coupable d'exister, il paye sa dette à chaque coup de pédale, à chaque ligne écrite, et moi je fais les deux, écrire et pédaler. Nous sommes quelques-uns à travers le monde à penser que deux assurances valent mieux qu'une. Certes, un jour je tomberai sur le bas-côté et c'en sera fini, enfin fini, suis-je tenté d'ajouter tant il est épuisant de vivre, mais pourquoi penser à la mort quand on a la chance d'avoir devant soi cinq mille bons kilomètres ?

Quand le ciel pâlit à l'est, je me vois déjà entrant dans Stalingrad et je ris tout seul alors que je ne suis qu'à Saint-Didier et qu'un vieillard, attablé seul à la terrasse d'un café, me lance un réjouissant « Roulez jeunesse ! » en brandissant le pouce. Quel bonheur ! Mais un moment plus tard je ne ris plus car le vélo pèse soudain une tonne et se cabre comme si tout le train arrière venait de s'enfoncer dans le bitume. Quoi, encore ? Pendant un moment, je reste sans comprendre, tout semble normal – les freins ne sont pas serrés, le pédalier tourne, et cependant la roue arrière est obstinément bloquée. Ah, par le garde-boue. Si je n'avais pas été en selle, occupé à rouler, j'aurais soupçonné un quelconque crétin d'être venu dans la nuit me le coller contre le pneu. Puis tout s'éclaire : le porte-bagages est sorti de ses gonds et, sous le poids des sacoches, le garde-boue est venu s'écraser sur la roue. Par chance, je n'ai pas perdu les écrous des gonds. Je traîne le Singer sur le bas-côté, détache les sacoches, renverse celle de la cuisine dans l'herbe pour accéder aux outils logés bien au fond (je n'avais pas prévu d'en avoir besoin si tôt), et cette fois je veille à bloquer sérieusement les pattes de fixation.

Un moment plus tard, cette réparation rondement menée ajoute à ma joie – non seulement la panne ne m'a pas résisté, mais la preuve est faite que j'ai avec moi l'outillage pour me tirer de n'importe quelle situation. Avant midi je suis à Apt – une quarantaine de kilomètres parcourus sans la moindre difficulté. Comme je l'ai expliqué à Curtis, seuls mes genoux pourraient m'empêcher de mener à bien mon projet – s'ils s'enflammaient, enflaient et devenaient douloureux, je n'aurais d'autres choix que de rentrer chez moi. Cette perspective pouvait me faire bondir du lit au milieu de la nuit et me contraindre à avaler toute une barrette de Lexomil avant d'y retourner. Or, durant cette première matinée de voyage, si j'ai souffert d'une chose, c'est de mon pignon arrière, pas une seconde je n'ai pensé à mes genoux, seule la bonne santé de mon pignon arrière m'a préoccupé, me remémorant de quel sombre chaudron il avait été sorti, si encrassé et rouillé que le croisant dans un caniveau je l'y aurais sans doute laissé. Le nettoyer m'avait bien pris vingt minutes, mais quelle garantie avais-je que la roue libre n'allait pas se rompre au prochain coup de pédale ? Aucune.

Enfin, là, je marche fièrement dans les ruelles piétonnes d'Apt, tenant mon Singer par la potence et remerciant secrètement Olivier d'avoir insisté pour le réémailler entièrement dans ce noir admirable sur lequel claque le logo rouge « Alex Singer », l'équivalent de « Rolls-Royce » pour les connaisseurs, car je vois bien comme les gens le regardent.

En fin d'après-midi, j'arrive à Manosque, et je cherche un camping près du centre-ville. Plaisir de monter la tente en cinq minutes (je m'y suis entraîné dans mon jardin) et de partir à pied découvrir un endroit pour dîner. Comme je suis attablé seul en terrasse, j'ai tout le loisir d'observer les couples, l'un qui s'attarde devant une vitrine et l'autre qui patiente un peu plus loin en songeant à quoi, je me le demande. « L'un qui souffre et l'autre qui s'emmerde », dirait Esther, retrouvant pour l'occasion son ricanement charmant de petite voyoute. Au début de notre histoire, c'est elle qui souffrait et moi qui… puis les choses s'étaient inversées et Esther n'était pas du genre à supporter longtemps de s'emmerder. Enfin, tout cela pour me féliciter d'être seul désormais et de ne plus trembler, comme ce pauvre Tolstoï, en écoutant sa femme aller et venir.

Puis je rentre me coucher. Je suis conscient de ne pas avoir écrit une ligne ce premier soir, et pourtant ce qui me préoccupe c'est la façon dont je vais faire parvenir mon manuscrit à Curtis. Curieusement, nous n'en avons pas parlé. D'une nature optimiste, lui compte certainement sur la poste. Moi non, aussi vais-je devoir photocopier mes pages avant de les confier à deux prestataires différents pour ne prendre aucun risque. Je les lui enverrai au fur et à mesure, comme Malaparte pour *Kaputt*, tiens, me dis-je, avant de me raviser. D'abord Malaparte n'a pas envoyé son manuscrit à son éditeur, mais à sa propre adresse en Italie, et ensuite il n'est pas passé par la poste mais par des intermédiaires de confiance.

Chaque fois que je rouvre *Kaputt*, ce chef-d'œuvre, je mesure la chance que j'ai de le tenir en entier. Malaparte commence sa rédaction durant l'été 1941, chez un paysan ukrainien dont la maison de torchis est voisine du bâtiment occupé par les SS. Si un soldat fait mine de s'approcher, le paysan prévient Malaparte qui a ainsi le temps de cacher son texte.

Quand il repart pour le front, il le confie au paysan qui le dissimule dans un trou du mur de sa porcherie. Quand il revient, la fille du paysan le lui coud dans la doublure de son uniforme. Il est à la fois capitaine dans l'armée italienne, alliée de l'Allemagne, et correspondant de guerre pour le *Corriere della Sera*.

Durant l'hiver 1942, il poursuit l'écriture du livre en Pologne et sur le front de Smolensk, avant de gagner la Finlande, son manuscrit, de plus en plus volumineux, cousu cette fois dans la doublure de sa peau de mouton. Durant les mois qu'il passe en Finlande, il achève le roman, à l'exception du dernier chapitre qu'il écrira dans sa maison de Capri à la fin de l'année 1943.

La survie du texte se joue à la roulette lorsqu'il quitte la Finlande. Il ne veut pas prendre le risque de se le faire détruire par la Gestapo qui le tient à l'œil (elle l'a déjà arrêté puis relâché), il raconte donc l'avoir divisé en trois parties pour confier chacune d'entre elles à un diplomate : la première à l'ambassadeur d'Espagne à Helsinki, le comte Agustín de Foxá, la deuxième au secrétaire de la légation de Roumanie, le prince Dinu Cantemir, et la troisième à l'attaché de presse de cette même légation, Titu Mihailescu. À charge pour les trois hommes de faire parvenir en Italie ces pages si précieuses.

Quand il regagne son pays après la chute de Mussolini, en juillet 1943, Curzio Malaparte a le bonheur de retrouver son manuscrit au complet qu'il s'en va cacher aussitôt, écrira-t-il, « dans un trou de rocher, au milieu du bois qui entoure [sa] maison ».

Ce que Malaparte a réussi en temps de guerre, me dis-je, je dois bien pouvoir l'accomplir dans l'Europe en paix.

Le doux martèlement de la pluie sur la toile de tente me réveille dans le premier jour et je reprends ma réflexion là où je l'avais laissée – comment sauver mon manuscrit (inexistant pour le moment) des mille périls qui le menacent ? Je n'avais pas pensé à la pluie, or je sais les dégâts que peut occasionner une seule goutte d'eau sur mon encre violette – parfois deux ou trois lignes rendues illisibles. Je m'en veux d'avoir prévu un sac étanche pour mes vêtements et rien pour mes carnets, comme si pour eux l'été allait se prolonger jusqu'à Stalingrad.

Rouler sous la pluie exige de se retirer en soi, de s'absenter d'une certaine façon, pour ne laisser aucune prise aux tourbillons que soulèvent les camions et qui soudain vous giflent, aux coups de klaxon furibonds parce que la bourrasque vous a fait faire un écart, à l'eau qui s'infiltre partout pour terminer sa course dans vos chaussures. Sans protection sur ces routes dites nationales, vous ne valez guère plus qu'un bousier et on vous passerait dessus si vous n'étiez pas de taille respectable. C'est ce matin-là, progressant vers un horizon aveugle strié de pluie, tandis que je songe à mes enfants que je ne reverrai pas, que me vient l'idée de la scène d'ouverture de ce roman : les réunir au restaurant pour les décrire tels que je vais les emporter dans la mort. Dans la réalité, un tel déjeuner serait impossible du fait des rancœurs de l'un ou l'autre, et d'ailleurs je les ai vus séparément, comme chaque fois, pour leur annoncer mon énième voyage au détour d'une phrase, mais au diable la réalité, quel bonheur ce serait de pouvoir les faire exister par les mots, de leur donner cette forme d'éternité, n'est-ce pas, et de parvenir dans le même mouvement à tisser la toile de nos relations si complexes, si subtiles.

En début d'après-midi, le ciel s'éclaircit, le soleil perce et un instant plus tard j'étale mes vêtements trempés sur une prairie, puis j'avale deux tomates et un œuf dur avant de me faire un café brûlant.

Le soir, je suis à Draguignan, dans un petit camping déniché par hasard et si perdu que nous ne sommes que trois, un couple de Belges sexagénaires qui voyage à bord d'un camping-car, et moi. Nous nous retrouvons aux lavabos pour laver nos sous-vêtements. Ils sont très sympathiques mais je décline leur invitation à dîner. Eux font un tour des régions françaises, ils sont intarissables sur l'arrière-pays niçois et comptent maintenant gagner la Savoie. Je peux feindre de partager leur enthousiasme, mais qu'arrivera-t-il quand ce sera mon tour de parler ? « Et vous, Augustin – c'est bien Augustin, n'est-ce pas ? –, où allez-vous donc ? — À Stalingrad. — Mon Dieu, mais c'est le nom d'une bataille fameuse… la ville existe donc toujours ? — Sous le nom de Volgograd, oui, mais Volgograd ne rime à rien, je lui préfère son appellation précédente. — Et est-ce indiscret de vous demander ce que vous allez faire par là-bas ? — Eh bien… disparaître. — Pardon ? — Mourir, si vous préférez. »

Regagnant ma tente avec mon linge mouillé, je ris tout seul en me figurant notre conversation. Puis je m'adosse à un arbre et la première phrase me vient presque aussitôt :

« J'ai songé que je devais les prévenir de ce que j'allais entreprendre et, de passage à Paris, je les ai invités à déjeuner. »

Me voilà transporté à Paris, bien qu'assis dans l'herbe à Draguignan, traversant la place de la Bastille, tiens, en direction du pont d'Austerlitz et du boulevard de l'Hôpital, comme aimanté par le Jardin des plantes. Nos dimanches au Jardin des plantes. Anna dans sa poussette, puis Coline. Claire qui avait tout de suite aimé Esther, tandis que David…

Une bonne heure a dû s'écouler car le monsieur belge me dépose un morceau de gâteau dans une assiette en carton – « Pardon de vous déranger… — Oh, merci ! — Ma femme m'a dit : Va donc lui porter une part de gâteau… — C'est très gentil. — Vous avez raté le gratin, mais vous n'aurez pas tout perdu. — Ah oui, oui, merci. »

Dès qu'il est reparti, j'écris la deuxième phrase :

« Mes quatre enfants, tous adultes désormais. »

Puis je mange le gâteau et allume une cigarette.

Au milieu de la nuit, réveillé par une sourde colère, j'écris tout un paragraphe :

« En me rendant au restaurant, j'ai regretté cette initiative – pourquoi les prévenir ? Les enfants se fichent du destin d'un homme de soixante-dix ans, mon âge aujourd'hui. Ils pensent que quoi qu'il dise, ou fasse, il va bientôt mourir et que cette perspective rend superflu ce qu'il peut bien décider. Cause toujours, papa, tu seras bientôt mort. »

Le Ciel semble vouloir se venger le lendemain. Je ne crois plus en Dieu (enfant, j'y croyais, je songeais même à devenir missionnaire, puis saint, saint Augustin, il y en avait déjà un, mais très âgé) et cependant, durant cette journée maudite, j'ai ressenti à chaque instant sa volonté de me punir : « La mort est ma prérogative, l'ai-je entendu me siffler aux oreilles, ce n'est pas à toi d'en décider les circonstances ni le moment, et plus que tout je t'interdis d'en rire. La mort est le châtiment qui me permet de vous tenir tous en laisse, toi comme les autres, pauvre crétin, elle n'est pas une plaisanterie. Tu te crois malin d'en ricaner, mais je vais t'en faire passer l'envie. »

En quittant le camping, je cherche en vain la route de Grasse et, pour la première fois, décide de recourir au GPS de mon téléphone. Il m'indique une voie étroite, sur laquelle je m'engage, mais qui devient bientôt si pentue que je dois mettre pied à terre et pousser mon vélo. J'aperçois au sommet un croisement et je suis porté par l'espoir d'accéder à la départementale qui me conduira à Grasse. À l'intersection, alors que je suis en nage et déjà bien essoufflé, le GPS me prescrit de continuer tout droit. Seulement tout droit, ce n'est plus qu'un chemin de terre recouvert d'une végétation débordante, véritable raidillon alpin dont ne voudrait pas une mule. Convaincu que le GPS se trompe, je prends d'autorité à droite, vers le soleil levant, direction supposée de Grasse. Mais aussitôt la voix me ramène au sombre raidillon. Il serait prétendument la seule possibilité d'accéder à la départementale 562 – celle que je cherche. Après avoir tergiversé, je finis par m'y engager, tirant plutôt que poussant mon Singer de trente-cinq kilos. Durant une centaine de mètres, je lutte pied à pied dans la terre grasse, gorgée des pluies de la veille, les semelles dures et lisses de mes chaussures menaçant à chaque instant de me trahir. Puis la pente devient soudain bien plus raide, et je m'immobilise, abasourdi, la gorge en feu. Je peux entendre cogner mon cœur, je sais que je n'aurai pas la force d'aller plus loin et je me tiens là un long moment, debout à côté de mon vélo, dans un équilibre fragile, les deux mains accrochées aux leviers de frein que j'écrase. J'attends de reprendre haleine pour décider que faire. Cependant, quand un moment plus tard j'envisage de redescendre et regarde en arrière, je mesure immédiatement dans quelle situation impossible m'a placé le satellite (« Voix du Seigneur, que tu le veuilles ou non », dirait le croyant). Faire demi-tour serait suicidaire : le vélo ne manquerait pas de m'emporter et il est tout à fait certain que nous ne serions pas beaux à voir arrivés en bas. Quant à poursuivre l'ascension, je m'en sens incapable, et même si j'en trouvais l'énergie le risque demeurerait d'être précipité dans le vide à la seconde où je lâcherais les freins.

En somme, je ne vois pas de solution, conscient que ma sauvegarde tient à un fil qui ne dépend plus de moi : que va-t-il advenir à l'instant où je vais desserrer les freins ? L'idée me traverse que je pourrais mourir là, finalement, bien plus tôt que prévu, dans la banlieue de Draguignan, au creux d'un mauvais chemin, victime d'un ordre venu du Ciel. Alors je ne saurais pas dire si je tremble de fatigue ou de peur.

Puis je remarque une pierre dans la gadoue et, déplaçant ma jambe droite avec d'infinies précautions, je parviens du bout du pied à la ramener vers moi. Du pied gauche, cette fois, je la glisse sous la roue arrière. Lentement, je desserre les freins, le vélo vient se caler contre elle. Maintenant j'ai retrouvé mon souffle, une partie de ma lucidité, et une main libre pour attraper mon téléphone. Le GPS me précise que la D562 se trouve exactement à trois cents mètres au-dessus de moi. C'est à la fois un message d'espoir, car dans trois cents mètres je serai sauvé, et la promesse d'une épreuve dont je ne suis pas certain de triompher.

Je vais tenter de hisser le vélo mètre par mètre, une main derrière la selle, l'autre sur le guidon, le corps arc-bouté. Mais je ne peux pas traîner la pierre avec moi et je ne suis pas certain qu'un seul frein suffise à le retenir. Je respire calmement, ne tremble plus, et m'aidant de la voix je me lance : « Oh ! » Voilà, c'est fait, un mètre de gagné. Seulement j'ai le cœur qui cogne de nouveau, et je ne veux pas mourir dans ce trou, alors je prends le temps de souffler avant d'attaquer le mètre suivant.

Il n'est pas loin de dix heures quand je débouche enfin sur la départementale. Soudain la vie est de nouveau là, enjouée, bruyante, lumineuse, mais moi j'ai conscience de ne plus être tout à fait le même qu'à mon réveil, trois heures plus tôt. Ce qui vient de m'arriver est à la fois stupide et terrifiant. Passer tout près de la mort par la faute d'un chemin, n'est-ce pas, alors que ce n'est pas la guerre, que la terre n'a pas tremblé, que les gens sont en vacances. J'aurais pu tomber et me briser les cervicales, ou m'exploser le cœur. Mourir pour rien, en somme. Je me revois ahanant et suant comme un bagnard pour hisser mon vélo, et brusquement ce n'est plus contre le chemin que je suis en colère mais contre moi-même. Je n'ai aucun égard pour l'homme que je suis, je me maltraite sans cesse, je me mets constamment en danger. Cela remonte à l'enfance, à la conscience que nous, les dix enfants, avons fait le malheur de nos parents, qu'ils n'ont voulu aucun d'entre nous, que nous ne valions rien à leurs yeux, qu'ils auraient même été soulagés si nous avions pu mourir à la faveur d'une maladie (puisque nous avons tous fini par tomber malades) tant leur vie était devenue difficile, et mon propre malheur vient de ce que je n'ai rien appris durant toutes les années d'existence qui ont suivi, continuant de trouver normal que l'on me passe devant dans la queue comme de souhaiter finir dans un fossé plutôt que dans mon lit. Mon propre malheur vient de ce que je suis resté cet enfant-là dans mon vieux corps.

Puis je trouve un coin tranquille et ombragé au bord de la départementale et je me prépare un café et des tartines. Il ne m'en faut pas plus pour me réconcilier avec l'idiot que je suis. C'est le moment que choisit Nicolas, mon grand frère bien aimé, optimiste pour deux (et même pour dix quand nous étions enfants), pour m'envoyer un SMS : « Salut Augustin, j'espère que ce début de voyage est un plaisir. Bon courage ! Je t'embrasse. » Un instant plus tôt, je l'aurais mal pris, mais là je souris, heureux de compter pour lui.

Jamais je n'aurais pensé que Valbonne puisse exister, sauf peut-être dans un film de Jacques Demy.

Une ville aux ruelles colorées baignées de soleil où l'on s'interpelle joyeusement d'un porche à l'autre – « Dis-moi, Mireille, tu n'aurais pas un peu de coriandre ? — Mais si, bien sûr, voilà, voilà. » Une ville où les femmes vous rendent votre sourire, où les hommes vous proposent de veiller sur votre bicyclette le temps que vous alliez chercher ceci ou cela, où l'on peut entendre chanter par les fenêtres ouvertes. Une ville d'où les petites rancœurs semblent avoir été bannies. S'il est un lieu propice au repos, songe le voyageur conquis par cette allégresse, c'est bien ce Valbonne, en quelque sorte tombé du ciel, et voilà notre homme en quête d'une chambre d'hôtel.

« Rentrez donc votre vélo, vous serez plus tranquille. Eh bien dites donc, quel courage ! Et où allez-vous comme ça ? — En Moldavie (cela rétorqué spontanément, pour ne pas mentionner Stalingrad qui ne me vaudrait que des ennuis, je le pressens). — C'est un pays, ça ? — Dont la capitale est Chișinău, oui. — Un instant j'ai cru que vous vous foutiez de moi. » Nous rions de bon cœur, mais je vois qu'il n'est pas convaincu. « Je vais rester deux nuits. — Vous faites très bien. Une fois ici, les gens n'ont plus envie d'en repartir. Mais dites-moi, la Moldavie, ça ne serait pas ce pays inventé par Hergé dans je ne sais quelle aventure de Tintin ? »

La chambre est belle, ombragée par de lourdes persiennes à l'italienne. Par les fenêtres ouvertes sur l'été m'arrive l'heureux pépiement des habitants de

Valbonne. « Tous les trois ou quatre jours, ai-je prévenu Curtis, je m'arrêterai à l'hôtel pour me reposer et écrire. — Vous iriez à l'hôtel tous les soirs que je ne serais pas choqué. — Non, je tiens au camping. — De votre part, le contraire m'eût étonné. »

Je dors affreusement mal sous la tente, le matelas autogonflant ne me protège pas des pierres et sortir à trois heures du matin pour pisser pieds nus dans l'herbe humide n'est pas agréable. Cependant, je n'ai pas envisagé un instant de descendre à l'hôtel tous les soirs.

J'avais prévu de dîner au restaurant mais je commets l'imprudence, à peine douché, d'ouvrir l'autobiographie de Petru Dumitriu, l'un des deux vieux livres embarqués dans mes sacoches, et je laisse passer l'heure. Comme j'ai laissé passer l'occasion de rencontrer Dumitriu avant sa mort, survenue en avril 2002. Petru Dumitriu est un écrivain roumain, l'un de mes préférés, l'un des plus controversés aussi. À l'âge de vingt-cinq ans, dès la prise de pouvoir des communistes en Roumanie, il se met à leur service pour rédiger de grandes sagas où les boyards apparaissent le plus souvent cruels et sans pitié pour les paysans qui entretiennent leurs vastes domaines. Il est plus doué que les autres et parvient à dissimuler sous l'intrigue, sous la puissance des mots, l'exigence de propagande. Ainsi devient-il l'écrivain préféré de la jeune dictature, on le pousse dans la lumière, on le fait asseoir à la droite du ministre, on lui donne une maison et une voiture avec chauffeur, une lourde

Zil soviétique, ou une de ces Buick noires achetées aux Américains, quand les familles s'entassent dans une seule pièce et n'ont pas de quoi se nourrir. Mais Dumitriu n'est pas qu'un propagandiste talentueux, il commence une œuvre qu'il se cache pour écrire, tout comme Malaparte. Il sait qu'il ne pourra pas mener éternellement cette double vie, que s'il est adulé par le Parti il est également très étroitement surveillé, en particulier par son chauffeur, membre de la Securitate. Soudain, en janvier 1960, à l'âge de trente-six ans, il n'y tient plus et prend avec sa femme, Isolde, la décision de fuir. Ils partent dans sa voiture de fonction, ses manuscrits clandestins dans le coffre, sans intention de retour, envisageant calmement d'être abattus au passage de ce que l'on appelait alors le « rideau de fer » si les choses tournent mal. C'est en me remémorant leur échappée, racontée dans *La Moisson*, le livre que je tiens entre mes mains, que l'idée m'est venue d'ajouter Dumitriu à mes autres compagnons de voyage, fugitifs plus ou moins chanceux – Tolstoï, Wanda, et l'énigmatique Moitessier.

Pour la troisième fois je relis les pages de leur fuite.

Pour ne pas éveiller les soupçons, ils laissent à Bucarest leur petite fille, Irène, venue au monde dix mois plus tôt. L'enfant est confiée à sa tante, la sœur d'Isolde.

C'est le plein hiver, ils traversent la Transylvanie sous la neige, entrent en Hongrie et dorment à Budapest. Le lendemain, ils sont à Prague, d'où ils gagnent Dresde pour emprunter l'autoroute jusqu'à Berlin-Est. Tant qu'ils voyagent dans l'espace socialiste, ils sont amicalement reçus, Dumitriu jouissant de son aura et de tous les documents nécessaires.

Ils ont décidé de sortir par Berlin, sachant que s'ils parvenaient à passer la frontière ils pourraient immédiatement demander l'asile au consulat français, ou américain, à Berlin-Ouest.

« Arrivée nocturne à Berlin, côté socialiste, écrit Dumitriu. Le Mur n'existait pas encore, il allait être bâti un an après. Des fenêtres de notre chambre, au dixième étage de l'hôtel pour touristes étrangers, nous aperçûmes loin dans la nuit un immense chatoiement de lumières : Berlin-Ouest.

« C'était comme tracé au cordeau : en deçà d'une ligne invisible, ténèbres. Le socialisme. Au-delà, le scintillement de la liberté.

« “Crois-tu que nous reverrons notre enfant ?” me demanda Isolde.

« Je ne le croyais pas. Je suis un homme de peu de foi. Je répondis : “Oui.”

« Le matin suivant, nous partîmes en voiture vers la ligne de démarcation. Nous avions une destination avouable, à une adresse officielle.

« Juste avant le dernier carrefour, les policiers à bonnet sibérien et mitraillette Kalachnikov nous arrêtèrent, nous demandèrent nos papiers. Je leur dis que nous nous rendions à l'adresse officielle à tel numéro de la Friedrichstrasse.

« “Passez.”

« Au lieu de tourner à gauche, nous fonçâmes tout droit, en deuxième, pour pouvoir continuer à pleins gaz sur les jantes même s'ils tiraient sur les pneus.

« Derrière nous, les policiers criaient, gesticulaient.

« Nous attendions la première rafale de balles.

« Nous nous sentions le dos nu, absolument pas protégés par la tôle mince de la carrosserie.

« Ils ne tirèrent pas. Grosse voiture étrangère, gens à passeport étranger, d'un pays fraternel, s'étant peut-être trompés de direction. Ils ne tirèrent pas. »

Je passe la journée du lendemain à écrire, à tenter d'éclairer la place qu'occupe chacun de mes quatre enfants dans mes pensées. Pourquoi disent-ils qu'Anna est ma « petite chouchoute » ? J'ai pris le parti d'en rire, ne trouvant rien à répondre de bien malin, mais au fond je n'ai pas la réponse. Il serait mensonger de prétendre que je les aime tous les quatre de la même façon. Non, j'aime chacun pour ce qu'il est et je dirais qu'aucun n'éveille en moi la même émotion. Parfois, la tristesse de David me fait quitter mon bureau précipitamment et bondir sur mon vélo – pourtant, je n'arrive pas à l'appeler pour lui dire combien il me touche. Avec Coline, c'est tout le contraire, à chaque coup de fil, aussi anodin soit-il, nous échangeons des promesses d'amour éternel. Ce qui n'arrive jamais avec Claire, comme s'il n'y avait pas l'ombre d'un doute entre nous. Peut-être n'y a-t-il rien à regretter avec Claire, peut-être ai-je été un bon père avec Claire. Et que s'est-il passé entre Anna et moi pour que je la prenne dans mes bras trois minutes et demie après sa naissance quand j'ai laissé sages-femmes et infirmières s'occuper des trois autres ? Anna qui n'a pas tardé à me signifier qu'elle n'avait pas besoin de moi pour la protéger, qu'elle trouverait très bien son chemin toute seule – ce qu'elle a fait.

En fin d'après-midi, je sors me promener dans Valbonne avec l'intention de dîner au restaurant. Écrire sur mes enfants est comme courir au milieu d'un champ de mines, de petites mines – une image se présente que je n'avais pas vue venir et soudain je refoule un sanglot, ou j'éclate de rire, ou parfois les deux, je pleure d'un moment qui ne se représentera plus. Ils vont me détester d'avoir osé, me dis-je, les enfants n'aiment pas se retourner, ils ont hâte que les parents emportent dans la mort tout ce fatras de vieux souvenirs dont ils ont vaguement honte. Puis à quarante ou cinquante ans, subitement tourmentés par le tour qu'a pris leur vie, les voilà rattrapés par l'enfance, ils ne sont plus en colère, ils veulent y revenir, se mettent en quête de photos, de témoignages, de lettres, de tout ce qui pourrait les renseigner sur eux-mêmes et ils peinent à rassembler ce qu'ils auraient obtenu si facilement vingt ou trente ans plus tôt.

Quand j'avais découvert les livres de Petru Dumitriu dans les années 1990 et m'étais mis à sa recherche, mes enfants étaient encore petits, seule la question de l'écriture m'intéressait : pour gagner la liberté d'écrire ce qu'il voulait écrire, cet homme avait pris le risque de faire tuer sa femme et de se faire tuer lui-même. Pour le même résultat – publier mon premier roman en 1990 –, j'avais accepté de mon côté que mes neuf frères et sœurs me tournent le dos, me précipitant du jour au lendemain dans un isolement glacial.

À l'époque, je n'avais pas prêté attention au sort de l'enfant, laissé en gage en Roumanie, comme je ne m'étais pas interrogé sur les conséquences pour mes enfants de mon obstination à écrire. Non seulement Dumitriu, pour gagner ce droit, prend le risque de se faire tuer avec sa femme, mais il abandonne leur petite fille, secrètement convaincu qu'ils ne la reverront pas. Il fait plus fort que moi qui aurais dû songer que j'allais entraîner mes enfants dans mon isolement, les priver pour toujours de leurs oncles et tantes et de tous leurs cousins, et que la question n'avait même pas effleuré.

Au lendemain de la fuite du couple, les autorités roumaines font arrêter la sœur d'Isolde, qui va passer plus d'une année en prison, et elles ordonnent que l'enfant soit placée dans un orphelinat.

Petru Dumitriu et sa femme engagent alors des démarches pour tenter d'obtenir que la Roumanie leur rende leur enfant. L'écrivain raconte ce combat qui va se prolonger quatre années durant, jusqu'en juillet 1964. Cet été-là, saisissant l'opportunité d'une visite à Paris d'une délégation roumaine conduite par le président du Conseil, Ion Gheorghe Maurer, la France obtient enfin la promesse du retour d'Irène.

La petite fille, âgée de cinq ans, est de nouveau confiée à la sœur d'Isolde, qui reçoit pour l'occasion un passeport et en profitera pour quitter définitivement la Roumanie. Dumitriu relate tout cela, mais il ne dit rien de ce que leur fille, devenue adulte, a pu exprimer de son abandon. Quelles conséquences ont eues ces quatre années sur sa vie ? En a-t-elle conçu de la colère ? A-t-elle fait des reproches à ses parents ? Quant à moi, j'entends que mes enfants s'interrogent parfois sur ma responsabilité dans leur isolement, mais ils ne me reprochent pas ouvertement ma décision, ils préfèrent dénoncer l'intolérance de mes frères et sœurs.

Cependant, contrairement à ce que je m'étais imaginé, ils ne voient aucun avantage à avoir un père écrivain. Tout ce que j'ai pu raconter sur mon histoire, et donc la leur, n'aura provoqué chez eux qu'embarras et gêne, pour ne pas dire honte. Il faudra que j'écrive à ce sujet : le désir maintes fois exprimé par Coline de changer de nom pour qu'on ne la reconnaisse pas comme ma fille, la colère d'Anna qui me reproche de « mentir », celle de David qui escomptait qu'après m'avoir fait un procès je ne parlerais plus jamais de lui dans mes livres, et aussi le mutisme de Claire à chaque nouvelle parution, Claire dont j'ai espéré chaque fois un commentaire. Mais en réalité, je l'ai espéré de tous, maintenant qu'ils sont adultes. Je l'écrirai, et même je mettrai en scène une discussion entre nous cinq à cet égard, une discussion qui n'a jamais eu lieu dans la vraie vie (« Encore un mensonge », pensera mon Anna). J'ai bien compris que, quel que soit leur âge, les enfants restent des enfants en face d'un parent, et que, comme le suggère si justement Wanda, la narratrice de Paulina Dalmayer, il n'en existe sans doute aucun capable de « discerner un être humain derrière la figure parentale ». J'ai bien compris, mais je ne veux pas dissimuler pour autant mon désarroi, inévitablement teinté de tristesse.

C'est à cela que je songe tandis que je dîne en terrasse, entouré de figurants ravis, m'attendant à chaque instant à voir surgir Jacques Demy avec sa raie sur le côté et son sourire de collégien – « Coupez ! Bravo à tous, c'était parfait. » En vérité, je ne comprends pas comment on peut supporter le poids de la vie sans écrire, et donc je ne comprends pas comment mes enfants peuvent ne pas me comprendre (j'entends déjà Curtis : « Je ne veux pas vous contrarier, Augustin, mais ici votre phrase me paraît un peu alambiquée, non ? »). Finalement, seules les œuvres d'enquêteurs obstinés de notre intimité, pour ne pas dire de notre folie – Ingmar Bergman, Thomas Bernhard, Fritz Zorn, Saul Bellow, Rainer Maria Rilke… –, m'auront donné la force de continuer à écrire. Sans eux, je me serais peut-être résolu à garder pour moi nos secrets et à mourir d'obésité.

Le lendemain, tandis que je roule en direction de Nice et de l'Italie, je ne pense qu'à Dumitriu, dont j'ai relu une centaine de pages dans la nuit. La descente vers la mer devrait être euphorisante et cependant j'en profite à peine tant je suis contrarié d'avoir raté cet homme. Je ressens à son égard ce mélange de curiosité et d'affection qui m'avait précipité en Allemagne, quelques années plus tôt, à la rencontre de Siegfried Lenz, pour écrire la suite de *La Leçon d'allemand*. Je venais d'habiter si intensément son roman que je me sentais porteur d'une suite, oui, et Lenz en avait été si surpris qu'il avait accepté de me recevoir, en dépit de son grand âge, dans son petit appartement de Hambourg. Jamais l'écriture d'un livre ne m'avait donné autant de joie, j'avais appelé Siegfried Lenz depuis Husum pour le lui dire, puis je lui avais dédié mon texte, mais il était mort avant sa parution.

De la même façon, filant sur Nice, je me sens porteur d'un livre sur Dumitriu, « enceint » de son histoire immense commencée le 8 mai 1924 sur la rive roumaine du Danube, à la hauteur des Portes de Fer, et achevée en France, à Metz, le 6 avril 2002. Fils de Petre Dumitriu, officier de nationalité roumaine, et de Theresia von Debretzy, issue de la noblesse hongroise, Petru est un enfant de la haute bourgeoisie au destin apparemment tout tracé. Chez lui on parle le français, il étudie la littérature, puis la philosophie à l'université de Munich pendant la guerre, il veut devenir écrivain et rien ne s'y oppose. De retour en Roumanie en 1945, il ne voit pas d'un mauvais œil la prise de pouvoir des communistes.

À Munich, il a détesté l'ordre nazi, croisé Hans et Sophie Scholl, les fondateurs de la Rose blanche, premier mouvement de résistance à Hitler, et appris avec effroi leur décapitation le 22 février 1943. Il n'adhère pas au Parti communiste mais quand il fait part de son désir d'écrire au « camarade » chargé de la culture, il accepte ses conditions :

« "Il faut que ce que vous écriviez soit à la fois réaliste et mobilisateur, lui dit l'homme aux larges mains, campé derrière son bureau. Il faut montrer clairement la dialectique de classes. Le peuple, et les ennemis du peuple."

« J'inclinai la tête. Je ne savais pas à quoi je m'engageais. Cette inclinaison de la tête, je m'en suis repenti pendant longtemps et je l'ai expiée encore plus longtemps. »

Ses nouveaux « camarades » ont passé la guerre dans la clandestinité, ou en prison, tous se sont battus contre leur propre pays, allié des nazis. Pas lui. Lui est issu des « ennemis du peuple », sa famille est riche, il a fait des études (dans l'Allemagne hitlérienne de surcroît), il parle quatre ou cinq langues, son père a servi comme colonel dans l'armée roumaine aux côtés de la Wehrmacht et, pour ne rien arranger, sa mère est issue de la noblesse. Avec de tels antécédents, il devrait être expédié en camp de rééducation, mais on lui laisse prendre le train en marche, l'ordre communiste est encore balbutiant et, par la suite, le régime ferme les yeux pour ne pas le perdre alors qu'il refuse obstinément de prendre sa carte du Parti. Jusqu'à ce qu'il n'en puisse plus du dogme, de la cruauté et de l'aveuglement du système, et décide de s'enfuir.

Issu moi-même de parents d'extrême droite, monté dans le train de la gauche sous l'influence d'écrivains tels que Paul Nizan et Jean-Paul Sartre, devenu journaliste à *Libération* sans avoir participé à Mai 68 ni soutenu *La Cause du peuple*, je me reconnais en Dumitriu au point de partager absolument ses tergiversations, son désir d'y croire, puis ses doutes, son effroi et sa colère quand il devient évident que tous ces prétendus « camarades » sont devenus des oppresseurs, plus soucieux d'exercer le pouvoir que d'« éclairer les masses », voire pour certains de récupérer à leur profit le faste de la bourgeoisie qu'ils voulaient anéantir. Lui comme moi sommes des transfuges dont les capacités d'acceptation sont limitées du fait de notre peu de foi.

En somme, me voilà porteur d'un livre sur Petru Dumitriu que je n'aurai pas le temps d'écrire puisque je suis parti pour Stalingrad avec le dessein de ne pas en revenir.

L'entrée en Italie me redonne le sourire. Je pique-nique sur la plage de Bordighera – tomates, fromage et pain, avec un verre de vin que m'apporte un homme qui m'a repéré de son cabanon – « *Ecco, piccolo mio, bevi questo !* ». « Mon p'tit gars », dit-il, alors que je suis bien plus vieux que lui. Après ça, je fume une cigarette avant de me mettre en quête d'un camping.

J'en découvre un, peut-être vingt kilomètres plus loin, sur une plage que la voie ferrée isole des habitations (il faut emprunter un tunnel où ne passerait pas une auto pour y accéder). Comme je m'extasie sur la situation de son camping, la dame m'explique qu'à cause de la voie ferrée les gens rechignent à venir – et, de fait, je suis encore le seul client à cette heure avancée de l'après-midi. Je lui dis que le bruit des trains me tranquillise quand celui de la mer peut soudain m'inquiéter. Je suis tenté d'ajouter que si je n'étais pas devenu écrivain, j'aurais choisi de conduire des trains car les trains permettent de fuir, au contraire de la mer qui nous envoie par le fond et dont je me suis toujours méfié, ne sachant pas nager, mais je ne vois pas en quoi cela pourrait la réconforter.

Le ciel se couvre ce soir-là et un vent mauvais chargé d'embruns me fait soudain frissonner tandis que je travaille à la table d'une pizzeria voisine – un cube de parpaings érigé sur le sable dont les fers à béton pointent sous les nuages en attendant la venue d'un étage et que le propriétaire a peint en bleu pâle, ce qui me laisse penser qu'il doit être tunisien. Il l'est, en effet, de Bizerte, comme moi, de sorte qu'il me prie de rester là toute la nuit à écrire si j'en ai envie et qu'il laissera les lampions allumés, je n'aurai qu'à débrancher la prise, là-bas dans le coin près des poubelles, avant d'aller me coucher. J'envisage le chagrin que je vais faire à chacun de mes enfants en disparaissant, mais ce chagrin-là me semble bien plus supportable que celui provoqué par le spectacle de ma mort. J'écris une grande partie de la nuit, jusqu'à m'écrier : « Merde, j'aurais très bien pu me dispenser de ce déjeuner. Plein le dos de la position du père », comme si je me rendais vraiment à cette brasserie du boulevard de l'Hôpital où tous les quatre doivent me rejoindre, alors que je suis seul en Italie sur cette plage déserte.

Le lendemain, en fin d'après-midi, je me promène à pied dans les rues d'Albenga en poussant ma bicyclette. Jusqu'à présent, plusieurs fois par jour je songeais à mon pignon arrière, le cœur soudain vidé à la perspective qu'il me lâche. Puis je me réjouissais que mes genoux tiennent le coup en m'efforçant de ne plus penser à mon pignon arrière. Mais roulant vers Albenga j'ai cru reconnaître une lourdeur dans la vessie et de toute la journée je ne me suis plus soucié de mon pignon, seulement du retour possible de mon infection urinaire. Tandis que je cherche une pharmacie, je me demande si je n'ai pas besoin de m'inventer un sujet d'inquiétude pour me distraire de l'angoisse de la fuite. Comme Tolstoï, qui continue à prendre des nouvelles de sa femme, de plus en plus folle (elle s'est jetée dans l'étang pour se noyer), et s'arrange pour ne pas s'éloigner d'elle, alors qu'il a pourtant fermement décidé de fuir. Elle est son pignon arrière, en quelque sorte, la pièce fragile qui pourrait faire capoter son entreprise et le ramener chez lui. Comment savoir si, partis pour disparaître, nous ne laissons pas subitement s'exprimer en nous le peureux ? Lui, le peureux, ne voulait pas partir, il voulait mourir dans son lit entouré des siens, et il cherche toutes les bonnes raisons d'arrêter ce cauchemar pour rentrer à la maison se mettre au chaud. Tolstoï ne lui échappe pas, moi non plus, et j'imagine qu'il n'est pas pour rien dans le retour de Moitessier sur la terre ferme, à la faveur peut-être d'une avarie plus ou moins réelle.

La pharmacienne est très aimable, je lui prends un traitement contre la cystite à base de cranberry – de la poudre à dissoudre dans ma gourde. Et puis je me paye une glace que je mange sur un banc, place de l'église. « Pauvre Tolstoï », je m'entends le dire tout bas tellement je n'aimerais pas être à sa place – pédaler en sachant que ma femme multiplie les tentatives de suicide pour me faire revenir. Et subitement je me rappelle ma mère se livrant à la même sinistre comédie quand Toto s'était enfui avec une femme. Il n'y avait pas d'étang à proximité, par chance, mais elle l'avait menacé de sauter par la fenêtre, ou sous un train depuis un pont, et il était revenu en dépit du conseil inverse que je lui avais donné, reprenant à peu de chose près les mots de Sierguiéi, le fils préféré de Tolstoï – « Tu as choisi le bon chemin, papa, restes-y. » Quel soulagement de n'être plus en couple, j'en ris tout seul en avalant le reste de mon cornet. Alors je me souviens que moi aussi j'avais voulu mourir quand Esther m'avait quitté, pendant plusieurs mois j'avais pensé que ce serait plus confortable que de porter cette énorme douleur – cependant, je m'étais bien gardé de le lui dire. Et finalement j'avais aimé être seul, ne plus vivre sous le regard d'une femme, dans son désir, et quand Sarah s'était présentée, sûre de son amour puisqu'elle l'avait éprouvé à travers tous mes livres, je m'étais demandé que faire. Elle était intelligente, vive et jolie, elle prétendait que je finirais par l'aimer puisqu'elle m'aimait tellement.

Scène inoubliable : Sarah s'efforçant de me convaincre que je l'aimerais et moi ne trouvant rien de plus malin pour la dissuader de m'aimer que de lui répéter : « Je ne suis pas aussi aimable que vous l'imaginez. » Alors qu'il aurait suffi que je lui arrange un rendez-vous avec Esther, me dis-je, toujours assis sur ce banc, mais bien sûr ! Esther aurait su la persuader d'aller voir ailleurs – « C'est un fou, il passait ses journées à scruter des photos de moi à la loupe, il prétendait que j'étais sa plus belle œuvre, il a dû écrire des centaines de pages sur moi, à la fin il n'écrivait plus que sur moi, demandez à son éditeur, Curtis, oui, tenez, voilà son numéro de portable, lui doit avoir gardé des manuscrits qu'il ne publiera jamais mais acceptera peut-être de vous faire lire. Les derniers mois, il m'aimait tellement, tellement, qu'il ne pouvait même plus m'approcher et partait dormir à l'hôtel. Quoi, vous ne me croyez pas ? Ah bon, ça aussi il l'a écrit… Non, non, je ne lis plus depuis longtemps. Enfin bref, c'est le genre d'amant qu'on ne regrette pas vraiment, croyez-moi. » Elle aurait eu son rire charmant de petite voyoute et Sarah, si raffinée… J'allais dire qu'elle aurait pris ses jambes à son cou, mais non, pas si sûr, elle aurait juste été déçue par la vulgarité d'Esther qu'elle s'était figurée plus « distinguée », comme aurait dit ma mère… Non, le mieux aurait été de la mettre en relation avec Agnès, ma première femme – « Alors, comme ça vous connaissez Augustin… Vous savez qu'il a été mon mari ? — Ah non ! Mais quelle coïncidence ! Alors vous êtes l'Agnès… l'Agnès de ses livres ? — Pour mon malheur, oui. — Comment ça, pour votre malheur ? Moi qui aimerais tellement… — Écoutez, je ne sais pas quels sont vos rapports avec lui et ça ne me regarde pas, mais si je peux vous donner un conseil, c'est de vous méfier d'Augustin, il couchera avec vous, pour ça il n'y a pas de problème, mais ensuite vous vous retrouverez dans ses livres avec tous les détails de la chose, si vous voyez ce que je veux dire… »

Sarah aurait parfaitement vu, oui, mais elle n'était pas opposée à se retrouver dans mes livres, et encore moins dans mon lit. Elle-même écrivait, j'avais compris que je serais le personnage de son prochain roman et que ma façon de lui faire l'amour ferait probablement l'objet de quelques pages, voire d'un chapitre, de sorte, me dis-je en retournant à mon vélo, que personne n'aurait été de taille à la décourager de m'aimer et qu'il n'y a rien à regretter.

Parvenu à Savone, je quitte le littoral pour m'enfoncer dans les terres en direction de Crémone.

J'évite ainsi Gênes, la ville de notre dernier voyage avec Esther et les filles. Je dois prendre garde à Gênes, à ne pas réveiller le souvenir d'Esther. Tandis que durant trois jours je contourne la ville par les coteaux, je refais une nuit ce vieux cauchemar dont je pensais m'être débarrassé – je veux appeler Esther mais je ne sais plus son numéro et je ne comprends rien aux touches de mon téléphone, je demande à des passants de bien vouloir m'aider mais aucun n'a le temps et quand j'arrive enfin à faire défiler sur l'écran minuscule la liste de mes contacts je ne vois presque plus rien, la maladie de la cornée dont je souffre est sur le point de m'enfermer dans la cécité et mon impuissance à retrouver Esther est alors si douloureuse qu'elle me tire du sommeil.

Anna est son portrait, brune aux yeux noirs, le visage allongé, les traits tendus, comme Claire est la copie d'Agnès, blonde aux yeux clairs, lumineuse, les joues rondes et soyeuses, je m'en fais la réflexion ce matin-là avant de me mettre à écrire, encore allongé dans ma tente. Mes deux femmes, dont le désamour a failli me tuer, m'ont laissé un clone. Je contourne Gênes pour ne pas réveiller mon chagrin et cependant je ne peux pas m'empêcher de sourire au souvenir d'Anna, de son petit visage pointu. Regarder Claire me ramène parfois à mon éblouissement devant la beauté d'Agnès, mais n'éveille plus aucune souffrance, tandis qu'il arrive qu'une expression d'Anna me fasse soudain chanceler.

Chaque été, nous partions en Italie avec les trois filles de notre maison du Ventoux – le col de Larche, Cuneo, Turin, Milan, Vérone, Parme et, la dernière année, Gênes. David ne venait pas, je l'avais déjà perdu. À Amsterdam, l'année de ses sept ans, de ses six ans peut-être, je ne sais plus. Je dois écrire sur la catastrophe qu'a été ce voyage à Amsterdam, mon incapacité à être père, à lui dire non, à le contenir. Et puis à Crémone je ferai un premier envoi à Curtis, une vingtaine de pages pleines de ratures et de taches de café dont il devra se débrouiller.

Pourquoi ne sommes-nous jamais allés à Crémone, la ville natale de Stradivarius ? La capitale de la lutherie ? Je suis si troublé, soudain, que je suis tenté d'appeler Anna – « Mon Anna, pourquoi ne nous l'as-tu pas demandé ? À douze ans, tu envisageais d'être luthière, nous sommes passés à plusieurs reprises tout près de Crémone, et tu ne nous as rien dit. » Je marche dans les ruelles, j'entre chez un luthier, un vieillard aux cheveux de neige tout auréolé de lumière, et comme il s'enquiert de savoir ce qui m'amène, je lui explique que j'aimerais rester là un moment à le regarder travailler, que ma fille joue du violon, qu'elle aurait voulu… – « *Prego, prego* », m'interrompt-il, et il me tourne le dos pour se remettre à l'ouvrage. Je repense à nos visites avec Anna chez les luthiers de la rue de Rome, sa main d'enfant dans la mienne, elle serait si heureuse d'être là avec moi, aujourd'hui – « Pourquoi, Anna ?

— Mais je vous l'ai demandé, papa, seulement vous vous en fichiez complètement de moi, vous ne m'écoutiez pas, la seule chose qui vous intéressait c'est qu'on arrête de se disputer avec Coline. — Tu ne peux pas dire ça, ma chérie, tu ne peux pas me dire que je ne t'écoutais pas… » Non, je ne vais pas l'appeler, imaginer seulement sa réponse me met au bord des larmes. Si je pouvais téléphoner à Esther, sans le vouloir elle me réconforterait – « Je ne comprends rien à ton histoire, Augustin, Anna ne nous a jamais demandé d'aller à Crémone. — Tu en es sûre ? — Tout à fait certaine, sinon on y serait allés. Il suffisait qu'elle te parle d'une chose pour que tu la lui offres, tu es toujours allé au-devant de ses désirs. Bon, on ne va pas revenir là-dessus, c'est trop tard de toute façon et j'ai du travail, là… » Quel soulagement ce serait, mais juste entendre sa voix pourrait me provoquer un malaise, si bien que je tomberais évanoui avant d'avoir la réponse à ma question.

De Crémone à Udine, trois cents kilomètres peut-être, je lutte contre un mauvais pressentiment. L'adversaire est sournois, tantôt je crois le sentir à l'œuvre dans mes genoux et je m'arrête au bord de la route pour faire des exercices d'assouplissement, tantôt il se tapit au fond de ma vessie, je peux deviner les bactéries en pleine activité, presque les entendre copuler et se reproduire tandis que je traverse d'immenses étendues de maïs à l'arrosage sous un soleil hallucinant et alors je bois d'une traite le contenu de ma gourde pleine de cranberry, « Voilà pour vous, dis-je tout bas, en nage et en colère, voilà pour vous », tantôt je suis certain d'entendre un petit bruit dans mon pignon arrière, un cliquetis que je n'avais pas remarqué cinq minutes plus tôt, et je supplie tout bas le Ciel : « Oh non, mon Dieu, s'il vous plaît, pas ici, pas au milieu de cette fournaise. »

Après Udine se dressent les montagnes de la Slovénie et je me suis mis en tête qu'en grimpant vers l'azur et la fraîcheur la menace disparaîtrait d'elle-même. De fait, je me sens moins nerveux en quittant Cividale del Friuli pour monter vers la frontière par l'étroite et sinueuse Strada statale 54 que les automobilistes semblent bouder, par chance. Elle suit le cours d'un torrent dont le scintillement jaillit par instants sous les ramures d'arbres géants, des tilleuls, des épicéas, et le doux chuintement de l'eau, traversé de cris stridents d'oiseaux, m'accompagne durant toute l'ascension. Plus aucun cliquetis suspect en provenance de ma roue arrière, plus aucune crainte pour mes genoux puisque je pédale en danseuse, quant aux bactéries, je les ai empoisonnées, tous les sachets de cranberry y sont passés et je me réjouis petitement de ma cruauté.

Parvenu à Tolmin, un village de montagne entouré de pâturages, je trouve sans difficulté un hôtel. Je m'en veux de m'être mal nourri tous ces derniers jours dans la plaine italienne, il me semble que je suis plus fatigué que les autres soirs et, au lieu de me mettre à écrire, je m'offre un dîner au restaurant.

Le lendemain, j'ai l'impression d'avoir de la fièvre en descendant prendre le petit déjeuner. Cependant, j'ai hâte d'être sur mon vélo, la lumière est cristalline et je parie sur l'altitude et l'air frais pour me guérir. À Ljubljana, je me reposerai quelques jours dans un hôtel si ça ne va pas mieux, et au besoin j'irai voir un médecin.

Mais je n'atteins pas Ljubljana et quand je me réveille, dans la nuit, je suis dans un lit, au milieu d'autres dormeurs qui produisent toutes sortes de plaintes et de ronflements, au moins une dizaine d'après ce que je peux voir en tendant le cou. La pièce est faiblement éclairée par deux veilleuses à ses extrémités et elle pourrait être une église tant elle me semble haute de plafond. Entre chaque lit, d'étroites fenêtres cintrées, bizarrement hautes également, laissent deviner le bleu sombre du ciel nocturne. Je me demande comment j'ai bien pu arriver ici, mais en réalité ça m'est indifférent, je suis étonnamment détaché dans mon souvenir, seulement heureux d'être dans ce lit, profondément heureux. Puis j'ai dû me rendormir car, quand je rouvre les yeux, je suis aveuglé par le soleil et quelqu'un essaie de m'attraper le bras. Je ne distingue pas le visage de mon agresseur en contre-jour et ne comprends pas ce qu'il me veut.

Ah, me prendre du sang, il brandit sous mon nez un garrot et une seringue. Une femme qui pousse un fauteuil roulant l'a rejoint. Mon lit se redresse et, dans ce mouvement, je découvre une vive agitation dans la salle – des personnes vêtues de longues blouses vertes, coiffées, bottées et voilées jusqu'aux yeux s'affairent autour d'autres lits, certaines filent à grands pas avec des urinoirs, des bassins, elles s'interpellent d'un groupe à l'autre dans une langue qui n'est pas l'italien et, à ce moment, je me rappelle être entré en Slovénie. Pendant ce temps-là, l'homme a serré le garrot et m'a piqué. Après ça, la femme me fait asseoir dans le fauteuil roulant et me pousse jusqu'aux toilettes pour que je fasse pipi dans un flacon.

Puis je suis à Paris, dans le lit de Sarah, elle me caresse le visage et je m'entends protester – « S'il te plaît, laisse-moi dormir, je suis fatigué. » Est-ce ma propre voix qui me réveille ou celle d'une femme qui n'est pas Sarah, à ma grande surprise, et s'adresse à moi en français ?

« Monsieur ! Monsieur ! Je dois vous placer un cathéter, réveillez-vous !

— Oh, pardon… Pardon. Vous parlez français ?

— Comme vous voyez. Vous voulez bien me donner votre bras ? »

Je la regarde m'enfoncer ce truc dans une veine puis le fixer avec du sparadrap. Je devrais faire un malaise vagal, j'en ai toujours fait jusqu'à présent lorsque l'on touche à mes veines, mais cette fois ça m'est égal. Ensuite, elle branche un goutte-à-goutte sur le cathéter.

« Demain, pour la visite du docteur, je serai là pour vous traduire ce qu'il dira. D'accord ?

— D'accord. »

Et puis je me rendors.

J'ai la mémoire d'un insatiable désir de sommeil, comme si dormir avait pris le pas sur tout le reste, comme si vivre se résumait désormais à être au fond de ce lit, enfoui sous les couvertures. Qu'on ne me demande plus rien, par pitié, ni de pédaler ni d'écrire, et qu'on me laisse dormir.

Je ne saurais pas dire combien d'heures se sont écoulées quand je pressens qu'on s'agite autour de mon lit et que, ouvrant les paupières, je reprends soudain conscience. Le médecin me palpe le ventre tout en parlant, je suis habillé d'un pyjama bleu en simili-papier, et l'infirmière, dont les yeux sont un peu du même bleu, m'explique que je ne dois plus m'inquiéter car ils ont trouvé maintenant le bon antibiotique. « Je ne m'inquiétais pas », dis-je, mais comme le médecin continue à parler elle ne m'entend pas. Elle me dira plus tard qu'ils ont craint que l'infection soit montée dans les reins. Pendant que je dormais, ils m'ont donc enfilé ce pyjama jetable et changé l'antibiotique qui me coule dans les veines, ce sont les deux événements qui retiennent mon attention. J'ai le souvenir d'avoir été emmené dans un fauteuil roulant pour faire pipi dans un flacon, mais je ne parviens pas à me rappeler si j'étais déjà habillé de ce pyjama ridicule ou encore dans ma tenue de cycliste. J'aimerais savoir depuis combien de jours je dors.

En milieu d'après-midi, l'infirmière passe prendre de mes nouvelles.

« Je m'attendais à vous trouver endormi…

— Ça va mieux, je crois.

— Vous voulez un plateau ? L'heure du repas est passée, mais pour vous je peux faire une exception.

— Je veux bien, oui. »

Elle revient avec un plateau qu'elle me pose sur les genoux – du poulet avec de la purée, et une banane. Puis elle s'en va.

Quand elle repasse un peu plus tard, c'est moi qui la retiens.

« Dites, on est à Ljubljana ici ?

— Ah non, ici c'est la campagne. »

Je l'entends rire, mais je ne vois que ses yeux.

« Pourquoi portez-vous tous des masques et des charlottes dans cet hôpital ?

— Charlottes ? C'est quoi, charlottes ?

— Ces chapeaux en papier…

— Ah… Parce que ce n'est pas exactement un hôpital mais une maison pour les vieilles personnes, pour les personnes qui n'ont plus beaucoup de vie devant elles et sont très fragiles. Vous n'aviez pas remarqué ?

— Non. Mais moi, comment je suis arrivé ici ? Vous le savez ?

— C'est un agriculteur qui vous a amené sur la remorque de son tracteur. Il vous a trouvé au bord de la route, entre Cerkno et Gorenje. Très peu de gens passent par là-bas parce qu'il y a une route bien meilleure pour aller à Ljubljana. Vous avez eu de la chance.

— Comment ça, il m'a *trouvé* ?

— Il a vu votre bicyclette renversée alors il s'est arrêté. C'est en regardant dans le ravin qu'il vous a aperçu. Vous aviez roulé sur quelques mètres en contrebas. Quand il a vu que vous aviez perdu connaissance il vous a chargé sur sa remorque et il est venu ici. C'était l'endroit le plus proche pour vous soigner.

— Et mon vélo ?

— Je ne sais pas, je suppose qu'il l'a pris aussi, qu'il doit être en bas. Bon, je dois vous laisser, si le médecin me voit il ne va pas être content. »

C'est en effet surprenant comme les malades sont vieux, ici, on les entend sans cesse grogner et ronfler, mais on ne voit presque rien d'eux, juste des crânes chauves couverts de taches brunes pour ce qui est des hommes que j'aperçois en face, de l'autre côté de l'allée centrale. Dans le lit à côté du mien, c'est une femme, on ne sépare donc plus les sexes à cet âge-là. Elle semble profondément endormie, son profil amaigri encadré par de longs cheveux très noirs – elle a dû demander à quelqu'un de les lui teindre, par souci d'élégance sans doute, mais à cause de ces cheveux, justement, elle me fait penser à la séquestrée de Poitiers.

Et voilà que je me surprends à rire, me remémorant la fascination de Claire pour le roman de Gide dans lequel figurent des photos terrifiantes de Blanche Monnier à son arrivée à l'hôpital après être restée enfermée dans sa chambre pendant vingt-cinq ans. Nue, squelettique, les cheveux lui tombant jusqu'aux chevilles. Claire, qui devait être en troisième cette année-là, nous parlait de cette histoire à tous les repas, horrifiée que des parents aient pu infliger un tel châtiment à leur fille simplement parce qu'elle avait aimé un garçon et accouché d'un enfant.

Je ris du bonheur de me rappeler Claire, du bonheur d'être vivant au milieu de tous ces mourants, et comme si je voulais le vérifier je me lève d'un bond pour aller faire pipi. C'est la première fois, la tête me tourne, je dois me retenir au pan du lit, mais par chance je crois que personne ne m'a vu. Puis je chemine pieds nus jusqu'aux toilettes dans l'allée centrale en poussant devant moi le support de la perfusion.

La fenêtre est ouverte dans la salle de bains et je reste un moment à respirer l'air frais et humide qui annonce déjà l'automne, en contemplation devant la forêt d'épicéas qui couvre ce versant de la montagne et dont le soleil frisant illumine les sous-bois à cette heure de l'après-midi. Puis je sors la tête et me penche pour voir si je ne pourrais pas apercevoir mon vélo, par hasard. Non, quelques voitures, une ambulance, des poubelles, mais pas de vélo. Après ça, je renifle ici et là dans la pièce, et même jusqu'au-dessus de la bonde du lavabo, avant de constater que cette odeur d'artichaut, ou de poireaux, s'échappe de mes aisselles. Sur le moment, j'en ressens presque de la panique – il y a bien du savon liquide dans la douche mais je ne vois pas comment me laver avec la perfusion. Et, de toute façon, je n'ai ni serviette ni vêtements de rechange. Tombé en pleine ascension, sur la route de Gorenje (maintenant je me rappelle ce nom, Gorenje), je devais déjà sentir affreusement mauvais en arrivant à l'hôpital. Combien de jours se sont écoulés depuis ?

La certitude d'empester suffit à contrarier l'exaltation d'être vivant qui m'a fait sauter du lit un instant plus tôt et j'allais écrire que je rase les murs en y retournant, mais bien que l'image soit forte, elle est trompeuse, puisque je suis condamné à l'allée centrale, comme si je passais en revue mes compagnes et compagnons dans mon pyjama en papier malodorant.

L'infirmière aux yeux bleus est de garde cette nuit-là, je préférerais disparaître mais c'est elle qui revient me parler.

« Vous savez, dit-elle, on a cherché à prévenir votre famille en France mais votre téléphone était verrouillé, on n'a pu appeler personne…

— Ça va… Ne vous inquiétez pas.

— Après, avec Veronika, ma collègue de l'administration, on a eu l'idée d'aller voir sur Internet, c'est comme ça qu'on a vu que vous étiez écrivain. Êtes-vous fameux, en France ?

— Connu, vous voulez dire ? »

Je hausse les épaules, j'évite de répondre, mais c'est amusant comme tout de suite je me sens plus confiant, comme si étant écrivain je pouvais me permettre de sentir mauvais.

« Par la fenêtre des toilettes, j'ai cherché mon vélo dans la cour, en bas, mais je ne l'ai pas vu.

— Si vous voulez, je pourrai demander demain.

— Oui, je veux bien, parce que j'aimerais pouvoir me laver et me changer.

— Oh, bien sûr ! Vous voulez aller maintenant ? Nous avons des kits de toilette – attendez, je reviens. »

C'est une pochette en plastique dans laquelle il y a un savon, un peigne, une brosse à dents et du dentifrice, un rasoir et de la mousse à raser, un pyjama en papier et une serviette, en papier également.

« C'est très gentil, je peux aller me doucher maintenant ?

— Attendez, je vous enlève la perfusion… »

Elle s'appelle Andjelija, c'est écrit sur sa blouse.

Le lendemain matin, un des vieillards dont je voyais le crâne chauve et tavelé n'est plus là et un homme lave à grande eau son lit avant de dresser le matelas sur la tranche pour l'aérer. Il n'y a pas de rideaux pour isoler les malades et j'assiste sans le vouloir à leur toilette. Elles doivent être deux infirmières pour leur changer la couche-culotte et ils hurlent, de douleur ou d'appréhension, quand il faut les soulever pour leur laver l'entrejambe, puis les sécher, avant de leur ajuster une nouvelle couche. Je reconnais les gestes que j'ai tant de fois pratiqués avec mes enfants dans les premiers mois de leur vie, mais ce qui était un si bon moment, et l'occasion d'échanger des sourires et des « areuh », est ici devenu un spectacle horrifiant.

Vers quinze heures, à l'heure où tout le personnel médical a disparu, où nous sommes tous censés dormir, Andjelija survient en tenue de ville – blouson de cuir, pantalon, et un casque qu'elle a suspendu à son coude. Elle est masquée mais ne porte plus de charlotte, de sorte que je vois pour la première fois ses cheveux blonds coupés très court.

« Tenez, dit-elle, je vous ai apporté des choses… »

Elle sort précipitamment d'un sac un tee-shirt, deux slips, un pantalon, une serviette-éponge et une trousse de toilette.

J'entends qu'elle est essoufflée.

« Il ne faut pas qu'on me voie là… À ce soir. »

Elle colle son index sur mes lèvres avant de disparaître.

Tout est là, posé sur mon lit, avec les étiquettes qu'elle n'a pas pris le temps d'arracher. D'abord je songe que je n'ai pas dit merci. Puis qu'un événement, tout à fait imprévisible, est en train de se produire. Une rencontre, pour le moins. Je ne suis pas sûr d'en avoir envie, mais malgré tout je suis troublé. Les slips surtout me troublent, penser qu'elle est allée dans un magasin me *choisir* des slips. Ce n'est pas rien des slips. À quoi pense une femme quand elle regarde des slips d'homme, les compare, essaie d'estimer la taille qui conviendrait le mieux, etc. ?

Puis tout à la joie de m'habiller, d'enlever cet infect pyjama, j'enroule dans ma serviette les vêtements et la trousse, je débranche ma perfusion (j'ai compris comment couper le débit et le rétablir une fois la durite remise en place) et je pars m'enfermer dans les toilettes.

À l'heure du dîner, personne ne semble surpris de me découvrir les cheveux propres, rasé, et si élégant dans mon lit.

Sauf Andjelija qui tout en prenant la température et la tension de chacun me glisse à l'oreille : « J'ai bien choisi, vous êtes très beau.

— Vous reviendrez tout à l'heure ? Je voudrais vous demander quelque chose.

— Oui. Et moi aussi j'ai une chose à vous dire. »

Les lumières ont été éteintes, la salle est plongée dans la pénombre des veilleuses quand elle vient s'asseoir silencieusement près de mon lit.

« Dites, pourquoi vous faites ça pour moi ? »

Elle se tait.

« Vous voulez bien retirer votre masque une seconde pour que je vous voie ? »

Un moment elle me fixe et je pense qu'elle ne va pas le faire, puis très vite elle le décroche et m'offre son visage, mais comme si elle s'efforçait de n'y mettre aucune expression. Je découvre une femme d'une quarantaine d'années peut-être, au nez un peu fort, aux lèvres pleines, le teint hâlé par le grand air et le soleil.

Puis elle raccroche son masque d'une main et me tend l'autre :

« Ça fera vingt euros.

— Je vous les donnerai quand vous m'aurez rendu mes affaires.

— À vous je veux bien montrer mon visage.

— Les autres malades vous le demandent ?

— Parfois.

— Et alors ils vous donnent vingt euros ?

— Non, je plaisantais. On n'a pas le droit d'enlever les masques parce qu'on ne doit pas leur transmettre nos virus.

— Et s'ils vous réclament des vêtements, vous allez leur acheter ? »

Elle se tait de nouveau.

« Bien sûr que non, alors pourquoi vous le faites pour moi ? »

Elle fouille dans les poches de sa blouse.

« Tenez, votre téléphone. Ici, on ne peut pas se parler, mais si vous me donnez votre adresse mail je vous écrirai. »

Elle me tend un carnet sur lequel je note mon adresse.

« J'ai vu qu'ils ont nettoyé le lit, en face, et qu'ils l'ont refait pendant le dîner. Où est passé le monsieur qui l'occupait ?

— Il est mort la nuit dernière.

— Oh ! Je n'ai rien entendu…

— Vous dormiez. Demain, il y a une femme qui va prendre sa place. Bon, maintenant je vous laisse. Ça va aller, vous n'avez besoin de rien ?

— Merci, non. J'ai seulement hâte d'être guéri pour fumer une cigarette. »

Elle allait partir, mais se ravise.

« Allez dans les toilettes, me murmure-t-elle à l'oreille, et ne fermez pas le verrou. D'accord ? Vous avez compris ? »

Je suis si surpris que je la regarde stupidement, sans trouver quoi répondre.

Mais malgré tout je me lève et nous partons à l'opposé l'un de l'autre.

Arrivé dans les toilettes, je me lave les mains pour ne pas rester à rien faire, et soudain elle entrouvre la porte et dépose une cigarette et un petit briquet orange sur la tablette.

« À la fenêtre, personne ne peut vous voir, me souffle-t-elle. Fermez bien le verrou. »

Tout s'est donc passé comme je l'avais prévu, mais plus tôt que prévu, me dis-je, pelotonné dans mon lit et incapable de m'endormir après l'excitation provoquée par la cigarette : d'épuisement, je suis bel et bien tombé dans le fossé, j'ai même roulé en contrebas, ce qui aurait dû constituer un atout supplémentaire. Or, il a fallu qu'un paysan passe par là. Oui, enfin, si le vélo avait eu la bonne idée de plonger avec moi, le paysan n'aurait rien vu et à l'heure actuelle je serais probablement porté disparu. C'est le vélo qui m'a trahi. « Qui vous a sauvé, Augustin », s'empresserait de me corriger Curtis. À peine mon téléphone rallumé, un message de lui m'est tombé du ciel : « Bien reçu vos premières pages. Comme chaque fois que je vous lis je suis admiratif et perturbé… » Surtout ne pas lui dire que je suis dans ce mouroir, il serait capable de venir m'y chercher avec sa Jaguar intérieur cuir. Le vélo qui m'a sauvé, oui. Et pour être tout à fait honnête, je suis plutôt content d'être vivant, d'avoir obtenu un sursis du moins, car la question de ma disparition reste plus que jamais d'actualité – songer que je pourrais être un jour un de ces vieillards chétifs et pleurnichards à qui l'on changerait la couche-culotte pendant que mes enfants patienteraient dans le couloir me donne soudain un furieux désir de repartir. Elle ne m'a pas dit si le paysan a bien apporté mon vélo, mais je m'en fous, me dis-je encore, soudain au bord de la colère, j'en achèterai un autre à Ljubljana s'il le faut, là-bas les marchands de bicyclettes ne doivent pas manquer.

Elle m'écrit que ce qu'elle fait pour moi elle ne l'a jamais fait pour aucun malade. Qu'elle était de garde quand les infirmiers m'ont amené à l'étage et que tout de suite, en me découvrant, elle a été émue. Elle m'écrit qu'elle a une fille de douze ans, qu'elle vit seule depuis des années et que c'est la première fois qu'elle a « envie » d'un homme (je me demande si elle mesure la dimension sexuelle de ce mot

– « envie »). Elle dit que c'est une chose importante qui lui arrive, qu'elle en est certaine, qu'elle y pense tout le temps mais qu'elle ne sait pas si j'éprouve la même émotion. Elle ajoute qu'elle est venue plusieurs fois me regarder dormir, que je lui plais beaucoup, qu'elle regarde mes photos sur Internet et qu'elle a lu des entretiens que j'ai donnés à des journalistes et aussi plusieurs critiques de mes livres. « Écrivez-moi, s'il vous plaît », conclut-elle.

D'abord je pense qu'il faut que je relise, parce que c'est la nuit, que je viens d'être réveillé par la petite sonnerie qui annonce l'arrivée d'un mail. Mais à la relecture les mots d'Andjelija provoquent en moi le même effet de confusion – entre tremblement et ravissement. Si j'ai le cœur qui cogne, c'est qu'ils font écho aux mots d'Esther qui aussitôt me reviennent : « Mon chéri, il suffit que je te dise que j'ai envie de toi pour que tu te mettes à trembler. — Oui, parce qu'alors j'ai peur de te décevoir. » Ma mère minée par l'insatisfaction, n'est-ce pas, que j'ai vue devenir folle et menacer tant de fois de se tuer. Le désir des femmes qu'aucun homme ne saurait assouvir – j'ai dû avoir l'intuition de cela l'année de mes dix ans. « Aime-moi, Esther, et laisse-moi t'aimer, mais s'il te plaît ne me dis plus jamais que tu as envie de moi, je me sens comme écrasé par ton attente et alors je voudrais m'enfuir. » J'avais fini par le faire, courir dormir à l'hôtel au milieu de la nuit, puis je m'étais rendu impuissant et j'avais perdu Esther. Quatre ou cinq ans plus tard, Sarah s'était immiscée dans ma vie comme semble vouloir le faire Andjelija, dans des circonstances un peu similaires : alors que je m'apprêtais à quitter Paris définitivement pour vivre seul dans ma maison du Ventoux, elle aussi m'avait écrit qu'elle m'aimait, qu'elle en était certaine après la lecture de mes livres, elle aussi regardait mes photos sur Internet, et cependant très vite je l'avais déçue.

Pourtant, comme chaque fois, je suis émerveillé qu'une femme puisse me désirer. Cette joie-là me garde éveillé le reste de la nuit. Je ne suis pas certain qu'Andjelija me plaise, encore moins de l'aimer puisque je la connais si peu, mais je ne suis pas insensible à l'idée de faire l'amour avec elle. Je balance entre la tentation de céder au plaisir immédiat et la conviction que je vais au-devant de nouveaux ennuis.

Aux premières lueurs du jour, je lui réponds que je suis très touché par son mail, que moi aussi j'aimerais la revoir quand je serai guéri, que nous pourrions nous promener ensemble dans les rues de Ljubljana. J'ajoute que je suis vieux et au milieu d'un voyage que la maladie a interrompu mais que je dois poursuivre. Puis j'efface ces cinq derniers mots, laissant ainsi planer le doute sur la suite car je n'ai pas le courage de renoncer à ce qui pourrait advenir entre Andjelija et moi. Je viens de me trahir, d'envisager de renoncer à Stalingrad, mais la honte ne me retient pas d'envoyer mon texte.

À ce moment-là, je suppose qu'elle doit dormir, et je suis moi-même prêt à sombrer quand je reçois sa réponse : « Tu n'es pas vieux, je voudrais t'avoir près de moi, là, tout de suite, que tu me prennes dans tes bras. Il y a longtemps que je ne me suis pas sentie aussi vivante, aussi jolie, aussi heureuse. Qu'est-ce que tu m'as fait en seulement quelques jours ? Maintenant, j'ai peur de souffrir… »

Son attente, son tutoiement aussi auquel je ne m'attendais pas me précipitent de nouveau dans une agitation qui touche à la panique. Le désir de tout arrêter l'emporte – vite, lui écrire que je me méfie de ces emballements, qu'elle s'illusionne, que je ne suis pas l'homme qu'elle imagine, mais tandis que je cherche mes mots un autre mail arrive : « Pardonne-moi, il y a peut-être déjà une femme dans ta vie. »

« Non, il n'y a personne.

— Comment se fait-il qu'un homme comme toi n'a pas une fiancée ?

— Je suis un homme compliqué, Andjelija.

— Qu'est-ce que ça veut dire “compliqué” ?

— Que j'aime vivre seul, que la solitude ne me pèse pas.

— Tu n'aimes pas les femmes ? Tu préfères les garçons ?

— J'aime les femmes, si. J'ai été marié deux fois. Mais je n'arrive plus à dormir dans le lit d'une femme.

— C'est rien, ça. Moi aussi je préfère dormir seule. Si tu viens chez moi, je te préparerai une chambre. On peut s'aimer et dormir séparément.

— Oui.

— Je t'ai fait peur, je n'aurais pas dû t'écrire ce mail. Maintenant c'est moi qui ai peur.

— Non, n'aie pas peur. Si tu m'invites, je viendrai chez toi en sortant de l'hôpital.

— Pardonne-moi, oublie ce que je t'ai écrit, ne te sens obligé de rien s'il te plaît. Et maintenant, endors-toi, tu es malade, tu dois te reposer. Je t'embrasse. »

Oh, comme sa peur me réconforte ! De la même façon, quand Esther était tombée malade et n'avait plus eu de désir pour moi, j'avais aussitôt retrouvé le plaisir de la désirer.

Mes analyses de sang et d'urine sont enfin satisfaisantes, le médecin estime que je pourrai sortir dimanche si ces bons résultats se confirment – c'est Andjelija qui traduit et je vois qu'elle s'efforce de ne pas croiser mon regard. Puis ils passent au lit suivant, celui de la séquestrée de Poitiers, et Andjelija me tourne le dos sans m'adresser le plus petit signe de connivence.

En début d'après-midi, alors que je l'ai vue aller et venir et qu'elle ne m'a pas approché, je reçois d'elle ce mail : « Ne soyez pas inquiet, votre vélo est bien ici, dans le garage. Si vous sortez dimanche, vous pourrez repartir aussitôt. »

« Pas sans vous revoir, écris-je, sans prendre le temps de réfléchir.

— Vous le voulez ? Vous êtes sûr ?

— Donnez-moi votre adresse. »

Comme rien ne vient, je commence à compter les minutes. La peur du vide, subitement, comme si le sol que je sentais si solide sous mes roues menaçait de s'ouvrir et de m'engloutir. Il a suffi qu'elle apparaisse, alors que je ne sais pratiquement rien d'elle, me dis-je, pour que je remette en question ma formidable résolution. Je songe que je dois me ressaisir et que si nous en restons là je vais reprendre la route dimanche, tout simplement. Mais alors une tristesse indicible me fond dessus et avec elle la certitude que je ne vais pas y arriver. Comment est-ce possible, une femme que je ne connaissais pas huit jours plus tôt ? Je me traite silencieusement d'abruti, de pauvre type, mais ça n'entame en rien le sentiment d'abandon qui m'écrase la poitrine et je continue à compter les minutes, le regard rivé sur mon téléphone.

Puis un mail tombe avec son adresse, et dessous ces trois mots qui me font bondir le cœur : « Je t'attendrai. »

Je ne suis pas idiot, je sais bien qu'il ne s'agit pas d'amour mais seulement d'une peur animale de l'abandon, cette phobie infantile dont nous tentons toute notre vie de nous défaire. « Je te quitte, je ne t'aime plus. — Ne m'abandonne pas, je t'en supplie. » Pourtant, il n'y a rien de particulièrement terrifiant derrière la rupture, juste la solitude qu'on croyait avoir apprivoisée.

Elle habite Roziceva ulica à Ljubljana, plus précisément au fond d'un chemin qui n'a pas de nom mais prend dans cette rue, et je m'y rends lentement à vélo. Avant de quitter l'hôpital, j'ai fait une sorte d'inventaire de mon matériel et réorganisé mes sacoches. Le paysan a pris soin de ramasser tous les objets tombés dans ma chute – mes carnets, mes stylos, mes lunettes, ma loupe, mon appareil photo, mes cigarettes, mon couteau, etc. – et de les rassembler dans un sac en plastique. J'ai perdu des forces et je me surprends à transpirer sous l'effort dès la première côte. Par chance, le ciel est couvert cet après-midi-là et la température agréable. Puis la route descend vers Ljubljana et, dans le vent, je reprends confiance. Arrivé près de la cathédrale, d'où j'aperçois le château, je pourrais recourir au GPS de mon téléphone mais je préfère demander mon chemin. C'est dimanche, les gens se promènent, et ceux que j'aborde prennent le temps de m'expliquer – voilà sans doute ce que j'espérais, être accueilli, qu'on me sourie, car petit à petit, découvrant la ville, je me convaincs que j'ai de bonnes raisons d'être heureux finalement : je suis à peu près guéri, mon vélo roule parfaitement, on ne m'a rien volé et je vais revoir Andjelija. Cette dernière perspective m'inquiète et me réjouit tour à tour, mais au moins l'ai-je prévenue que je suis un homme « compliqué », ce dont je me félicite.

On entre chez elle par le potager, une allée grossièrement pavée sépare les tomates de quelques pieds de vigne. C'est une maison basse et de plain-pied. Je cherche où mettre mon vélo quand la porte s'ouvre.

« Je te guettais, dit-elle, entre avec ta bicyclette. »

Le contraste est fort avec la lumière du dehors et il me faut un instant pour distinguer le mobilier de la pièce et repérer un pan de mur contre lequel appuyer mon vélo.

Quand je me retourne, elle a refermé la porte et s'y est adossée.

À ce moment-là, je regrette les bêtises que j'ai pu lui écrire car il me semble au contraire que tout est simple entre un homme et une femme, qu'il suffit de s'écouter pour être heureux et c'est ce que je fais en venant poser mes lèvres sur les siennes. Nous nous embrassons, j'avais oublié combien c'est délicieux.

« Viens, souffle-t-elle, j'étais impatiente. »

Elle me prend par la main et m'entraîne dans sa chambre. Comme je ne peux pas la pénétrer, nous faisons l'amour longtemps, inlassablement, allais-je écrire. Avec des moments de pause durant lesquels nous nous caressons doucement le visage, haletants et comme hébétés, échangeant alors des mots tendres pour nous dire notre émerveillement – « Tu es belle », « J'aime tes mains », « Je t'aime », « Redis-le-moi encore » – et peut-être aussi dissiper l'embarras, presque la honte de s'être donnés si complètement, avec autant de liberté. Puis, sur un baiser, nous recommençons, et après avoir joui, enfin, aussitôt nous nous endormons, enlacés, dans la position où nous a surpris le plaisir.

La pièce est plongée dans la nuit quand nous nous réveillons, enfouis l'un dans l'autre, un bras ankylosé.

« Quelle heure il peut être, tu crois ?

— Attends, je vais voir. »

Elle allume une petite lampe de chevet, je la suis des yeux quand elle se lève – son ventre, ses fesses, ses hanches un peu lourdes. Puis, quand elle revient :

« Laisse-moi encore te regarder. J'aime tes hanches, elles me rassurent.

— Non, s'il te plaît. Mes seins, oui, je veux bien te les montrer, mais pas mes hanches. Ni mes grosses fesses de paysanne », dit-elle en se glissant sous le drap.

Et comme je ne relève pas :

« Je suis une fille de paysans, tu sais. Cette maison, c'était celle de mon grand-père, il avait des terres juste derrière. Les communistes les ont prises pour construire des immeubles. Je te montrerai demain… Il n'est pas si tard, on a le temps de sortir si tu veux. »

Ce premier soir, nous nous promenons sur les quais. Les terrasses des cafés sont illuminées et des bateliers proposent des promenades nocturnes sur la Ljubljanica. Puis elle m'emmène dans un quartier moins animé et nous dînons dans un bistrot près de l'université.

« Demain, dit-elle, tout en allongeant le bras pour me caresser la joue, je commence à quatorze heures et je rentrerai tard. Ça va aller ?

— J'écrirai, ne t'en fais pas.

— Tu pourras te mettre à mon bureau, ou dans la chambre de ma fille si tu préfères, elle est chez son père pour toute la semaine. »

Je ne dis rien de mes intentions pour les jours à venir parce que ce que nous vivons là occulte l'horizon, m'interdit de penser à autre chose, et de toute façon elle ne me demande rien.

Nous marchons silencieusement au retour, nous effleurant par moments, mais à peine la porte refermée nous nous embrassons furieusement et très vite nous sommes à moitié nus dans l'entrée, les chevilles entravées mais nos mains affairées à trouver une porte secrète pour se fondre en l'autre, s'y dissoudre, en avoir l'illusion au moins, comme s'il n'y avait rien de plus urgent au monde que d'échapper à sa solitude.

Cette nuit-là nous dormons ensemble.

Le lendemain, je la regarde partir sur son scooter avec soulagement, et, aussitôt seul, je me mets à écrire.

Ce deuxième soir, nous refaisons l'amour. Cette fois je la pénètre, et quand nous reprenons notre souffle elle tend le bras pour glisser ses doigts sous mes cheveux et elle dit tout bas : « Je suis heureuse… Je t'aime. Fais attention, Augustin, bientôt je ne pourrai plus me passer de toi. » Nous nous endormons ensemble, mais au milieu de la nuit je suis réveillé par les battements de mon cœur – « Oh mon Dieu, ça recommence, je vais mourir, j'ai peur de mourir », je le dis tout bas et je bondis du lit.

Pendant un moment je marche dans la maison, autour du canapé, dans la cuisine, puis je sors dans le petit jardin, derrière, sous les pommiers. Bien que la nuit soit fraîche, je transpire abondamment, mon tee-shirt me colle à la peau, alors machinalement je l'enlève, de sorte que je suis complètement nu, songeant par instants que si des gens me voient depuis les fenêtres des immeubles ils pourraient s'inquiéter et prévenir la police.

Puis j'ai froid, je n'ai plus de force, j'entre m'allonger sur le canapé et je m'y endors, sûrement, puisque je n'entends pas Andjelija me couvrir d'une couette.

« Tu étais nu et tu grelottais.

— Grâce à toi j'ai très bien dormi.

— Je vais te préparer la petite chambre pour la nuit prochaine. »

Elle me beurre des tartines, verse de nouveau du café dans ma tasse.

Dès qu'elle s'en va, je me remets à écrire. Je suis au Jardin des plantes avec mes enfants, tellement heureux de les retrouver. La distance m'aide à ne pas me perdre dans des détails inutiles, je les vois s'incarner entre mes phrases, si présents que je me surprends à leur parler tout haut et c'est comme si je les entendais dialoguer – « Voilà ! s'écrie Anna. Merci Claire. Sous prétexte de défendre Coline, les parents ne se sont jamais demandé si sa naissance ne m'avait pas gâché la vie. » S'ils lisent un jour, ils verront combien je les ai aimés, me dis-je, mais en même temps je n'en suis pas certain, aveuglés qu'ils seront par la colère – « Papa savait parfaitement qu'on ne voulait pas qu'il écrive sur nous, et il l'a quand même fait ! »

« Attendez, mes chéris, aucune menace ne m'a jamais empêché d'écrire, vous étiez bien placés pour le savoir, non ? »

Je parle tout seul, je ris et dialogue, j'avance vite, et je pense qu'à cette allure je pourrais avoir fini d'ici deux ou trois jours.

Quand Andjelija rentre, ce soir-là, nous préparons le dîner ensemble mais à un moment elle vient m'enlacer par-derrière, se coller dans mon dos, glisser une main sous ma chemise, et finalement nous faisons l'amour dans la cuisine, elle assise parmi les tomates, les concombres et la feta, et moi debout. C'était violent, rapide et délicieux, et le peureux en moi y voit un avantage subsidiaire : cette nuit je dormirai seul dans la petite chambre puisque nous sommes repus, ce qui m'évitera de me donner en spectacle en pleine crise d'angoisse.

Le lendemain soir, je termine cette première partie intitulée « L'énigme des enfants » et je dispose de la nuit pour la relire puisque Andjelija est de garde à l'hôpital jusqu'à huit heures du matin. Puis j'écris un mail à mon éditeur pour lui annoncer l'envoi par la poste de mon manuscrit :

« Curtis,

« Vous allez recevoir d'ici quelques jours la première partie de mon roman *Disparaître*. Elle s'intitule "L'énigme des enfants" et doit faire une centaine de pages.

« Si par hasard je n'avais ni la force ni le temps d'écrire la seconde partie, qui aura pour titre

"Stalingrad", j'aimerais que vous publiiez celle-ci. Bien que courte, je crois qu'elle se suffit à elle-même et j'aimerais avoir l'assurance qu'elle paraîtra en librairie.

« Pouvez-vous me donner cette assurance ? »

Quand Andjelija revient, vers neuf heures, nous n'avons dormi ni l'un ni l'autre. Elle prépare du thé, puis nous nous couchons, et comme elle s'endort aussitôt je me colle contre elle, mon ventre contre ses fesses, je lui redis tout bas combien j'aime ses hanches et je m'endors.

Réponse sibylline de Curtis à mon réveil : « Pourquoi n'auriez-vous pas le temps d'écrire la suite ? » Il le sait très bien pourquoi, nous avons parlé de Moitessier ensemble, il pensait comme moi qu'il avait disparu en mer, alors je décide de ne pas lui répondre. Je lui ai dit mon souhait de faire paraître seul « L'énigme des enfants » si je n'écrivais pas la suite, cela vaudra autorisation le moment venu et il pourra s'en prévaloir pour publier. C'est la seule chose qui m'importe.

Pour la première fois, Andjelija aborde la question de mon voyage quand elle ouvre les yeux.

« Je ne t'ai jamais demandé où tu allais, mon chéri, quand tu as eu ton accident. »

« Mon chéri », pour la première fois également.

« J'ai très faim, tu ne veux pas qu'on se prépare quelque chose ?

— Ça t'évitera de me répondre, c'est ça ?

— Voilà, oui. »

Et déjà je suis debout, cherchant où j'ai bien pu mettre mon slip.

« Si tu dois partir, reprend-elle plus tard, comme nous mangeons des sandwichs tomate-fromage arrosés d'un vin slovène, je préfère le savoir.

— Bien sûr.

— Bien sûr tu vas partir ?

— Je ne sais pas.

— Dis-moi seulement si tu reviendras alors. Ça, au moins, tu dois le savoir.

— Si je pars, je reviendrai.

— Merci. Je ne veux pas t'embêter, c'est tout ce que je voulais savoir. J'ai confiance en toi, Augustin. »

Et je songe : Oui, tu as confiance en un menteur.

Puis, soudain, je me mets à parler, et je m'entends lui expliquer une chose à laquelle je ne pensais pas une minute plus tôt.

« J'allais en Roumanie, Andjelija, sur les traces d'un auteur que tu connais peut-être, Petru Dumitriu. J'aime cet homme, il a dû se compromettre avec les communistes pour pouvoir écrire, puis il s'est enfui et il a beaucoup publié à l'Ouest, en France et en Allemagne. Il me semble que dans sa situation je me serais compromis comme lui, puis enfui. Écrire sur lui serait une façon d'écrire sur moi, sur l'entêtement à tracer sa route en dépit des obstacles.

— Je ne veux pas que tu abandonnes ce projet à cause de moi. »

Comme je croise son regard, je m'étonne de la facilité avec laquelle mon inconscient m'a tiré d'une impasse. Ce mensonge, qui ne l'est qu'à moitié, nous libère l'un et l'autre du piège que l'on sentait se refermer, il éclaire d'un seul coup nos horizons : je vais pouvoir repartir et elle va trouver la force de m'attendre. Elle a bien entendu : elle ne veut pas être un obstacle sur ma route.

« On peut se laisser un peu de temps pour décider, dis-je.

— Oui, bien sûr. Mais s'il te plaît, ne renonce pas pour moi à un projet auquel tu tiens. »

Cet après-midi-là, je marche seul dans Ljubljana en direction de la poste. Une fois mon texte expédié à Curtis, j'éprouve une impression de légèreté, de liberté, telle que je n'en avais pas ressenti depuis des mois, des années peut-être. J'aime cette ville, à la fois élégante et provinciale, et j'aime les audaces sexuelles d'Andjelija, la ferveur avec laquelle elle se donne. On dirait que tout contribue à me ramener à la vie, à me faire renoncer à Stalingrad. Oui, enfin, sauf mes soixante-dix ans, la cécité qui menace, mon corps qui se délabre… Les vieux de l'hôpital ont dû connaître à mon âge de tels moments d'euphorie, se bercer d'illusions, et quand ils se sont retrouvés en couche-culotte il était trop tard pour fuir. Essaie donc de pédaler avec une couche-culotte, me dis-je, avant de sourire de ma propre bêtise : s'ils ont des couches, c'est qu'ils ne sont même plus capables de se traîner jusqu'aux toilettes avec un déambulateur, aussi est-il évident qu'arrivé à ce stade je ne songerai plus à grimper sur un vélo. Mais alors je me rappelle Philip Roth, l'incontinence de Philip Roth. Est-ce dans *Un homme* ou dans *Exit le fantôme* qu'il invite une jeune femme à prendre un verre chez lui, ne se cache pas de la désirer tout en sachant que rien ne sera possible puisqu'il porte désormais une couche ? On peut donc parfaitement se promener dans la rue comme un jeune homme, pédaler de même, et n'en être pas moins secrètement mortifié de devoir continuer à vivre dans ces conditions.

Je n'écris plus, je me promène dans Ljubljana. Je devrais commencer la deuxième partie de mon roman, mais je ne le fais pas. Andjelija prétend que je suis d'une maigreur inquiétante et si nous ne prenons pas nos repas ensemble elle me prépare des sandwichs tomate-fromage, les seuls que j'aime, comme si je n'étais pas capable de le faire moi-même. « N'oublie pas de manger, tu as été malade, tu dois reprendre des forces et te reposer. — Je ne fais que ça, Andjelija, manger et me reposer. » Puis elle ajuste son casque et je la suis des yeux sur le chemin de terre jusqu'à ce qu'elle tourne à gauche et disparaisse.

J'emporte dans mes promenades le livre de Dumitriu, parfois je passe l'après-midi au parc Tivoli, assis sur un banc, mais je ne le lis pas pour autant. Ou je m'installe à une terrasse de café, au bord de la rivière Ljubljanica, je pose le livre sur la table et je ne fais que fumer en buvant café sur café.

Voyant dans quel état d'affolement je peux quitter son lit au milieu de la nuit, Andjelija m'a proposé de repousser la venue de sa fille – « Ne te sens pas coupable, surtout, elle est très heureuse chez son père » –, et j'ai tout de suite accepté. Il est certain que, sinon, je me serais installé à l'hôtel, ce qu'a dû deviner Andjelija. Enfin, deviner, non, j'ai écrit dans mon dernier livre qu'au temps d'Esther je me réfugiais souvent à l'hôtel en pleine nuit et maintenant tout cela est repris sur Google, et probablement commenté sur les réseaux sociaux. Comment Moitessier se justifiait-il de ne pas revenir ? Ah oui : « Parce que je suis heureux en mer, et peut-être aussi pour sauver mon âme. » Il a fallu que je sois hospitalisé et que j'erre dans Ljubljana pour comprendre soudain ce qu'il a voulu dire par « sauver [son] âme ». Il est mort à Vanves, il ne l'a pas sauvée finalement, mais il a eu la vision de ce qu'il aurait pu faire pour la sauver.

Cette nuit-là, je vais prendre mes carnets restés dans la sacoche de guidon de mon vélo. Le second, commencé à Tolmin, la veille de ma chute, est à peine entamé, mais le premier est écrit de la première à la dernière page. Je lis le compte-rendu de mon départ de Draguignan quand j'ai pensé que je n'allais pas sortir vivant de ce sentier terriblement pentu et boueux où j'avais dû hisser mon Singer pas à pas, tel Sisyphe. Surpris par la profonde tristesse qui m'avait saisi le soir en constatant le peu d'égard que j'ai pour moi-même, j'avais passé une partie de la nuit à écrire, et je vois qu'à la fin j'ai noté ces mots de Rilke que je me répète chaque fois que je me sens perdre pied : « J'ai fait quelque chose contre la peur. Je suis resté assis toute la nuit et j'ai écrit. »

Subitement, la sensation de m'être perdu me broie le cœur. Plus un mot depuis Tolmin. Or, combien de jours se sont écoulés ? Dix-huit. Je compte et recompte, je n'arrive pas à y croire – dix-huit jours ! C'est exactement comme si je me réveillais d'un coma. Où sont-ils passés tous ces jours où je n'ai rien écrit ? Je dois les tirer de l'oubli, reprendre au moment où j'ai ouvert les yeux et compris que j'étais à l'hôpital, dans ce mouroir. Mon stupéfiant détachement à ce moment-là, comme si seul comptait le plaisir d'être dans ce lit. Puis l'apparition d'Andjelija et la rupture soudaine de la solitude dans laquelle je me complaisais depuis mon départ. Plus que du cadeau des vêtements, notre complicité était née de l'offrande de la cigarette et du petit briquet orange parce que, par ce geste, elle prend alors pour moi le risque de perdre sa place et qu'au lieu de refuser la cigarette je l'accepte, la rejoignant dans l'illégalité, dans la clandestinité. Tout en écrivant, j'allume une nouvelle cigarette avec ce briquet qui ne me quitte plus. C'est moi qui avais demandé à voir son visage, et c'est encore moi qui lui avais donné mon adresse mail. Je me doutais de ce qu'elle voulait m'écrire après qu'elle était allée me choisir des vêtements – des slips ! – et j'avais cédé à la tentation avec un frisson dont j'ai le souvenir. Quelle chance d'avoir conservé dans mon téléphone tous nos échanges car ainsi je peux reconstituer comment les mots se sont enchaînés pour me conduire à m'inviter chez elle à ma sortie de l'hôpital. Certaines phrases ne s'inventent pas, comme celle-ci, qui me ramène au trouble intense que j'ai ressenti en la découvrant : « Il y a longtemps que je ne me suis pas sentie aussi vivante, aussi jolie, aussi heureuse. Qu'est-ce que tu m'as fait en seulement quelques jours ? »

Ensuite, je cesse d'aller me promener dans Ljubljana et je commence à écrire la seconde partie de mon roman – « Stalingrad ». J'ai trouvé les deux premières phrases – « Le souvenir de ma conversation avec Curtis m'a réveillé au milieu de la nuit. J'étais venu lui annoncer mon départ et, dans la foulée, signer un contrat pour le livre que j'allais écrire tout au long de ce voyage. »

La suite vient facilement, je m'amuse de la perplexité de Curtis quant à cette destination lointaine de Stalingrad, puis Moitessier s'invite dans la conversation et ça y est, je me sens revivre, je suis dans la tension de l'écriture. Alors d'autres mots de Rilke me reviennent, qu'il semble avoir écrits pour moi : « Et l'on n'a rien ni personne, et l'on voyage à travers le monde avec sa malle et une caisse de livres, et en somme sans curiosité. Quelle vie est-ce donc ? » Mais oui, quelle vie est-ce donc si elle n'est pas sauvée par l'écriture ? Moi aussi je veux sauver mon âme.

Si nous faisons encore l'amour, c'est par inadvertance, et d'ailleurs nous n'arrivons à rien. Nous dormons chacun de notre côté et quand Andjelija part au travail je suis déjà dans mon manuscrit. En deux ou trois jours seulement tout ce qui avait éclos entre nous s'est fané. Son attente me glace et m'encombre. Je suis redevenu cet homme qui se demande comment font les autres couples pour se jeter l'un sur l'autre avec autant de désinvolture, autant de naturel. Secrètement, je préférerais que notre sexualité soit programmée à heure fixe, comme le moment des repas ou le journal télévisé, tant l'exercice me semble relever d'un passage obligé. Peut-on s'allonger ensemble sans faire l'amour ? Soudain, la question s'était posée pour moi au temps d'Esther et elle était devenue si angoissante qu'à peine au lit nous faisions l'amour pour que je puisse retrouver un peu de sérénité et m'endormir. Mais le même dilemme se reposait à moi le lendemain, j'aurais voulu demander à Esther si elle avait une idée de la façon dont procédaient les autres couples, dont nous procédions nous-mêmes avant que cette question se mette à me tourmenter avec autant de cruauté, mais je n'osais pas. J'avais l'intuition que nous courions à la catastrophe, qu'elle n'allait pas me supporter longtemps, et en effet elle s'était enfuie. Avec Sarah, qui me voulait tellement, j'avais réglé le problème en prétendant n'avoir plus de désir, de sorte que nous parvenions à nous endormir ensemble sans que je sois saisi de tachycardie.

Andjelija attend que je dise quelque chose, et quand je commence à parler j'ai l'impression d'avoir déjà vécu ce moment.

« On dirait que quelque chose s'est détraqué entre nous, Andjelija.

— Oui, brusquement tu t'es fermé, tu n'as plus été heureux.

— Toi non plus.

— Je le serais si tu étais comme dans les premiers jours. Si tu avais du plaisir à me voir, à me faire l'amour aussi.

— J'ai moins de désir.

— C'est peut-être simplement que tu ne m'aimes pas.

— Je ne sais pas.

— Si, tu sais, mais tu ne veux pas le dire. »

Comme elle se met à pleurer je me lève et sors fumer une cigarette sous les pommiers.

Ensuite, tout se dénoue très vite, et deux heures plus tard je roule en direction de Zagreb. Elle m'a regardé gonfler mes pneus et refaire mon chargement. Elle est venue glisser dans ma sacoche un sandwich et deux pommes, puis elle m'a accompagné jusqu'au seuil. J'ai traversé le potager dans l'autre sens et quand je me suis retourné, avant d'emprunter le chemin de terre, elle n'était déjà plus là et avait refermé sa porte. Nous ne nous sommes pas disputés, nous n'avons échangé aucun mot blessant, elle a regretté d'avoir pleuré, m'a demandé de lui pardonner, et tandis que je pédale je me répète la phrase qu'elle m'a écrite quand j'étais encore à l'hôpital : « Ce que j'ai fait pour toi je ne l'avais jamais fait pour aucun autre malade. »

Je mets quatre jours à atteindre Zagreb, jamais je n'ai roulé si lentement. Chaque moment me semble délicieux, il m'arrive de m'arrêter pour le seul plaisir d'écouter les cloches lointaines d'un troupeau, de m'allonger dans l'herbe grasse d'un pâturage, d'entrer dans la boulangerie d'un de ces villages de montagne et d'en ressortir avec un pain au chocolat. S'il y a un banc à proximité, je peux aussi bien m'y asseoir et me mettre à écrire. Soit dans le carnet où je note tout ce que je vois, tout ce qui me traverse, soit dans le cahier réservé au roman. Les gens me sourient parce qu'ils voient mon vélo et parfois un homme s'attarde un moment devant, méditatif, avant de m'adresser quelques mots auxquels je réponds par un sourire.

Soudain, je peux avoir un pincement au cœur en songeant à la douceur des lèvres d'Andjelija, à sa gentillesse, me dire qu'à Zagreb je lui achèterai un bijou que je lui enverrai par la poste, mais c'est bien peu au regard du soulagement qui me donne envie de rire et de chanter dans les descentes. Qu'est-ce qu'il s'est passé, durant ces dernières années, pour que le désir d'une femme en vienne à m'effrayer ? Au point qu'après avoir rompu je ressens chaque fois la même ivresse, celle du fugitif. J'ai voulu de toutes mes forces qu'Agnès m'aime, puis qu'Esther m'aime, j'ai voulu leur appartenir, puis je n'ai plus voulu appartenir à aucune femme et l'une d'entre elles, que j'ai aimée après Esther, m'a dit l'autre jour au téléphone : « C'est vrai, tu tenais à moi, Augustin, nous faisions très bien l'amour, mais parce que je n'étais pas libre. Si j'avais quitté mon mari pour toi tu aurais pris peur, et je te laisse deviner la suite. »

Je feins de m'interroger, de ne pas savoir, pour ne pas étendre à toutes les femmes la colère qui me saisit lorsque je me remémore comment les attentes et les exigences de notre mère ont fini par tuer ce vieux Toto. Il l'aimait, n'en revenait pas à vingt-cinq ans d'avoir décroché cette beauté, lui le rejeton d'un couple de cousins vieillissants et sans le sou, et il avait passé les cinquante années suivantes à tenter de la combler sans comprendre qu'elle était un puits sans fond. Il était mort le premier, du cœur bien entendu, elle trois semaines plus tard, sans l'ombre d'un remords, encore si sûre d'elle-même et de son pouvoir assassin qu'un de mes frères s'était mis à l'insulter alors qu'elle allait rendre son dernier souffle.

À Zagreb, je descends au Grand Hôtel après trois nuits sous la tente, juste pour le plaisir d'envoyer la facture à Curtis et lui prouver que je sais vivre, moi aussi.

Je ne reconnais presque rien de la ville que j'ai découverte à l'automne 1993, pendant la guerre. Alors l'hôtel était occupé par les services de l'ONU, les rues encombrées de camions militaires, les cafés pleins de soldats et les rares épiceries rendues inaccessibles par des queues interminables. À présent, on pourrait se croire à Vienne tant le lustre est partout, du fronton des bâtiments publics aux devantures des magasins, tant les citadins sont élégants, les femmes vêtues d'ensembles de demi-saison, épaules couvertes mais robes légères, les hommes de costumes clairs, pochette rose ou mauve et Ray-Ban Aviator.

Penché sur mes cartes, ce soir-là, je suis tenté d'abandonner provisoirement ma route pour descendre vers le sud et revoir Gospić. J'y étais arrivé dans un autocar en piteux état où nous n'étions que quatre, si je ne compte pas le chauffeur : un couple âgé, mon interprète, Vladimir, et moi. Quand nous étions descendus, il pleuvait, l'église venait d'être bombardée et les restes du clocher se consumaient au sol. Les rues étaient désertes, la ville semblait abandonnée. Comme nous ne savions pas vers où nous diriger, nous avions suivi le couple. Ils se donnaient le bras et avançaient péniblement car leur valise, que portait l'homme, devait être très lourde. Puis soudain un chien enragé avait surgi de la cave d'une maison en ruine, nous avions dû nous défendre, lui lancer des tuiles, et quand il s'était enfui le couple avait disparu, nous l'avions perdu. Mais de cette scène, j'ai conservé une photo, encadrée dans mon bureau, où l'on voit les deux vieux de dos avancer sur le bitume luisant de pluie au milieu d'une rue dont la plupart des maisons n'ont plus de toit.

Le matin, cependant, je renonce à Gospić, songeant que si je m'écoutais je passerais ma vie en pèlerinage – à Bizerte, sur les lieux des photos de nos parents jeunes mariés, puis à Neuilly, à Bordeaux, assis devant le 30 de la rue de Caudéran où habitait ma chère grand-mère, à Rueil, cité de la Côte noire où nous avions quitté le cours normal de la vie pour devenir des marginaux, des hors-la-loi, ce dont je me félicite aujourd'hui, à Rabos, en Espagne, où pour la première fois Agnès et moi nous étions découverts nus, à Mortefontaine où David a fait ses premiers pas, à Luc-sur-Mer où nous allions enfants, après la Tunisie, et où j'avais voulu emmener Esther pour lui faire l'amour. Malheureusement, je n'ai pas de photos de tous les hôtels où j'ai fait l'amour avec Agnès, j'étais encore trop jeune pour deviner la puissance évocatrice des souvenirs, mais j'ai des images de tous les hôtels où Esther et moi sommes descendus, en France comme à l'étranger, et jamais je ne retourne dans un de ces pays sans revenir m'asseoir dans le hall de notre hôtel, y prendre un verre et de nouvelles photos, ou même une chambre si j'en ai la liberté. La mémoire filtre la réalité, elle ne retient pas la vulgarité du quotidien, son ennui, ses contrariétés, et à l'inverse elle amplifie les bonheurs que nous n'avions pas su apprécier sur le moment. C'est pourquoi on ne perd pas son temps à revenir seul sur les lieux de ces bonheurs – parfois en quelques minutes seulement tout ce qui n'est plus, tout ce que nous avons perdu se rejoue avec tant de présence sous nos yeux que nous nous surprenons à rire, et même parfois à murmurer des mots qui nous font vaguement honte.

Oui, mais là j'ai soixante-dix ans, je n'ai plus trop le temps pour les pèlerinages, et d'ailleurs que pèse Gospić au regard de Stalingrad ?

Maintenant c'est octobre, je ne souffre plus de la chaleur, et tandis que je traverse la longue plaine monotone de Croatie je ne suis préoccupé que de mon livre de sorte que je peux m'arrêter subitement au bord de la route, chercher un arbre contre lequel m'adosser et me mettre à écrire. Dans le roman je suis en Italie, à Crémone en train d'observer le luthier, tout habité du souvenir d'Anna, et levant les yeux de mon cahier pour regarder ce qui m'entoure je me fais la réflexion qu'une fois de plus je rate le présent pour me laisser absorber par la reconstruction du passé. Quand tu vas devoir écrire sur la Croatie, me dis-je, tu ne vas rien trouver à dire parce que tu voyages dans ce pays comme un fantôme, « tu es là mais tu n'es pas là », me fustigerait David, souriant à sa façon pour dissimuler son exaspération. Mais non, c'est faux, chaque soir après avoir planté ma tente je noircis plusieurs pages de mon carnet. Je ne parle pas de moi à la troisième personne, comme Tolstoï qui ne cesse d'écrire dans les différents trains qu'il emprunte pour fuir sa femme, mais je ne suis pas peu fier de mener comme lui deux manuscrits de front, mon roman d'un côté, mon journal de l'autre.

Après quatre ou cinq jours, une plaque indiquant Vukovar et Vinkovci me fait ralentir, puis je repense à Gospić et me remets à pédaler. Mais lorsque je suis arrivé au camping le regret ne me lâche plus. Nous n'avions pas pu entrer dans Vukovar, occupée par les Serbes qui y avaient massacré une partie de la population, et comme nous cherchions un endroit où dormir Vladimir avait proposé d'aller chez sa mère, à Vinkovci, la ville voisine. Mais il l'avait fait avec si peu de conviction que je n'avais pas relevé, jusqu'à ce qu'il y revienne – « C'est tout à côté, allons chez ma mère. » Le toit de la maison était en partie effondré, pourtant on pouvait soupçonner qu'elle était encore habitée parce que la béance avait été recouverte d'une bâche. Notre arrivée avait été saluée par des cris de joie, puis mère et fils étaient restés enlacés un long moment. Cette femme d'une soixantaine d'années m'avait accueilli avec chaleur et nous nous étions enfoncés dans la partie habitable de la maison que des tentures de fortune isolaient des gravats. Il était impossible d'échapper au froid et à l'humidité et, après un dîner dont j'ai oublié le menu, nous avions bu de l'alcool fort dans de petits verres. Puis Vladimir s'était levé et un moment plus tard il était reparu avec son accordéon. Il avait commencé à jouer et presque aussitôt sa mère s'était mise à pleurer. Nous étions parvenus à ne pas évoquer le beau pays qu'avait été la Yougoslavie avant que les trois peuples qui la composaient ne s'entre-tuent, et voilà que ses larmes nous y ramenaient.

Elle pouvait encore être vivante, j'aurais voulu lui dire que je n'avais pas oublié cette soirée et, le lendemain matin, je cède une nouvelle fois à mon penchant pour les pèlerinages. Je rebrousse chemin… et perds la journée à errer dans Vinkovci sans retrouver la maison de Vladimir.

Mais à Belgrade, je retrouve sans difficulté Bojan. J'ai pris un hôtel sur Knez Mihailova, la luxueuse rue piétonne, et c'est ici qu'il me rejoint. Il a été mon interprète quand je travaillais avec les criminels de guerre serbes réfugiés sur les hauts plateaux, au-dessus de Sarajevo, et depuis il est devenu écrivain. Nous partageons une obsession maladive pour la mémoire, Bojan est un inlassable pèlerin, comme moi, si ce n'est qu'il a trente ans de moins et peut donc consacrer une grande partie de son temps à la recherche de journaux intimes. De tels documents se trouvent aux puces et chez les bouquinistes qui s'installent dans les tunnels pour piétons, sous les grandes artères de la ville. Certains journaux remontent à l'époque de la Yougoslavie du maréchal Tito, aux années sanglantes de Milosevic, voire à la guerre contre l'Allemagne nazie. Bojan les feuillette, et parfois les achète. C'est ainsi qu'il voyage dans le passé pour le prix d'un ticket de métro.

Ce matin-là, je l'accompagne, et je tombe sur une vieille édition en langue française d'un roman roumain signé d'un certain Jean Bart et dont le titre m'intrigue – *Europolis*. Je vois que le texte date de

1933 et que son auteur, un officier de marine, répond en réalité au nom d'Eugeniu Botez, né en 1874 dans le comté de Botosani et mort à Bucarest en 1933, l'année de parution de son roman.

La lecture d'*Europolis*, dans ma chambre d'hôtel de Belgrade, éveille en moi une curiosité incrédule. L'auteur y raconte la vie quotidienne, mondaine et amoureuse, d'une communauté cosmopolite à Sulina, ville portuaire dont je n'avais jamais entendu parler mais dont je découvre le nom, en caractères minuscules, sur ma carte de Roumanie. Sulina, qui donne sur la mer Noire, semble curieusement perdue en plein delta du Danube, zone marécageuse que j'aurais dite inhabitable a priori.

Et cependant, je lis, puis relis ce passage :

« On avait commencé à danser quand l'amiral et son état-major firent leur apparition. Les couples s'arrêtèrent brusquement au milieu de la salle. Les officiers s'alignèrent comme à la parade et les civils s'inclinèrent respectueusement. Les hommes, solennels en habits noirs, se cassaient en deux autant que le leur permettaient leurs colonnes vertébrales. Les femmes en riches toilettes, épaules et bras nus, plongeaient pour des révérences pleines de grâce.

« Grave, martial, l'amiral, une vénérable barbe répandue sur sa poitrine jusqu'aux décorations, traversa cérémonieusement le salon, comme pour une inspection générale. Après avoir serré quelques mains, il s'assit au fond de la salle parmi les notables.

« Et la danse reprit. »

Se peut-il réellement que de tels événements se soient tenus dans ce lieu qu'on devine cerné par les roseaux, proie des moustiques et de toutes les maladies propres à la fétidité des deltas ? La ville la plus proche, Tulcea, est à près de cent kilomètres – comment les gens auraient-ils pu survivre sur cet îlot rongé par les eaux ?

« Sulina est l'un des endroits les plus originaux du globe », fait dire l'auteur à l'un de ses personnages, ce qui aiguise un peu plus ma curiosité.

Le lendemain, nous effectuons des recherches avec Bojan et il apparaît que Sulina fut choisie en 1856 pour y implanter la Commission européenne du Danube (CED). Le delta menace alors d'être engorgé par les alluvions, ni la Roumanie ni la Turquie n'ont les moyens de le draguer, or l'Europe a tout intérêt à ce que le Danube demeure navigable et elle se mobilise donc en créant cette « commission » dont la tâche sera de veiller à dégager l'embouchure du fleuve et à en assurer la navigabilité.

En 1856, Sulina ne compte qu'une quarantaine de cabanes rassemblées sur la plage, faites de bois et de roseaux. Sa population, estimée à cinq cents habitants, est constituée de Grecs et de Maltais qui survivent ici de la pêche et meurent prématurément puisqu'ils n'ont aucune assistance sanitaire.

En même temps qu'on édifie le futur palais de la CED, on construit des quais sur les deux rives du Danube. Les représentants consulaires de toutes les puissances signataires du projet – France, Royaume-Uni, Autriche, Russie, Prusse, Sardaigne et Turquie – sont attendus à Sulina avec leurs familles, et on se presse donc, dans le même mouvement, de leur élever d'élégantes villas avec jardin.

Quand, en 1870, Sulina reçoit le statut de port franc, entrepreneurs, commerçants et artisans commencent à affluer de tous les pays voisins, convaincus de pouvoir rapidement s'enrichir. Un premier hôtel est inauguré dont les fenêtres donnent sur le port en plein chantier. On fait venir l'électricité et on aménage un réseau de distribution d'eau potable. Une ligne télégraphique relie Sulina à Tulcea, bientôt doublée d'une ligne téléphonique. Les premiers arrivants ont aligné leurs maisons sur le front du Danube, à l'instar du palais de la CED et de l'hôtel, les suivants se sont installés derrière et ainsi ont été créées les premières rues, strictement parallèles au cours du fleuve, et tout simplement baptisées « Strada numéro 1 », puis « Strada numéro 2 ». À son apogée, dans les années 1930, il est dit que Sulina compte près de vingt mille habitants et au moins six longues rues, dont les trois premières ont été « proprement » pavées.

En quelques décennies, là où ne poussaient que des roseaux, une ville a vu le jour, avec ses écoles, son hôpital, ses magasins, ses artisans, ses hôtels, ses restaurants et ses bars, son chantier naval, ses moulins, sa fonderie, ses multiples agences consulaires, ses lignes maritimes et son cimetière. Sans oublier, bien sûr, ses lieux de culte, clochers, coupoles et minarets, pour tous ces immigrés de différentes confessions – orthodoxes, musulmans, catholiques, anglicans, juifs.

En 1904, un demi-siècle après la création sur le papier de la Commission européenne du Danube, on recense à Sulina 2 056 Grecs, 803 Roumains, 594 Russes, 444 Arméniens, 268 Turcs, 211 Austro-Hongrois, 173 Juifs, 117 Albanais, 49 Allemands, 45 Italiens, 35 Bulgares, 24 Anglais, 22 Tatars, 22 Monténégrins, 17 Polonais, 11 Français, 7 Lipovènes, 6 Danois et 4 Indiens.

Alors on édifie un théâtre de trois cents places à côté du premier hôtel, et, à partir de 1906, la ville imprime son propre quotidien, *La Gazette de Sulina*, bientôt concurrencé par *Les Annales de Sulina*, puis plus tard par *Le Delta du Danube*.

Il est rapporté qu'une bonne entente règne à Sulina car chacun y fait de bonnes affaires, que la puissance militaire y est crainte et respectée, que la Croix-Rouge y donne chaque année un bal au cercle de la marine, mais que cette concorde ne résiste pas aux bombardements de 1914-1918 qui vident la ville des trois quarts de ses habitants. Cependant, tous sont de retour dès la fin des hostilités et les photos de la reconstruction témoignent de l'attachement des « Sulinois » à leur ville.

L'aventure s'achève en 1939, semble-t-il, quand la Commission européenne s'autodissout et remet ses pouvoirs et compétences à la seule Roumanie. Chaque pays rapatrie son personnel consulaire, le palais se vide, on ferme les belles villas, et tandis qu'on s'interroge sur l'avenir de Sulina, voilà que la guerre éclate.

Les bombardements font de nouveau fuir les habitants. Mais, cette fois, ils ne reviennent pas si j'en crois les chiffres puisque la population passe sous la barre des deux mille personnes. Je lis que les communistes ont tenté d'industrialiser Sulina, de relancer l'activité du port, mais qu'ils ont complètement échoué et qu'il ne reste plus rien aujourd'hui de l'éclat et de l'effervescence de la bien nommée « Europolis ».

C'est au fil d'une journée d'octobre, grise et pluvieuse, alors que j'ai quitté Belgrade en suivant le cours du Danube en direction de la Roumanie, que s'éveille en moi l'idée de séjourner à Sulina. Quand avait pris forme mon projet de disparaître, avant que la destination de Stalingrad ne s'impose comme une évidence, j'avais cherché un tel endroit, oublié du monde, et pensé à Tiraspol, la capitale de la Transnistrie, cette contrée minuscule coincée entre la Moldavie et l'Ukraine. Bien que ses habitants aient probablement l'illusion d'exister, la Transnistrie est un pays qui « n'existe pas » puisque aucune puissance ne la reconnaît. Elle est en somme un trou noir à la surface du globe, et donc le lieu idéal, avais-je supposé, pour quitter discrètement la scène. J'avais lu que le Quai d'Orsay déconseillait fermement d'y aller car la France n'y a aucun représentant, de sorte qu'en cas d'ennuis le voyageur imprudent y serait tout simplement abandonné à lui-même. « Exactement ce qu'il me faut », m'étais-je dit, mais quand de passage à Chişinău, en Moldavie, j'avais fait un saut jusqu'au poste-frontière de Tighina-Bender, il m'avait été indiqué que je ne pourrais pas résider plus d'une journée à Tiraspol au nom du principe de réciprocité (« Vous ne voulez pas de nous sur la terre, nous ne voulons pas de vous chez nous »).

Tout en pédalant, j'essaie de me figurer à quoi peut bien ressembler Sulina et je suis de plus en plus excité à la perspective d'y aller. Je m'imagine errant dans Carpentras, ma ville, d'une taille équivalente à la Sulina de 1930, subitement vidée de sa population. Les volets et les portes des maisons battant au vent, les commerces abandonnés, les rues jonchées de feuilles mortes, le silence… Carpentras cernée par les eaux, n'est-ce pas, visitée par les ragondins, survolée par les pélicans, et que sais-je encore.

À la première halte, tout en avalant un sandwich, penché sur mes cartes, je constate avec satisfaction qu'une route étroite, longeant la rive droite du Danube, relie Tulcea à Sulina. Voilà une étape qui me réjouit d'avance.

Six jours plus tard, j'entre enfin en Roumanie par le barrage hydroélectrique des Portes de Fer.

J'ai relu la veille tout ce qu'écrit Petru Dumitriu sur le village de son enfance, au-dessus du fleuve, à la hauteur des Portes de Fer, précisément, ce somptueux défilé où s'engouffre le Danube. Du côté de la Serbie, la rive est une abrupte falaise rocheuse, sans chemins ni habitations, sombre et glaçante car elle est exposée au nord ; du côté de la Roumanie elle est baignée par le soleil, souriante bien que pentue, ponctuée par endroits de vignobles en terrasse ou de gros bourgs. Dumitriu ne donne pas le nom de son village, mais il le décrit :

« Ce soir-là, rentrés en ville, nous fîmes l'habituelle promenade sur le Corso. Dans une petite ville de province française, cela se fût appelé le Cours, peut-être en y ajoutant le nom d'un grand homme natif de l'endroit. Chez nous, comme partout où il y avait eu l'empire autrichien, on employait le mot italien : on disait le Corso [...].

« Ainsi chez nous ce soir-là : ma mère en robe d'été, mon père en uniforme blanc, ma sœur et moi, lentement, d'un bout à l'autre de la double ligne de châtaigniers. D'un côté, le quai, le fleuve, les bateaux avec leur file de hublots interrompue par le tambour de la roue à aubes ; et, sur le pont, voire sur le spardeck superposé à lui, les vitrages éclairés des salles à manger ; la pulsion des roues ruisselantes, les flonflons de la musique.

« De l'autre côté, c'étaient des façades du siècle dernier, l'Hôtel Impérial, ci-devant Impérial *et* Royal, puisque l'empereur de Vienne avait été aussi roi de Hongrie jusqu'en 1918. Nous étions en 1938, au début des vacances d'été, à preuve le ciel d'été, les myriades d'étoiles de la nuit d'été, le parfum des tilleuls en fleur, l'odeur des grils en plein air, l'haleine aigre et froide des bouches de cave où reposaient les tonneaux de vin et de bière. »

Je n'aurai pas le temps d'écrire le livre dont j'ai l'intuition sur Petru Dumitriu, mais je veux retrouver son village, me promener à mon tour sur le « Corso », prendre une chambre à l'hôtel « Impérial *et* Royal » et sentir le parfum des tilleuls. Si j'ai tenu à retourner à Vinkovci, à revoir Bojan à Belgrade, et si je tiens maintenant à passer quelques jours dans le village de Petru Dumitriu, c'est que ce sont mes derniers « pèlerinages », j'en suis conscient. Je ne referai pas le voyage dans l'autre sens, le temps m'est étroitement compté désormais. Céder à la nostalgie du souvenir, jouir encore de la vie comme je l'ai fait dans le lit d'Andjelija, m'enfouir dans les prémices d'un livre que je n'écrirai pas – n'est-ce pas une façon comme une autre de dire au revoir au monde ? Oui, bien sûr, mais c'est aussi un désir de ralentir l'horloge, de tricher sans en avoir l'air – accorde-toi encore ce plaisir, Augustin, car ensuite tu ne devras plus être occupé que de Stalingrad.

En aval du barrage, à la sortie des Portes de Fer, le Danube, enfin libéré, se répand paresseusement dans la vallée. Les ancêtres des Roumains ont saisi cette opportunité pour implanter ici une véritable ville, aujourd'hui industrielle et portuaire, Drobeta-Turnu Severin. Je descends à l'hôtel à Drobeta et, dès le lendemain avant le lever du jour, sur mon vélo délesté de son chargement, j'entreprends de repartir vers l'amont, sur l'étroite route qui longe le fleuve, à la recherche du village de Dumitriu.

Je traverse Orsova, Eselnita, Dubova, Svinita, Cozia, Drencova, Berzasca, Moldova Veche, Pojejena, Belobresca, Divici, Bazias, et quand j'arrive à Socol je suis à la fois épuisé et découragé. Dans aucun de ces villages je n'ai croisé l'hôtel « Impérial *et* Royal » ni vu quelque chose qui ressemblait au « Corso ». J'ai bien parcouru cent cinquante kilomètres, habité de l'enfance de Dumitriu, enfiévré par la curiosité, et maintenant la nuit tombe et je n'ai plus le temps de retourner à Drobeta. Alors je prends une chambre à Socol, trouve une pension où dîner, et songeant avec colère à mon précédent échec à Vinkovci, je me dis que cette fois je ne céderai pas.

Au retour, arrivant en fin de journée à Orsova après avoir retraversé toutes les communes en amont, je suis soudain pris d'un doute : il y a là une promenade, le long du Danube, qui pourrait être le « Corso » réaménagé par les communistes. Des barres d'immeubles sinistres ont remplacé les villas qui donnaient sur le fleuve dont ne subsistent que deux spécimens, aussi me dis-je que les mêmes communistes ont dû détruire l'« Impérial *et* Royal », symbole de l'Ancien Régime, comme ils ont détruit partout tant de palais et d'églises. Il est trop tard cependant pour pousser l'enquête, et ce soir-là je regagne mon hôtel à Drobeta.

Le lendemain, me voilà de retour à Orsova. Je parcours à pied ce que je pense être le « Corso », photographie le garde-corps dont l'ancienneté ne fait pas de doute, avant de m'en aller interroger toutes les vieilles personnes qu'il m'est possible de croiser ici ou là : « N'est-ce pas ici qu'est né Petru Dumitriu ? » Cependant, le nom de l'écrivain n'éveille aucun souvenir, ni même aucune curiosité. À la mairie, j'ai la chance de tomber sur un homme qui parle parfaitement le français, mais lui non plus ne voit pas qui est ce Dumitriu. Je suis profondément déçu car j'aime la sonorité de ce nom, Orsova, j'aurais aimé qu'il soit lié à Dumitriu et pouvoir ainsi le placer dans mon livre, comme je l'avais fait avec Husum, dont la sonorité me bouleverse, quand j'avais écrit la « suite » du roman de Siegfried Lenz *La Leçon d'allemand*. Husum nous fait entendre les cornes de brume de la mer du Nord, Orsova m'évoque Tolstoï, la douceur fragile de la paix et les déchirements de la guerre.

Revenu à mon hôtel, je passe une partie de la nuit à chercher une explication dans le livre de Dumitriu – et subitement je la trouve :

« Plus de vingt ans après la guerre, écrit-il page 155, un barrage hydroélectrique géant, œuvre de paix s'il en est, fut construit sur le fleuve, aux Portes de Fer. En aval, les restes des piliers du pont bâti par les Romains pour venir conquérir le pays furent mis à nu par la baisse des eaux. En amont, le niveau du fleuve monta de dix ou vingt mètres ou davantage, je ne sais [...].

« Nivelés au bulldozer, pour ne pas entraver la navigation, les églises, la synagogue, le Corso, l'Hôtel Impérial, ci-devant “et Royal”. Nivelée, la maison où nous avions grandi. Celle où, un soir d'été après le dîner au jardin, ma mère disait : “La guerre, déjà ?” Désormais, ce n'était plus depuis longtemps la guerre, c'était la paix, cette paix-ci.

« Je me suis imaginé des poissons nageant dans l'eau limoneuse, à travers les pièces où grand-mère était morte, et où nous bondissions de loin sur nos lits pour échapper aux pinces de la Tchoptchirka [un monstre imaginaire, genre écrevisse, aux aguets sous le lit]. La ville a été rasée au bulldozer et reconstruite, en moderne et très laid, sur les collines qui dominaient le fleuve et qui sont à présent la nouvelle rive. »

Comment avais-je pu ne pas prêter attention à ce passage ? Ou même carrément le sauter ? Tout y est dit : le village que je cherche est sous l'eau. Se peut-il que ce soit Orsova dont les garde-corps anciens du « Corso » auraient été récupérés ? Ainsi que quelques villas, démontées et remontées trente mètres plus haut ?

Au milieu de la nuit, je descends à la réception chercher une bouteille d'eau. C'est une jeune femme qui est là, de l'âge de ma Claire à peu près. Comme je suis sous le coup de ma découverte, à la fois exalté et déprimé, j'ose lui demander si elle connaît Petru Dumitriu – « Qui est-ce ? — Un écrivain roumain. — Ah oui ?... » Et tout en disant cela elle pianote à toute allure sur son téléphone. « C'est lui ? — Oui, voilà. » Elle me montre son écran, je reconnais le visage de Dumitriu, et je lis à haute voix ce qui est écrit sous sa photo : « Petru Dumitriu, né le 8 mai 1924 à Bazias, dans le judet de Caras-Severin, en Roumanie, et mort le… » Je n'en crois pas mes yeux, il est né à Bazias ! Il est né à Bazias, où je suis passé juste avant d'atteindre Socol. Dans aucun de ses livres il ne le dit, mais il suffisait d'aller sur Internet pour le savoir. J'entends déjà mon Anna : « Non mais papa, j'y crois pas… tu n'as toujours pas compris que tu peux aller sur Internet avec ton téléphone ! » Si, Anna, mais je n'y avais pas pensé.

Je ne retourne pas dans ce Bazias-là, où rien n'avait attiré mon regard, et durant trois jours je reste à écrire dans ma chambre de Drobeta. Puis je corrige et j'envoie à Curtis les quarante premières pages de cette seconde partie.

C'est la troisième fois que je parcours la Roumanie, et tandis que je roule vers Craiova je retrouve ce sentiment délicieux d'être ramené à mon enfance, au temps où les autoroutes n'existaient pas, où l'on voyageait sur des « nationales », entassés dans des voitures surmontées de « galeries » pour y amonceler les bagages et dont les radiateurs se mettaient à bouillir dans les « embarras de circulation », de sorte qu'il fallait s'arrêter sur le bas-côté, ouvrir grand le capot, et si l'on avait pensé aux « provisions » en profiter pour pique-niquer là, dans l'herbe, en attendant que l'« auto » soit prête à repartir. Nous, c'étaient les Dauphine, les Aronde ou les 203 d'où s'élevait une colonne de fumée jusqu'à ce que le père puisse ouvrir le radiateur sous les cris terrifiés de la mère autour de laquelle se pressaient les enfants avec leurs sandwichs au jambon – « Roger, je t'en supplie, fais attention ! » Quand Roger brandissait le bouchon derrière l'ultime volute de fumée il avait encore grandi dans le regard des petits, et peut-être aussi de sa femme. En Roumanie, ce sont les Dacia 1300 (sœurs jumelles de la Renault 12 qu'on ne trouve plus guère en France, malheureusement), les Dacia Maltesse et les petites Logan qui fument au bord des routes pendant que les familles mangent des *sarmale* et de la *mamaliga*. Toutes les cinq minutes à peu près, un conducteur ralentit pour proposer ses services et l'on peut voir le père agiter le bras et rire en signe de refus poli – « C'est rien, on a l'habitude avec ma femme, ça va repartir. » Parfois, tout de même, le gars s'arrête et s'approche d'autorité avec un bidon d'eau dont il verse une partie dans le radiateur. Alors les hommes en profitent pour griller ensemble une cigarette en commentant les avantages de la Maltesse sur la 1300, notamment pour ce qui est de la tenue de route et des « reprises », enfin j'imagine, parce que si nous nous saluons au passage, je ne vais pas jusqu'à m'arrêter pour participer à la conversation.

Ce que j'aime aussi, en Roumanie, ce sont les stations-service, où j'entre systématiquement pour remplir ma gourde, prendre une bière ou un café, acheter du chocolat et parfois des cigarettes. L'entrée de la piste est joliment décorée par des géraniums plantés dans des pneus de camion que l'on a pris soin de peindre en blanc, ou parfois en rouge ou en bleu ciel. Les pneus peints en guise de pots de fleurs, ce sont mes dix ans dans la 203 de Toto. Parfois la station a été modernisée pour ressembler à celles de l'Ouest, bardée de plastique orange et de néons, mais le plus souvent elle est restée une petite baraque avec sur le devant des chaises et des tables pour s'y asseoir et manger. « Ici, on peut apporter son manger », claironnait une pancarte au temps de Toto. Je ne m'en prive pas et je m'attable un moment.

Le soir, je dors à l'hôtel, c'est à peine plus cher qu'une place de camping en Italie. Les hôtels sont au bord de la route, ils ont d'immenses salles de restaurant qui se remplissent en fin de journée. Dacia, camions et autocars mélangent leurs haleines brûlantes sur le parking, généralement un terrain vague, pendant que l'on discute d'une table à l'autre de l'état de la route, pleine de nids-de-poule, il faut bien l'avouer, en particulier sur le tronçon Corzu-Cernatesti. On dort bien dans ces hôtels bercés par le ronronnement continu des camions qui préfèrent rouler la nuit pour éviter les carrioles et les tracteurs et dont les phares étirent au plafond la réplique des persiennes.

Les carrioles attelées et moi allons à la même allure et il arrive qu'à force d'échanger des rires avec les enfants assis à l'arrière – « Francez ! Francez ! »

hurlent-ils, car ils ne peuvent pas croire que je sois venu à vélo depuis la France… –, et donc il arrive qu'à force d'entendre les enfants rire le paysan et sa femme me fassent signe de les suivre quand ils quittent la route pour emprunter un chemin de terre. Nous pénétrons ensemble dans la cour de la ferme et ils m'invitent à déjeuner. Je ne connais que quelques mots de roumain mais nous nous comprenons, mystérieusement. Dans aucun autre pays je n'ai connu cela, mélanger deux langues et finir par croire que nous parlons la même. Après le repas, je demande la permission de photographier le tracteur, un « Universal 650 » rouge, toujours d'attaque, fabriqué à Brasov dans les années 1970 par UTB (Uzina Tractorul Brasov) sous licence de Fiat Trattori. Les ouvriers de l'usine de tracteurs de Brasov ont été les premiers, en 1987, à jeter par les fenêtres les portraits de Ceauşescu et à descendre dans la rue pour réclamer du pain. Je laisse le paysan me raconter les débuts de la révolution et je note que tout en parlant il tapote affectueusement le capot de son tracteur comme il tapotait le dos de sa mule deux heures plus tôt. À la fin, il m'explique que l'Europe donne beaucoup d'argent pour l'agriculture roumaine, à ce qu'il a entendu dire, mais que cet argent n'arrive pas jusqu'au petit paysan et c'est pourquoi il continue d'utiliser son valeureux 650.

Puis il me raccompagne à pied jusqu'à la nationale, moi poussant ma bicyclette. Nous continuons à bavarder au bord de la route, aussi bien je pourrais demander à rester un peu chez eux tant j'ai eu de plaisir en leur compagnie. D'ailleurs, j'ai cessé de l'écouter et c'est à cela que je songe – lui dire que j'aimerais bien me reposer un peu, finalement, partager encore quelques repas avec les enfants, quand il m'attire violemment à lui et me fait tomber sur mon vélo. Une seconde de plus et le camion me roulait dessus. Je ne l'avais pas vu venir, mais lui, si. « Attention, dit-il, en m'aidant à me relever, chez nous il y a beaucoup d'accidents avec les camions dans les villages. » Et puis nous nous disons au revoir.

Avec l'arrivée du froid, je roule avec plus d'entrain. Tous les soirs je suis à l'hôtel où je dîne copieusement. J'ai repris des forces, chaque matin je suis heureux de repartir. Pour éviter les camions dont j'ai pu constater que beaucoup ne me voyaient pas, tout simplement, je prépare avec soin mes itinéraires, choisissant des routes minuscules, des chemins de terre parfois, et notant soigneusement les noms des villages que je dois traverser – Stoenesti, Ianculesti, Uzunu, Mihai Bravu, Comana, etc. Je contourne Bucarest, et quel bonheur quand, après Kalarash, je m'engage enfin dans l'immense plaine du Baragan. Ici, plus guère d'hôtels, plus de routes nationales non plus, seulement quelques villages, tapis plutôt que dressés, au hasard d'une steppe balayée tout l'hiver par le crivat, ce vent glacial venu de Sibérie. J'aime la solitude et le vent du Baragan où j'avais séjourné chez l'habitant quand je travaillais sur la période communiste en Roumanie. À peine installés au pouvoir, les communistes avaient eu l'idée de déporter dans cette région somptueuse et inhospitalière ceux qu'ils considéraient comme les « ennemis du peuple ». Durant la guerre, la Roumanie du général Antonescu, allié d'Hitler, avait imaginé pour exterminer les Juifs de les déplacer en Transnistrie et de les faire marcher continuellement de village en village jusqu'à ce qu'ils tombent d'épuisement et meurent au bord de la route. Les communistes inventent à peu de chose près le même supplice : durant l'été 1951 ils arrêtent quarante-cinq mille personnes soupçonnées de leur être hostiles, des familles entières avec enfants et grands-parents, qu'ils entassent dans des wagons à bestiaux et lâchent par petits groupes au milieu du Baragan. À part les vêtements qu'ils portent sur eux, ces gens n'ont rien, ni nourriture, ni outils, ni toiles de tente pour se protéger du soleil brûlant en été et de la neige en hiver. Ils ne sont pas autorisés à gagner à pied un village, ni à tenter de rejoindre un autre groupe, sous peine d'être abattus d'une balle dans le front (et, pour l'exemple, les communistes exécutent quelques protestataires sous les yeux de leurs parents). Chaque famille doit se débrouiller pour se construire un abri, trouver de l'eau et de quoi manger. Leur relégation va durer cinq ans. Beaucoup meurent dès le premier hiver. Parmi ceux qui ont survécu, certains sont restés dans le Baragan et leurs enfants m'avaient montré des dessins des misérables cabanes dans lesquelles ils ont grandi.

J'avais rêvé de refaire à bicyclette le long voyage des héros de Panaït Istrati dans *Les Chardons du Baragan*, et voilà que j'en ai la possibilité. Dans mon souvenir, père et fils partent de Latani et tentent d'atteindre à pied Kalarash. À Latani, ils survivent de la pêche dans un affluent du Danube et ils décident ce jour-là d'aller vendre trois cents kilos de poisson séché à Kalarash. C'est une idée de la mère, en réalité, qui a investi pour ce voyage leur dernier argent dans une carriole et un vieux cheval. Quand le cheval meurt en chemin, ils bradent leur poisson et ils arrivent finalement à Kalarash sans poisson et sans un sou. Là, ils apprennent que la mère, restée à Latani, vient de mourir. Alors commence pour eux une vie de vagabonds, celle qu'a connue Istrati, enfant de Braïla et du Baragan, qui publiera son premier roman à quarante ans et mourra de la tuberculose dix ans plus tard.

Je mène le voyage à l'envers, partant de Kalarash pour rejoindre Latani en longeant par des chemins le Borcea, cet affluent du Danube où père et fils avaient pêché leurs trois cents kilos de carpes. Je traverse Fetesti, puis Stelnica, Retezatul, et parvenu à Bordusani je commence à demander si on ne se souviendrait pas de Panaït Istrati par hasard. Je suppose que l'écrivain est venu traîner par ici au milieu des années 1920, n'est-ce pas, puisque son roman est paru en 1928. Certes, cela fait un siècle, mais je rêve secrètement qu'un habitant s'écrie soudain : « La maison du petit Mataké et de ses parents ? Mais bien sûr, suivez-moi, je vais vous la montrer. » Et là, les pieds dans les chardons, je resterais un moment sidéré, émerveillé, et il est certain que je planterais ma tente à proximité pour y revenir dès le lendemain matin, n'en croyant pas mes yeux.

De la même façon, du côté d'Husum, j'avais cherché pendant des jours le village de Rugbüll et la maison du peintre Nansen, le héros de Siegfried Lenz dans *La Leçon d'allemand*, m'imaginant déjà louant une chambre pour un mois ou deux, dans une auberge ou chez l'habitant, croisant aussi bien les enfants du peintre, avant que Lenz lui-même ne m'annonce qu'il avait inventé cette maison, comme d'ailleurs tout le village, se bourrant une nouvelle pipe, avec un triste sourire, comme s'il était confus de me décevoir.

J'achète à l'épicerie de Bordusani, sur la route de Latani, du pain, du fromage, deux louches de ciorba, l'épaisse soupe de légumes roumaine que je fais verser dans ma gourde, du chocolat et des bananes. La dame, elle aussi, semble désolée de ne pas pouvoir m'aider et elle me rattrape sur le seuil pour m'offrir une pomme.

Ce soir-là, je monte ma tente au bord de l'eau, à la sortie de Latani, à côté d'une baraque en planches à l'abandon qui pourrait être celle d'Istrati, ou du moins de ses personnages. La nuit tombe vite maintenant et dès le premier crépuscule je ramasse du petit bois et allume un feu pour à la fois chasser l'humidité et réchauffer mon dîner. Subitement, alors qu'un instant plus tôt je me sentais si sûr de moi, surveillant ma casserole de soupe en équilibre sur les flammes, la pensée que je ne reverrai pas mes enfants, que nous ne nous sommes pas dit au revoir, me précipite dans une profonde tristesse. Il y a près de trois mois que je suis parti et jamais je n'ai ressenti un tel désespoir. Pourquoi me suis-je privé de mes dernières années avec eux ? Pourquoi est-ce que je ne m'autorise pas à vieillir comme tout le monde, entouré de ceux qui m'aiment et que j'aime ? Là, tout de suite, si on m'offrait la possibilité de les retrouver, d'interrompre cette folie, je dirais oui. Mais alors je me figure retrouvant ma maison silencieuse, raccrochant mon Singer après avoir vidé mes sacoches, mon grand rêve épuisé, n'est-ce pas, ou plutôt trahi. Et je sens qu'aussitôt une partie de moi se rebelle. Quoi, reprendre ta vie d'avant, sans autres attentes que celles de tes petits délabrements ? Un jour tu te réveilleras incontinent et tu te résoudras sans protester aux couches-culottes. Ou un AVC te privera de tes jambes et tu remercieras le Ciel (et la Sécurité sociale) de t'offrir un fauteuil roulant. Tu seras devenu un de ces vieillards chétifs et craintifs qui s'accrochent à la vie comme des naufragés alors même que la vie n'a plus rien à leur offrir, si ce n'est l'humiliation de devoir ramper pour grappiller quelques mois de plus. Sans le vouloir, parce que tu auras trop attendu, tu auras rendu les armes et perdu la maîtrise dont tu disposais sur ta propre mort.

« Celui qui arrive à l'âge de mourir doit prendre les devants » – je m'entends le dire devant mon feu de camp, puis le répéter tout bas, « Celui qui arrive à l'âge de mourir… Celui qui arrive à l'âge de mourir… ». Mais alors, comme si le peureux s'agitait en moi, je songe qu'il me reste à découvrir Sulina, que je pourrais avoir là-bas d'heureuses surprises, que je suis en pleine santé, que la route est encore longue jusqu'à Stalingrad – et lentement je me calme. De nouveau, je suis certain d'avoir fait le bon choix : aussi longtemps que j'aurai la force de pédaler, je vivrai. Je ne laisserai pas la mort me réduire sournoisement à l'état de grabataire, je pédalerai, je m'épuiserai, et quand enfin je tomberai sur le bas-côté, comme le grand Simpson sur le Ventoux, alors la mort n'aura d'autre choix que de me prendre. Je l'aurai gagnée de vitesse, cette sale conne. Aussi longtemps que j'aurai la force de pédaler, je vivrai, voilà, c'est aussi simple que cela, et ça peut durer longtemps. Qui sait, même, si je n'irai pas au-delà de Stalingrad, jusque dans le Tatarstan aussi bien ? Parce qu'il y a une chose que je n'ai jamais dite, que je suis le seul à savoir : durant tout le temps passé sur mon vélo j'ignore la dépression, c'est d'ailleurs bien pourquoi je pédale chaque jour depuis cinquante ans. Elle me court après mais ne me rattrape pas, de sorte que je demeure en bonne santé grâce au vélo, et plutôt content de vivre, ma foi.

Un moment plus tard, avalant goulûment ma soupe, je ressens le besoin d'écrire à mes enfants. Nous avons échangé des SMS depuis mon départ, ils savent que je vais bien, que je suis heureux, mais je veux maintenant leur dire que je ne serai pas de retour avant l'hiver, comme ils semblent le croire, et qu'ils ne doivent pas hésiter à profiter de la maison pour les vacances de Noël. Voilà, oui, qu'ils ne doivent pas hésiter, que cette maison est à eux. Je leur explique où j'ai caché les clés. Je leur recommande de prendre ma chambre, la plus grande, la plus belle, celle où le lit est le meilleur. J'écris une lettre à chacun d'eux et je vois comme ma façon de m'exprimer est différente d'un enfant à l'autre, pour dire cependant exactement la même chose. C'est qu'avec aucun d'entre eux je n'ai été le même père, comme si chez moi l'enfant avait induit le père. Père flottant, mauvais père – ah, mais je crois l'avoir déjà dit. Il est trop tard pour réparer, je ne peux plus rien faire pour eux si ce n'est leur épargner le spectacle horrifiant de me voir mourir. Oui, mais cela aussi, je l'ai déjà dit.

Ma surprise, parvenu à Tulcea, en apprenant qu'aucune route ne mène à Sulina, contrairement à ce qu'indique la carte. Seul un bateau assure la liaison et si je veux le prendre je dois courir car il appareille dans une demi-heure. Je suis le dernier à franchir la passerelle, en équilibre précaire sur mon vélo.

C'est novembre à présent, le ciel est lourd, entre deux grains violents un pâle soleil illumine par instants les berges du fleuve plantées de sombres arbrisseaux. Parfois, une maison au toit de tôle rouillé et ruisselant émerge de la végétation, parfois un troupeau de vaches, comme tombé de la rive, patauge dans la vase. Puis très vite le Danube se divise, le plus large des bras s'en va sur la droite vers Sfântu Gheorghe, un petit port de pêche sur la mer Noire, tandis que le plus étroit, étonnamment rectiligne, conduit à Sulina. Nous faisons une première escale au ponton de Partizani où se pressent quelques villageois sous des parapluies. Les uns pour accueillir un parent, d'autres pour prendre livraison d'un poêle à bois, d'un colis, d'une paire de pneus. Tiens, il y aurait donc des voitures à Partizani.

Très vite, nous repartons, pour une nouvelle escale à Maliuc où la même petite foule patiente sous la pluie. Un instant, je me revois trente ans plus tôt sur le tour de côte, en Nouvelle-Calédonie, un petit cargo mixte aux machines agonisantes, au pont brûlant sous le soleil, dont le passage était un événement dans les tribus côtières et les villages. Après Maliuc, il y a encore Gorgova, puis Crisan.

Le soir tombe quand les premiers bâtiments de Sulina dressent leurs sombres carcasses sous le ciel bas. Usines ou entrepôts à l'abandon, dévorés par les ronces, flèche de grue surgissant d'un monceau de ferraille, immeubles d'habitation fantomatiques surplombant un quai défoncé contre lequel s'accroche une péniche déjà à demi noyée. Mais voilà soudain l'élégant château d'eau couleur tabac dont on me dira qu'il fut offert à Sulina par la reine Wilhelmina de Hollande lors de sa visite, en 1897, l'élégant château d'eau qui semble marquer l'entrée de la ville encore habitée car de petits bâtiments aux fenêtres éclairées apparaissent bientôt en retrait d'un quai, ou peut-être d'une « promenade » puisque l'on peut voir, grâce aux lampadaires qui baignent le pavé luisant d'une lumière chaude, que l'on a pris soin d'y planter une rangée de saules pleureurs.

Derrière le ponton d'accostage, je reconnais immédiatement le fier palais de la Commission européenne du Danube. Le bateau s'est vidé de ses passagers au gré des escales, nous ne sommes plus qu'une poignée à descendre, des habitants de Sulina à voir comme ils se pressent sous la pluie pour rentrer chez eux. Un moment, je reste là à me demander où aller, et puis je m'engage sur la « promenade », poussant mon vélo entre le front des habitations et l'alignement des saules pleureurs dont la chevelure foisonnante ruisselle. Plus personne n'est dehors à cette heure-ci. Et soudain, voilà que se présente sur ma gauche le premier hôtel construit à Sulina, je reconnais ses six fenêtres sur le Danube encadrées d'une frise en céramique rouge et ses deux balcons aux garde-corps ouvragés – « Pensiunea Jean Bart ». Il ne s'appelait sûrement pas Jean Bart en 1890, et s'il a pris ce nom c'est évidemment en référence à l'auteur d'*Europolis*. Je n'ai retrouvé ni Rugbüll ni le village de Petru Dumitriu enfoui sous les eaux, mais cette fois je tiens Europolis, la ville du roman d'Eugeniu Botez, dit Jean Bart. Que je pousse cette porte, me dis-je, riant tout seul de surprise et de bonheur, et j'entrerai dans le livre, *j'habiterai le livre*.

Je pousse la porte, et j'assiste à l'accomplissement de ce miracle tant de fois espéré et jamais advenu.

« *Buna seara, doamna*, auriez-vous une chambre de libre, s'il vous plaît ?

— *Buna seara*, nous pouvons parler français si vous voulez. Nous avons des chambres, oui. Combien de nuits aimeriez-vous rester ?

— Oh… une dizaine au moins. Mais peut-être plus.

— Alors je peux vous donner l'une des grandes, sur le fleuve.

— Je n'osais pas l'espérer…

— C'est que nous n'avons pas grand monde en cette saison. Venez, je vous montre… »

C'est une belle chambre aux murs recouverts de boiserie. La dame ouvre l'une des deux baies vitrées et m'invite à la suivre sur le balcon. Au-delà de la ligne des lampadaires, les gouttes de pluie font parfois comme de petites étincelles sur la surface du fleuve, marronnasse et vitreuse. Aucune lumière sur l'autre rive, seulement quelques bâtiments à l'abandon dont on devine les contours.

« Elle me plaît beaucoup, dis-je, je la prends. »

Et comme nous redescendons au rez-de-chaussée, je lui demande si c'est bien ici qu'avaient l'habitude de se réunir les commandants des bateaux qui faisaient escale à Sulina au temps d'Eugeniu Botez.

« Oh, dit-elle, en ce temps-là il y avait bien d'autres établissements pour boire et se saouler, mais celui-ci était réservé aux officiers, oui. Les simples matelots et les dockers n'y seraient pas venus. »

Elle m'observe en souriant.

« D'où arrivez-vous comme cela ?

— De France.

— Oh, j'ai pensé que vous habitiez Bucarest. Et vous avez donc lu *Europolis* ?

— Je l'ai trouvé à Belgrade, sur un marché.

— Botez est venu ici pour la première fois comme aspirant à bord du voilier-école *Mircea*, au début des années 1900, je suppose, et puis il est revenu et il s'est pris d'affection pour notre Sulina. »

Elle marque un silence.

« Nous ne voyons guère de Français par ici.

— Qui voyez-vous donc ?

— Des Ukrainiens, des Lipovènes... Et des Roumains, bien entendu.

— Pour les vacances ?

— Pour les vacances d'été, oui, parce qu'on trouve ici à se loger pour pas bien cher et qu'il y a une plage par là-bas. Ce n'est ni Constantza ni Mangalia, hein, ajoute-t-elle avec un léger rictus, mais quand on n'a pas trop d'argent...

— Je comprends, oui. »

En me donnant ma clé, elle dit que je peux laisser mon vélo sur la terrasse couverte, entre les tables, et que personne ne le touchera, qu'il n'y a rien à craindre à Sulina.

La sirène d'un cargo me fait bondir du lit, c'est un long tanker russe qui glisse sous mes fenêtres et dont le rythme sourd des machines se répercute un instant entre les murs de l'hôtel et jusque sous mes pieds nus – un énorme cœur, conçu par les hommes, celui-ci, capable de brasser des tonnes de fioul lourd et insensible à la tachycardie. Le ciel s'est éclairci, un homme portant une casquette de marin passe à bicyclette sur la « promenade », une brise légère fait frissonner les saules. Maintenant je distingue les bâtiments sur l'autre rive, une sorte de halle aux issues caverneuses – l'ancien chantier naval, me dira bientôt l'hôtelière –, et sur la gauche des maisons d'habitation dont certaines semblent recouvertes par la végétation, d'autres effondrées sur elles-mêmes.

Pour le petit déjeuner, je m'installe dans la grande salle du bas, celle d'*Europolis*. « À une des fenêtres donnant sur le quai, écrit Eugeniu Botez, une grande table était réservée aux seules autorités nationales, ladite "table des chefs" : le maire, le policier en chef, le chef des douanes, le chef des postes, le capitaine du port, les officiers, le médecin, le juge.

« Devant l'autre fenêtre se trouvait la "table diplomatique", où s'installaient les consuls de carrière et les agents consulaires à titre honorifique. Parfois, mais très rarement, s'y fourvoyait l'un ou l'autre fonctionnaire de la Commission européenne du

Danube. Une certaine distance, une discrète réserve étaient toujours entretenues avec tact entre ces deux mondes qui se côtoyaient dans la vie du port.

« Suivaient dans l'ordre les tables des capitaines de vaisseaux, de remorqueurs, de chalands, et la table des chefs de comptoirs. Les portefaix et les bateliers ne mettaient pas les pieds ici, dans le café de l'élite.

« Sur le tapis vert, décoloré, d'un billard aussi monumental qu'un sarcophage antique gisaient des tas de journaux éparpillés, grecs et roumains. »

Le billard n'a pas bougé, en me retournant je peux distinguer sa masse sombre au fond de la salle. Suis-je à la table « diplomatique » ou à celle des « autorités nationales » ainsi assis derrière une des fenêtres donnant sur le quai ? La jeune fille qui m'apporte du yaourt, du café et des tartines ne sait pas me le dire, je devrai demander à sa mère quand elle descendra.

Oh, comme je me sens bien, soudain, dans le livre de ce Jean Bart, ci-devant Botez. À toutes les tables on parle du retour prochain du frère de l'hôtelier (lointain aïeul de la jeune fille qui vient de me servir mon petit déjeuner), parti faire fortune en Amérique il y a peut-être trente ans et dont on attend qu'il investisse dans les affaires du port pour que Sulina « triomphe enfin de la concurrence de Galati, Braïla et Constantza ». On l'appelle désormais « l'Américain », on guette l'arrivée du paquebot français, le *Tabor*, sur lequel il a embarqué à Marseille après sa traversée de l'Atlantique.

« Dès que parut au sommet du grand phare une oriflamme blanche avec une boule rouge au milieu, signe de l'apparition d'un bateau à l'horizon, ils se précipitèrent tous vers le débarcadère, nous raconte Botez. Vieillards, jeunes, femmes, tous couraient, s'essoufflaient, se bousculaient, se doublaient pour la meilleure place pour l'accostage du bateau. Tous mouraient d'envie d'assister au palpitant débarquement, afin de voir de près, et de leurs propres yeux, l'arrivée de l'Américain. Les maisons en face du port avaient les fenêtres grandes ouvertes ; à l'étage, des vieillardes observaient, tandis que les plus jeunes, leurs enfants dans les bras, jouaient des coudes dans la cohue qui déboulait dans un infernal fracas au pied de l'appontement. Quelques portefaix, torse nu, des sacs sur les épaules, empoussiérés, achevant de charger le bateau postal, se bousculaient eux aussi pour atteindre le ponton. Une bande d'enfants débraillés s'agrippait aux balustrades. Un gardien âgé, ruisselant de sueur, les fustigeait cruellement d'une cravache en ligament de bœuf. Les gardes-frontières, baïonnette au canon, avaient formé un cordon de sécurité et réussirent, à coups de crosse, à endiguer le torrent humain qui menaçait de rompre la barrière. »

Oh oui, comme je me sens bien dans le livre de ce Botez. Quel dommage qu'ils aient décroché les portraits des rois Carol de Roumanie et Georges II de Grèce, évoqués page 18, pour les remplacer par de vieilles photos de la ville, je peux voir où ils se trouvaient car les cadres des rois, plus grands que ceux des photos, ont laissé des traces sur le mur. Et quand je sors pour arpenter le quai, j'habite encore le livre, même si toute cette foule, accourue pour « l'Américain », a maintenant disparu. Je marche en direction du débarcadère et du palais de la Commission européenne du Danube. Bombardé, restauré, l'orgueilleux édifice n'abrite plus aujourd'hui qu'une poignée de douaniers censés contrôler les cargos russes, ukrainiens et turcs qui empruntent encore le Danube. Sur la gauche du palais, on peut apercevoir les restes de la somptueuse villa de sir Charles Augustus Hartley (1825-1915), l'ingénieur civil britannique qui conçut et dirigea les travaux pour sauver la navigation sur le fleuve. Le toit est en train de tomber et des barrières ont été dressées tout autour pour empêcher les curieux d'approcher. Je contourne le palais et je tombe par hasard sur l'ancien hôpital – « Centrul de Sanatate », peut-on lire encore sur la façade boursouflée par l'humidité. Cependant, au bout d'une allée, subsiste un petit dispensaire de plain-pied devant lequel stationne une ambulance. Et voilà le phare, quelques centaines de mètres plus loin, « le grand phare » sur le mât duquel on hissait l'oriflamme frappée d'une boule rouge quand on voulait annoncer à la population l'entrée d'un navire dans les eaux du Danube. Achevé en 1870, il se trouve aujourd'hui si loin de la côte, si perdu à l'intérieur des terres générées par les alluvions du Danube, qu'il a fallu en construire un autre sous Ceauşescu, trois kilomètres en aval.

« Plaja Sulina », indique un panneau accroché à la façade d'une maison à l'abandon dont la fenêtre en encorbellement menace de se décrocher. Sur la route de terre qui conduit à la plage, des chevaux se promènent. D'abord on se demande à qui ils appartiennent, on cherche des yeux un corps de ferme, un haras, mais bientôt on ne cherche plus car des chevaux, comme des chiens, il y en a partout – derrière les buissons, au bord des ruisseaux, couchés dans l'herbe grasse ou les roseaux, et jusqu'en travers du chemin. Il est certain qu'ils iraient aussi brouter dans le cimetière, sur la droite, si quelqu'un n'avait pas pris l'initiative d'installer un solide grillage pour protéger les tombes.

Après trois kilomètres, on croit deviner le fracas des vagues, on tend l'oreille, et soudain la plage apparaît, de sable gris, déserte, immense. On peut distinguer le nouveau phare dressé dans le lointain et même l'étrave et le château du cargo turc qui s'est échoué une nuit à proximité du chenal, qu'aucun remorqueur n'a pu sauver et que la mer finira bien par engloutir.

De retour à l'hôtel, quand je demande à la dame à qui sont tous ces chevaux, elle éclate de rire.

« À personne et à tout le monde, vous pouvez en prendre un si vous voulez. »

Les immeubles sur le quai, dont les façades sont tachées de rouille, datent des années 1960. Convaincus qu'ils allaient relancer l'activité de Sulina, les communistes ont alors détruit les maisons des anciens notables – consuls, armateurs, commerçants – pour les remplacer par ces *bloks* dont deux logements sur trois sont aujourd'hui vides. Elle dit que c'est probablement un oubli, ou « un miracle », si l'hôtel et quelques églises ont été épargnés.

Après le déjeuner, puisque le temps se maintient au beau, je sors me promener dans les rues, derrière. La plupart des maisons ont été abandonnées, mais avant de partir les gens les ont soigneusement fermées à clé comme s'ils avaient l'intention de revenir. Ce sont de jolies maisons, les plus riches comptant un étage invariablement doté d'une ou deux fenêtres en encorbellement, les plus pauvres en bois, de plain-pied, sous un toit de tôle ou de jonc. Souvent, une chaîne et un cadenas ont été ajoutés à la porte d'entrée pour dissuader les rôdeurs. Cependant, tant d'années se sont écoulées depuis le départ des propriétaires que souvent les toitures se sont effondrées, les volets sont tombés, parfois même les croisées, de sorte que l'on peut contourner les portes d'entrée en s'introduisant par les fenêtres.

Plus on s'éloigne du fleuve, plus les maisons sont modestes, faites de simples planches pour la plupart, mais entourées de jardins car ici le terrain ne devait plus valoir grand-chose. On devine que ce sont les derniers arrivants qui ont dû s'installer dans cette partie reculée, au milieu des années 1930, ouvrant une nouvelle rue à travers les roseaux à grands coups de machette dans l'espoir d'une vie meilleure. Comme j'observe une de ces maisons dont le toit a été cent fois ravaudé et le verre des fenêtres remplacé par du film de plastique, mais qui porte néanmoins un panneau « *De vânzare* » – « À vendre » –, la propriétaire vient à moi en souriant. C'est une dame âgée et joviale, au teint rose, aux joues rondes, qui se déplace avec une canne. Elle propose de me faire visiter et, à ma grande surprise, je m'entends lui répondre que je cherche bien une maison, oui, mais qu'à la vérité je préférerais plutôt un terrain pour « faire construire ». Alors je vois son visage s'illuminer : elle a ce qu'il me faut, la vaste prairie qui jouxte sa maison et qu'elle peut me céder. Il n'y a qu'à marcher dix pas pour l'admirer, ce que je fais durant un moment tout en l'écoutant me décliner des sommes en lei auxquelles je ne comprends rien. Puis je prends congé en promettant de revenir.

Le surlendemain, comme je me suis installé à une table de la terrasse couverte pour écrire, l'hôtelière s'excuse de devoir me déranger.

« Pardonnez-moi, j'ai appris que vous cherchiez un terrain pour faire construire.

— …

— Par Mme Lupu.

— Ah oui, la dame de la rue numéro 6.

— Parce que si c'est ça, je peux vous présenter une amie qui a longtemps travaillé à la mairie.

— À vrai dire, c'est une maison que je cherche, mais pour ne pas peiner Mme Lupu…

— Oh, je comprends, oui, oui, bien sûr, parce que la sienne…

— Voilà… Alors j'ai prétendu vouloir plutôt un terrain.

— Je comprends… Une maison, vous trouverez facilement. Beaucoup sont à vendre, seulement comme il n'y a personne pour les acheter on ne se donne pas la peine de le signaler, et d'ailleurs il n'y a plus d'agence immobilière à Sulina.

— Beaucoup sont à vendre, vraiment ?

— Si vous vous êtes promené dans les rues, par là-bas, derrière…

— La plupart semblent à l'abandon, oui.

— C'est aussi ça le problème, elles n'ont pas été entretenues… Mais je peux vous présenter cette amie, si vous voulez. Elle parle le français comme moi, nous étions à l'école ensemble.

— Pourquoi pas ?

— Bon, je vois que je vous embête, là. Voulez-vous que ma fille vous apporte un café ?

— Avec plaisir, merci. »

« Tu dis que tu es vieux, que tu vas bientôt mourir, mais tu n'y crois pas toi-même, me disait Sarah, sinon tu ne continuerais pas à regarder les maisons. » Dans beaucoup d'endroits où je me suis soudain senti heureux j'ai voulu acheter une maison. À Bizerte, à Luc-sur-Mer, à Roubaix où je m'étais installé dans les années 1990 pour écrire un roman, mais aussi à Turin, à Husum, à Banja Luka, à Hienghène, à Iaşi, à Chişinău, partout où j'ai séjourné pour préparer un livre. Qu'est-ce qu'il me prend de recommencer à Sulina alors que je suis en route pour disparaître ? Il a suffi que je voie une plaque « À vendre » pour que le peureux en moi s'y accroche. Il y a aussi que la beauté des maisons de Sulina, dont les photos s'accumulent dans mon téléphone, ne me laisse pas indifférent. Leur marque est cette fenêtre en encorbellement à l'étage, derrière laquelle j'imagine disposer ma table de travail. Mais avant d'en arriver là, je devrai entreprendre des travaux, et tandis que je demeure en arrêt devant celle-ci, construire en 1901 (la date est gravée dans le linteau de pierre au-dessus de l'élégante porte cintrée), je me vois déjà visitant chaque après-midi le chantier après ma matinée d'écriture, veillant à ce que tous les matériaux anciens soient conservés et restaurés – carreaux de ciment, pierre d'évier et lavabo, robinetterie, lustres, poignées de porte, enfin bref, à ce que rien de neuf n'entre chez moi.

« Comme je vous comprends, me dit cette dame, une maison, c'est une promesse d'avenir. »

À son regard affligé, cependant, je devine qu'en ce qui la concerne elle ne se voit plus vraiment d'avenir.

« Oui, dis-je hypocritement, c'est exactement ça.

— Alors, si vous voulez, je peux déjà vous montrer deux ou trois choses, et puis vous me direz.

— Avec plaisir, mais l'après-midi seulement, car le matin je travaille. »

L'après-midi, le soir, tout lui convient, elle est à la retraite et plus personne ne compte sur elle pour quoi que ce soit. « Malheureusement », a-t-elle ajouté après un silence. De sorte qu'elle passera me prendre à l'hôtel aux environs de quinze heures.

Quand, un peu plus tard, je demande à mon hôtesse la raison de ce « malheureusement », j'apprends que Mme Botta a perdu son mari trois mois plus tôt. Il avait été agent des douanes, avait pris sa retraite en même temps que sa femme et tous les deux s'étaient alors offert un canot à moteur avec lequel ils partaient à la pêche quand la mer n'était pas trop forte. Cependant, après quatre années de ce bonheur, l'homme a déclaré un cancer du pancréas qui l'a emporté en quelques semaines.

Elle est là à quinze heures, et nous allons à pied par une rue transversale. Je la remercie de s'être dérangée, mais elle m'assure qu'au contraire cela lui fait du bien de s'activer. Comme elle voit que je règle mon pas sur le sien, elle me prie de l'excuser de marcher si lentement.

« Vous êtes encore jeune, souffle-t-elle, c'est une chance.

— Je ne suis pas jeune, j'ai soixante-dix ans.

— Je ne vous crois pas.

— C'est la bicyclette, dis-je en riant. Vous devriez vous y mettre.

— Oh, mais j'ai une bicyclette, proteste-t-elle, seulement je ne la prends plus.

— Eh bien pour la visite de demain, prenez-la, et je prendrai la mienne.

— Sûrement pas ! »

La maison n'est pas laide extérieurement, mais à l'intérieur c'est un désastre. Tout le rez-de-chaussée a été transformé en commerce, probablement une épicerie à en juger par les étagères et le comptoir. L'escalier a été détruit pour être remplacé par une échelle grossièrement scellée au mur du fond, si bien qu'il n'y a rien à sauver.

Pendant un moment nous tournons silencieusement dans cette pièce parmi les saletés qui jonchent le sol – des journaux jaunis et rongés, des cartons moisis, des bouteilles vides, des écuelles, des plumes d'oiseaux, des crottes de souris en quantité. Puis, comme elle ne semble pas pressée de rentrer chez elle, je propose que nous retournions à l'hôtel prendre un verre.

Elle s'appelle Valentina, elle a six années de moins que moi, le corps un peu lourd, le visage bouffi (d'avoir trop pleuré, me dis-je). Quand elle retire son foulard, je vois que ses cheveux, auparavant teints en roux, laissent apparaître trois bons centimètres de racines argentées.

« Ça ne vous choque pas si je prends un peu de vin ? dit-elle en sortant ses cigarettes.

— Je vais en prendre avec vous. »

Nous nous sommes installés sur la terrasse, nous avons gardé nos manteaux.

« Où habitez-vous, Valentina ?

— Dans les premiers bloks, là-bas, près du château d'eau.

— Vous n'auriez pas préféré une maison ?

— Ah non ! C'était une chance, à l'époque, de recevoir un appartement avec tout le confort. Comme mon mari était aux douanes et moi à la mairie, nous l'avons eu tout de suite, dès notre mariage.

— Vous êtes l'un et l'autre de Sulina ?

— Mon mari de Braïla. Sulina était son premier poste et il n'en est jamais reparti.

— Parce qu'il vous a rencontrée.

— Oui, voilà. Nous étions heureux, ici. Pourquoi serions-nous partis ? Pour aller où ? »

Je ne réponds pas, elle allume une autre cigarette.

« Vous étiez donc jeune fille à Sulina dans les années 1970… Vous voulez bien me raconter ?

— Quoi ? Qu'est-ce que je pourrais vous raconter ?

— Comment était la vie, ici ?

— J'ai grandi de l'autre côté du fleuve, la petite maison dont on aperçoit le toit, là-bas. Mes parents avaient un jardin avec un potager, des poules, des lapins, des arbres fruitiers. On n'a pas été malheureux, on n'a manqué de rien quand partout dans le pays les gens faisaient la queue pour un morceau de pain. Le dimanche, on allait au cinéma, c'est là que j'ai rencontré mon mari.

— Comment s'appelait-il ?

— Iorgu. »

Elle ouvre son sac qu'elle a gardé sur ses genoux et en sort une photo d'identité.

« L'année où il a pris sa retraite.

— Il a un beau regard », dis-je.

Comme elle tend le bras, je lui rends sa photo.

« En quelle année votre famille est-elle arrivée ici ?

— Oh là là… je ne saurais même pas vous le dire. Mon arrière-grand-père est venu de Turquie, il était marin et il a laissé son bateau repartir sans lui parce qu'il a rencontré mon arrière-grand-mère. C'est ce que racontait mon père.

— Qu'est-ce qu'il faisait votre père ?

— Capitaine sur un remorqueur, et son père capitaine sur un chaland. Tous les hommes étaient marins, chez nous, sauf mon mari.

— Et pendant la guerre, qu'est-ce qu'il s'est passé pendant la guerre pour vos parents ?

— Ils n'ont pas bougé de Sulina parce qu'on avait besoin des remorqueurs. Mais dès avant la guerre, quand la Commission européenne a cessé d'exister et que Sulina est devenue un port comme les autres, soumis aux mêmes droits de douane je veux dire, beaucoup de comptoirs et de commerces ont fermé. C'était moins intéressant pour les affaires. Puis la guerre a éclaté et les gens sont partis. La plupart des maisons que vous voyez ont été fermées en 1939 et le sont restées depuis. Les habitants ne sont pas revenus, et ceux que les communistes ont fait venir ont été logés dans les bloks – et ceux-là sont repartis après la chute de Ceauşescu parce qu'il n'y avait pas de travail ici.

— J'aimerais voir des photos de Sulina pendant la guerre. Vous en auriez ?

— Je sais que mes parents ont connu les bombardements, mais on n'avait pas d'appareils photo en ce temps-là. Les Russes et les Anglais nous ont bombardés, puis les Allemands quand la Roumanie a changé de camp pour s'allier avec l'Angleterre et la France. Les Allemands ont bombardé depuis le ciel, mais aussi depuis le fleuve. Bon, dit-elle abruptement, je vais vous laisser travailler.

— À demain, quinze heures ?

— À demain, oui. »

Cette fois, la maison me touche si secrètement que pendant un moment je ne trouve pas les mots. La famille a dû fuir précipitamment car le mobilier est resté comme ils l'ont laissé. Une épaisse couche de poussière a tout recouvert avec les années, tout éteint, mais les objets du quotidien n'ont pas bougé – le vaisselier, la petite table de toilette dans la cuisine avec sa cuvette et son broc en zinc, le buffet du salon, le poste de TSF, les jouets des enfants à l'étage, la coiffeuse dans la chambre des parents, les tables de nuit, les lampes de chevet. Cette poussière, comme la neige, étouffe le bruit de nos pas, les craquements de l'escalier, et s'accroche à nos semelles. Les matelas tachés de moisi, pris dans les arabesques de toiles d'araignée géantes, ont été mangés par les souris. Elles ont également déchiqueté le canapé, en bas, et du tablier suspendu à côté de la pierre d'évier, que le père ou la mère ont dû se nouer autour de la taille, il ne reste qu'un lambeau.

« Je n'étais jamais venue, dit-elle, excusez-moi, c'est affreux…

— Mais non, c'est très émouvant au contraire… On voudrait savoir qui a vécu ici, retrouver les enfants ou les petits-enfants.

— Oh, quelle idée !

— Quand on achète une maison, on cherche à deviner comment ont vécu ceux qui nous y ont précédés, et ici les meubles et les objets parlent pour eux. Est-elle vraiment à vendre ?

— Bien sûr. Vous l'achèteriez ?

— Même dans mes plus beaux rêves, je ne pensais pas… »

Mais tandis que je continue d'arpenter le salon, laissant ma phrase en suspens, je reconnais soudain cette part de Toto en moi, que j'aime et n'aime pas – ne pas répondre, laisser courir les choses jusqu'à ce qu'elles me sautent à la figure. La première fois, c'était l'été de mes trente ans. Agnès était en voyage et j'en avais profité pour entretenir une liaison avec une femme divorcée, un peu plus âgée que moi. Nous faisions très bien l'amour et, invariablement, je l'entendais me dire ensuite, tout bas, comme dans une prière avant de s'endormir : « Oh, pourvu que tu ne te trompes pas, Augustin. Pourvu que ce soit vrai, mon chéri. Je t'aime tant. »

J'étais comblé d'être aimé, désiré, alors je disais doucement : « Je suis là, ne t'inquiète pas, endors-toi. » Pas un instant, durant cet été, je n'étais parvenu à me projeter dans ce qui ne manquerait pas de se produire quand Agnès reviendrait. Je devais vaguement pressentir la catastrophe, comme Toto lorsqu'il flanquait les lettres d'huissiers dans le vide-poche de sa Peugeot sans les ouvrir, mais ça ne m'empêchait pas de flotter dans le bonheur. Je n'entretenais pas à dessein l'incertitude, simplement je n'arrivais pas à m'extraire d'une forme délicieuse d'anesthésie. Puis Agnès était revenue, nous nous étions retrouvés, je l'aimais, je l'adorais, et quand cette femme m'avait téléphoné le lendemain j'avais eu le sentiment qu'elle m'appelait d'un pays lointain dont j'avais même oublié le nom. Comment avait-elle pu croire que je quitterais Agnès pour elle ? Comment osait-elle me déranger chez moi, dans ma vie avec Agnès ? J'étais en colère, elle l'avait entendu et ne m'avait plus jamais appelé. Par la suite, confus, honteux (et craignant de la croiser un jour dans le métro), je m'étais beaucoup interrogé sur ma capacité à entretenir l'illusion, à laisser courir.

« Vous l'achèteriez ? me redemande-t-elle sur le chemin du retour.

— Si vous pouvez, apportez-moi demain les actes de cette maison. J'aimerais connaître son histoire.

— Bien sûr. Et nous arrêtons les visites ?

— Ah non ! Si ça ne vous ennuie pas, demain à quinze heures je veux bien en voir une autre.

— Entendu.

— Je vous raccompagne chez vous ou nous prenons un verre à l'hôtel ?

— Allons à l'hôtel. »

Nous nous installons en terrasse et nous commandons du vin, comme la veille.

« Votre amie m'a dit que vous aviez un canot à moteur.

— Oui, nous allions à la pêche avec mon mari.

— Vous m'emmèneriez sur l'autre rive ? J'aimerais voir la maison de vos parents, et aussi les ruines du chantier naval.

— Vous voulez ?

— On pourrait faire ça un jour, non ? »

La surprise, ou la curiosité, éclaire un instant son visage.

« Pourquoi pas ?

— Je pensais que vous alliez dire non, comme pour le vélo.

— J'aime conduire le canot, mais je ne suis plus montée dedans depuis la mort de mon mari.

— Et un autre jour, j'aimerais qu'on aille voir le nouveau phare et le cargo turc qui a fait naufrage au large. »

Elle ne dit pas non, ne proteste pas, et il me semble qu'elle en est étonnée elle-même.

« Un autre verre de vin ?

— Merci, je vais rentrer maintenant. Dites, je peux vous demander ce que vous écrivez ?

— Je raconte mon voyage.

— Ah… Mais alors si vous achetez une maison, vous n'aurez plus rien à raconter.

— C'est vrai, dis-je en riant, j'aurais dû y penser plus tôt. »

L'idée que je me moque d'elle la traverse, je vois cela à son regard, soudain dubitatif.

« Pardonnez-moi, je ne voulais pas vous blesser, la vérité c'est que je suis un peu perdu en ce moment quant au tour que va prendre ma vie. Et mon livre, du même coup.

— Bien, fait-elle en se levant. Alors, à demain ?

— Oui, à demain, Valentina, et merci de ce que vous faites pour moi, vous m'aidez beaucoup. »

Curtis me demande par SMS où je suis, si tout va bien – « Vous écrivez, un peu ? — Je ne fais plus que ça, Curtis, j'ai provisoirement arrêté de pédaler, ça repose mes genoux et ma roue libre. »

J'ai passé l'épisode Andjelija qui m'a donné du fil à retordre et je suis maintenant à Orsova, sur les traces du village natal de Petru Dumitriu, où les mots me viennent facilement. Bientôt à Sulina, en somme, ce qui me laisse penser que je m'approche de la fin, de la dernière étape. Sans doute est-ce pourquoi la pensée de Stalingrad m'a réveillé la nuit dernière. Depuis quatre mois je n'ai pas ouvert le second livre que je me traîne depuis la France, un gros volume composé par mes soins, autoédité d'une certaine façon, comprenant tout ce que j'ai pu rassembler sur la VIe armée du général Paulus tandis qu'elle fonçait sur Stalingrad, et en particulier la correspondance du soldat Günter Flügge. L'idée de devoir me replonger dans cet écheveau avant de me lancer sur les traces de Flügge – ultime pèlerinage – commence certainement à me soucier. Sans doute est-ce ce qui explique mon engouement pour les maisons de Sulina alors que j'étais très heureux dans la mienne, sur le mont Ventoux, et que tant qu'à attendre patiemment de me délabrer et de mourir j'aurais pu y rester.

Je viens d'écrire sept heures d'affilée, je me suis arrêté aux portes du Baragan, et maintenant je guette l'arrivée de Valentina depuis mon balcon. Le temps est incertain, ça ne m'étonnerait pas qu'il se mette à pleuvoir, et en ce cas elle ne voudra pas qu'on prenne le canot. Tant pis, on ira sur la rive opposée un autre jour, on a tout le temps, elle n'a rien à faire de ses journées et moi je ne suis plus bon à rien après avoir écrit. En France, je partirais pédaler à cette heure de la journée, mais Sulina est cernée par les eaux et on ne peut même pas tourner en rond, toutes les rues sont en impasse. Je me demande ce qu'elle va me montrer cette fois-ci. Visiter des maisons c'est un peu comme aller au cinéma, on sait d'avance que l'action va nous emporter, qu'il n'y aura aucun effort à fournir, juste à entrer et à se laisser captiver. Je suis toujours pris d'un agréable frisson à l'instant où je marche vers la salle après avoir acheté mon ticket, eh bien je me trouve dans la même impatience quand, parvenu devant la porte d'entrée, j'observe Valentina chercher nerveusement la clé au fond de son sac. Ça y est, elle la tient, l'enfonce de travers car elle est plutôt maladroite, puis elle tarde à trouver la bonne position pour la tourner de sorte que je me retiens de la pousser pour ouvrir moi-même et mettre fin au suspense tout en songeant que ce serait idiot car sa maladresse ajoute finalement au plaisir.

Ah, la voilà, un chapeau de pluie sur la tête, que je ne lui connaissais pas. Le temps qu'elle traverse la terrasse et entre, je la rejoins dans la grande salle.

« Bonjour Valentina, comment allez-vous aujourd'hui ?

— Je vous ai apporté les papiers. »

Mon Dieu, de quels papiers parle-t-elle ? Je me méfie de moi, je ne veux pas la blesser une deuxième fois et sortant de mon manuscrit je sais que je peux commettre de grosses bévues par distraction – « Tu es là, papa, mais tu n'es pas là en réalité. »

« Asseyons-nous une seconde », propose-t-elle en tirant une chaise.

Elle me tend une chemise cartonnée marron.

« Tout ce que nous possédons sur la maison d'hier.

— Oh, c'est formidable ! Merci d'y avoir pensé.

— Seulement c'est en roumain, je dois vous traduire ce qui est écrit. »

Elle m'apprend que la famille, venue de Grèce vers 1900, était connue à Sulina pour faire le commerce du tissu depuis Istanbul. La maison, construite en 1903, a d'abord été celle des grands-parents avant de revenir au couple dont nous avons vu les meubles et à leurs deux enfants. Il est écrit en marge, au crayon, qu'ils seraient partis « durant l'année 1940 » et n'auraient plus donné de nouvelles depuis.

« J'ai parlé avec ma collègue de la mairie, elle dit que des gens seraient sans doute revenus si les communistes n'avaient pas pris le pouvoir après la guerre.

— Elle a sûrement raison, les années 49-53 ont été épouvantables, des milliers de personnes ont été déportées ou exécutées. Mais des familles sont-elles revenues après la chute de Ceauşescu ?

— Non, parce que alors Sulina ne comptait plus dans le monde. De quoi auraient-elles vécu ?

— Oui, oui… je comprends. Bon, Valentina, allons faire la visite. »

En chemin, elle me raconte que lorsqu'elle était petite elle a connu le Danube complètement gelé un hiver – « C'était extraordinaire, vous savez, pour la première fois les deux parties de la ville n'en formaient plus qu'une, plus de fleuve pour nous séparer, plus de bateaux non plus, pendant quelques jours nous pouvions traverser à pied pour aller à l'école. » Elle se laisse emporter par son récit, retrouve des intonations enfantines, et je l'entends rire – je découvre son rire.

« Sinon, reprend-elle plus bas, nous devions attendre dans le froid le canot collectif. »

Puis, soudain, elle me saisit le poignet :

« Vous ne savez pas le bien que vous me faites, Augustin. Depuis que vous êtes là, je repense à tant de choses heureuses, et puis je m'intéresse de nouveau à la vie, même si ce n'est pas très joyeux ce que nous faisons ensemble, hein ? Toutes ces personnes disparues, ces maisons à l'abandon...

— C'est la première fois qu'on me fait un tel compliment !

— Quoi ? Que vous faites du bien à ceux qui vous entourent ?

— Oui. D'une façon générale, les femmes qui ont partagé ma vie m'ont dit le contraire – que je les plombais, que j'étais lourd comme garçon. Il y en a même une qui m'a écrit que j'étais sinistre.

— Vous, sinistre ? Voyons, c'est idiot, vous êtes à la fois joyeux et plein de curiosité.

— Je suis d'accord, merci Valentina ! Il faut croire qu'elles n'ont pas su saisir ma véritable nature. »

Elle me regarde de biais, l'air de se demander si je suis sérieux, puis nous nous taisons.

Pas de suspense, cette fois-ci, puisque nous n'avons qu'à pousser la double porte pour entrer. Les pièces sont spacieuses, la maison a de très beaux volumes, de la hauteur sous plafond, mais elle a été pillée, vandalisée, l'eau est entrée en abondance par le toit dont beaucoup de tuiles sont tombées, les planchers sont pourris, les murs salpêtrés, l'escalier branlant. D'ailleurs, Valentina n'a pas voulu l'emprunter. Quand je me penche à une fenêtre, de l'étage, je vois que deux chevaux ont pris leurs quartiers dans le grand jardin, derrière.

« On ne peut rien tirer de celle-ci, dis-je en redescendant. Dommage, je l'aurais prise tout de suite, elle a dû être magnifique. Avez-vous vu le jardin ? »

Nous y allons ensemble en contournant la maison. Quand je m'approche des chevaux pour les caresser ils s'éloignent.

« D'après ce que j'ai pu voir, dit Valentina, enfouie dans les herbes jusqu'aux genoux, elle a appartenu au consul d'Autriche. »

Comme il y a un banc de pierre, je propose qu'on s'y assoie pour fumer une cigarette.

« Quelle bonne idée ! » dit-elle.

Alors seulement nous remarquons les restes d'une tonnelle en partie enfouie sous les ronces. Et tandis que nous fumons, les chevaux se rapprochent.

« Pensez-vous qu'un jour la ville leur appartiendra, Valentina ? Qu'il n'y aura plus aucun humain à Sulina, seulement des chevaux ?

— Qui sait ?

— Ils sont jeunes et se reproduisent, tandis qu'il n'y a plus ici que des vieux, comme nous. Bientôt ils s'installeront dans les maisons, et même dans les appartements des bloks s'ils apprennent à grimper dans les étages. Le soir, certains se retrouveront à la terrasse de l'hôtel Jean Bart pour partager un seau d'eau en apéritif et grignoter un peu d'orge et d'avoine avant de rentrer dîner en famille. Un jour, des humains reviendront à Sulina par la plage, des naufragés d'un gros paquebot de croisière, et les chevaux les regarderont errer dans les rues depuis les fenêtres des bloks, à la recherche de quelque chose à manger. Ils s'approcheront pour les renifler gentiment, mais les humains, pris de peur, courront se réfugier dans les roseaux pour se cacher et faire l'amour. Les chevaux riront bien au début, puis voyant à quelle allure les humains se reproduiront, ils prendront peur à leur tour et se réuniront pour décider que faire d'eux – tous ces humains traînant dans les rues, retournés à l'état sauvage, faisant leurs besoins ici et là, commenceront à sérieusement les soucier.

— Je vais vous trouver une maison, m'interrompt-elle, je vous le promets.

— Merci Valentina, ça me touche que vous vous donniez autant de mal pour moi.

— Je vous aime bien.

— Moi aussi. Rentrons maintenant, regardez le ciel, ça va tomber d'une minute à l'autre. »

Arrivés à l'hôtel, elle accepte mon invitation à dîner, et ainsi nous passons de l'apéritif en terrasse à la « table diplomatique » d'où nous observons la tempête prendre de l'ampleur, le vent secouer les saules et la pluie, surgissant par vagues, mitrailler le fleuve et le quai.

Elle raconte qu'avec son mari, à partir d'avril, ils allaient presque tous les jours à la pêche.

« Vous verrez comme Sulina devient agréable au printemps, et si vous aimez la pêche nous irons ensemble.

— Oui », dis-je, prenant la peine de sourire mais ne l'écoutant pas, en réalité.

J'aimerais qu'elle se taise, me laisse regarder le déchaînement de la pluie qui, par moments, tourbillonne sur elle-même, prend l'aspect d'une tornade, avant d'exploser et de venir gifler les saules et balayer la terrasse avec la force d'un torrent. Je songe en moi-même que c'est ça le problème, aussitôt qu'on est deux, l'autre qui parle à tort et à travers et ne comprend pas que vous aimeriez être seul pour regarder la pluie, ou le visage d'une femme qui passe, ou repenser à votre dernier cauchemar – pourquoi la scène du téléphone qui se rétrécit à tel point que vous ne voyez plus ni les touches ni les noms de vos contacts se répète-t-elle sans cesse ? À moins que ce soit vos yeux qui ne voient plus, mais ça revient au même, vous ne pouvez plus appeler personne.

Quand elle dit qu'elle ne va pas pouvoir rentrer chez elle avec ce temps, je commence à m'inquiéter car j'aimerais pouvoir monter dans ma chambre et relire tranquillement ce que j'ai écrit le matin même. Par chance, l'hôtelière vient prendre de ses nouvelles au moment du dessert et je me lève en prétendant être fatigué.

« Merci pour votre présence, Valentina, dis-je en lui effleurant l'épaule, et à demain quinze heures, n'est-ce pas ?

— Oh, c'est moi qui vous remercie pour cette soirée ! Et ne vous faites pas souci, je serai là, vous pouvez compter sur moi. »

Trois jours se sont écoulés, nous avons visité trois maisons de plus et je suis arrivé à Sulina dans mon manuscrit – plus précisément, à ma rencontre avec Mme Lupu, devant sa maison à vendre aux fenêtres en film de plastique, c'est-à-dire à la veille de rencontrer Valentina.

Ce soir-là, je me décide enfin à ouvrir mon gros livre sur Stalingrad. Je ne savais presque rien de la fin tragique de la VIe armée du général Paulus avant de lire *Vie et Destin* de Vassili Grossman, dès sa parution, l'année de mes trente ans peut-être. Elle y est mentionnée à plusieurs reprises puis, au détour d'une phrase, on apprend que Paulus a été fait prisonnier ainsi que les derniers survivants de son armée. Je m'en souvenais mais je l'avais noté malgré tout parmi des dizaines d'autres péripéties sur lesquelles je voulais revenir. Stalingrad entre dans ma vie grâce à Vassili Grossman, comme Auschwitz y est entré grâce à Primo Levi – *Si c'est un homme*. Auschwitz et Stalingrad sont des événements *inconcevables*, et sur lesquels il nous faut donc revenir inlassablement pour nous convaincre qu'ils ont bien existé, que nous, femmes et hommes, sommes capables d'une telle barbarie. Après Primo Levi, il y a eu Imre Kertész – *Être sans destin* – puis *Shoah*, le film de Claude Lanzmann. Sur Stalingrad, une fois lu et relu *Vie et Destin*, il y a, bien sûr, les Mémoires des généraux soviétiques et allemands, mais il y a surtout les photos. Les généraux arrivent rarement à dire l'inhumanité des combats au corps-à-corps, la souffrance inimaginable d'une agonie dans la boue, dans la neige par trente degrés au-dessous de zéro, tandis que les photos y parviennent. Je suis allé voir les photos de Stalingrad pour tenter de me figurer dans quelles conditions a disparu le soldat Günter Flügge dont j'ai trouvé la correspondance aux puces de Hambourg, et soudain je suis tombé sur l'image de la reddition du général Paulus, son chef suprême, le 31 janvier 1943. Il y apparaît très grand, barbu, fagoté dans un long manteau, il sort du lieu de son dernier poste de commandement, un bunker sur la place Rouge, et il marche dans la neige en direction des soldats russes, suivi par ses officiers d'état-major qui ressemblent à des clochards. « Un souci à la fois moral et hygiénique pesa sur nous, écrira-t-il plus tard : celui de l'ensevelissement des morts. À la fin, il ne fut plus possible d'y faire face tant en raison de l'épuisement des hommes valides que de l'impossibilité de creuser des fosses dans la terre gelée. » J'ai scruté à la loupe les photos de ces morts que l'on ne pouvait plus enterrer, certains à demi enfouis sous la neige, d'autres adossés à des pans de mur noircis par les flammes comme s'ils dormaient, d'autres encore allongés dans des caves, songeant que l'un d'entre eux était peut-être Flügge qui avait fêté ses dix-neuf ans le 12 août 1941 du côté de Krementchouk, sur la route de Kharkov, et l'avait écrit en quelques mots joyeux à son Erika.

« Le lieutenant a fait distribuer du schnaps en mon honneur. Nous avons été autorisés à nous baigner dans le lac. Le Russe recule, nous avançons derrière les blindés sans rencontrer de résistance. Nous serons à Stalingrad avant l'automne, la guerre sera finie, Siegfried dit que nous serons renvoyés à l'arrière. Il me prie de te saluer. Encore aucune lettre de toi. Penses-tu bien à moi ? De bons baisers pour toi. Ton Günter. »

Ces quelques lettres sont écrites sur les cartes-types de la Wehrmacht qui doivent être remises à la poste militaire sans enveloppe pour être vérifiées par la censure. Au recto l'adresse, Erika Schulze, Susannenstrasse 25, Hambourg, au verso quelques phrases seulement, écrites avec application sur des lignes préimprimées comme sur les cahiers d'écoliers. Comme je fouillais dans un carton de cartes postales anciennes aux puces de Hambourg, j'étais tombé sur ce petit paquet enveloppé dans un ruban et c'est le nom de « Stalingrad » qui avait aussitôt retenu mon attention.

Le 4 septembre 1941 : « Enfin une lettre de toi, quel bonheur ! Rassure maman et ne prête pas attention à ce que dit papa, je saurai le convaincre. Ici, la chaleur est accablante, mais nous avons tous bon moral. Les rations sont copieuses, je ne manque de rien, ne t'inquiète pas. Quant au Russe, il continue de reculer sous la poussée de nos blindés et de nos avions. J'ai glissé ta lettre dans la poche intérieure de ma veste, contre mon cœur, et ainsi tu es plus près de moi. Ton Günter. »

Le 8 novembre : « Bientôt Kharkov ! La pluie qui tombe depuis trois jours ralentit notre progression, il arrive qu'un camion s'embourbe et bloque toute la colonne car ici, tu ne le croiras pas, aucune route n'est pavée, mais les hommes sont vaillants et nous allons de l'avant. Nos Stuka font merveille, on dit que les pertes russes sont considérables. Siegfried a récupéré une balalaïka, il anime nos soirées autour de grands feux. Nous ne manquons de rien. Vivement la Victoire et le retour à la maison. Ton Günter. »

Lancée le 22 juin 1941, sur un front qui s'étire de la Baltique à la mer Noire (près de deux mille kilomètres) la grande offensive contre l'URSS, qui ne devait pas durer plus de cinq ou six semaines, s'enlise dès les premières pluies d'automne – et après quatre mois de campagne. Comme l'écrit justement Günter Flügge, « le Russe » a constamment reculé, oui, mais en se repliant il a tout incendié derrière lui, villages et moissons, de sorte que la VIe armée (trois cent trente mille hommes), dont la mission est de s'emparer de Stalingrad, ne peut compter sur aucun approvisionnement local, que ce soit en vivres ou en essence. À la veille de l'hiver et des premiers grands froids, non seulement la VIe armée n'a même pas atteint Kharkov, mais les Russes ont lancé une contre-offensive et créé une poche dans le front allemand au sud de Kharkov.

Flügge, simple soldat d'infanterie, a-t-il une conscience claire de l'état du front ? Dans une nouvelle lettre du 6 janvier 1942 à sa fiancée, il indique

que sa section « hiverne confortablement aux portes de Kharkov en attendant le retour des beaux jours pour reprendre l'offensive ». Dans le même courrier, il mentionne l'arrivée à la tête de la VIe armée du général Friedrich Paulus, en remplacement du général Walter von Reichenau. Le soldat allemand est tenu par la censure de ne donner aux siens que de bonnes nouvelles, de sorte qu'on ne saura rien des souffrances qu'il endure durant l'année qui s'ouvre, avant sa dernière lettre, écrite dans une cave de Stalingrad, le 9 janvier 1943, dans laquelle il dit sa certitude qu'il va mourir (et que les censeurs, probablement tous morts avant lui, n'ont pas eu le loisir d'intercepter).

La VIe armée hiberne donc devant Kharkov. L'objectif de Paulus, son nouveau chef, est de traverser au mieux l'hiver avant de repartir à l'attaque dès le printemps pour résorber la poche et reprendre la marche sur Stalingrad.

L'objectif des Russes est de parvenir à crever cette poche, couper en deux le front allemand, s'engouffrer dans la brèche puis prendre l'ennemi en tenaille.

Flügge loue le « confort » du bivouac allemand, tandis qu'à la même date Paulus note dans un rapport confidentiel au Grand État-Major qu'il a perdu sept cents hommes en quelques jours, non pas morts au combat, mais d'épuisement et de froid. L'approvisionnement est à la peine, les routes sont gelées, les trains tombent en panne, les avions ne peuvent plus décoller en raison de brouillards persistants, de sorte que les hommes sont mal nourris, les chevaux exsangues et les camions et blindés à court d'essence.

Cependant, des deux côtés on prépare la grande offensive de printemps.

Quand le maréchal Timochenko en prend l'initiative, la VIe armée est en ordre de marche. Le choc des blindés est d'une violence ahurissante. Un officier russe, fait prisonnier, rapportera à Paulus que Timochenko, suivant l'engagement depuis un promontoire et voyant les chars soviétiques se faire éventrer l'un après l'autre comme des fruits mûrs, aurait blêmi et se serait écrié : « Mais c'est épouvantable ! C'est épouvantable ! »

L'Armée rouge est défaite en deux semaines seulement et la VIe armée fêtée à Berlin pour avoir sauvé une campagne de Russie bien mal engagée. Le bilan des combats est impressionnant : 239 306 prisonniers russes, 2 026 canons pris à l'ennemi, 1 249 chars soviétiques détruits, 540 avions russes abattus.

Décoré à l'issue des combats, Günter Flügge écrit à Erika : « J'ai reçu la croix de fer, tu peux être fière de moi ! Préviens papa et maman. Comme j'aimerais fêter cela avec vous tous ! Nous avons touché de nouvelles tenues en prévision de la chaleur, l'eau et la nourriture nous arrivent en abondance, nous ne manquons de rien. Les mauvais jours sont derrière nous, les hommes sont pleins d'enthousiasme, avant l'été nous aurons pris Stalingrad et à mon retour nous nous marierons. Ton Günter. »

Toute la matinée, dans ma chambre d'hôtel, j'ai travaillé sur la bataille de Kharkov et commencé ainsi à élaborer mon itinéraire vers Stalingrad. Kharkov n'est qu'à un millier de kilomètres de Sulina, je m'y arrêterai, j'y séjournerai. J'aimerais découvrir la ville sous la neige, comme l'a vue Günter Flügge, et y attendre comme lui l'arrivée du printemps. Ainsi, de Sulina à Kharkov, pour cette première étape, je roulerai sur des routes enneigées. Cela m'angoissait, mais aujourd'hui je m'y sens prêt. On dit qu'un vélo chargé tient parfaitement sur la neige damée. Puis de Kharkov à Stalingrad – encore un millier de kilomètres – je roulerai sous le soleil des mois de mai et juin, tout comme Flügge. Je suis si excité, soudain, à la perspective de ce voyage, que j'en oublie son objet – notre désir de vivre est décidément insolent. Au moins atteindrai-je Kharkov, en tout cas je n'ai aucun mal à m'en convaincre, ce qui me permet de me projeter dans un hôtel de la ville en train d'écrire la suite de mon roman.

Cet après-midi, Valentina, ordinairement si peu directive, estime que nous devrions profiter de ce beau temps, exceptionnel en décembre, pour aller voir le phare et le cargo turc plutôt que de visiter une nouvelle maison.

« Quelle bonne idée, Valentina !

— J'ai nettoyé le canot ce matin en espérant que vous seriez d'accord. »

Comme nous empruntons le quai en direction de son immeuble, je constate qu'elle marche bien plus vite que les premiers jours. Moi aussi, je suis assez excité à l'idée d'aller en mer.

Le bateau est amarré sous ses fenêtres. Un long canot rouge, pas si petit de mon point de vue, équipé d'un moteur hors-bord.

« J'ai pris un jerrycan d'essence à tout hasard, et des provisions si vous avez faim. »

Elle me sourit tout en s'affairant sur le moteur. Nous sommes assis côte à côte. Puis soudain la poussée fait se soulever l'étrave et en un instant nous sommes au milieu du fleuve, filant dans le vent sous un pâle soleil. Le canot se joue des vaguelettes et son vrombissement aigu nous donne un sentiment de puissance.

Après les dernières maisons, le Danube s'écoule entre deux rives sauvages hérissées de roseaux vert tendre. Puis la jetée de grosses pierres noires imaginée par sir Hartley prend le relais, sur la droite, et enfin surgit le nouveau phare construit sous Ceauşescu – un phallus immaculé d'une trentaine de mètres de haut peut-être, coupant à angle droit la ligne d'horizon, dressé entre l'échine sombre de la mer et ce ciel d'hiver, immense et vide, vaguement teinté de rose. Ici se noie silencieusement le fleuve, sans colère, comme épuisé d'avoir tant voyagé. Sur quelques centaines de mètres encore les flots sont troubles, chargés de ses alluvions, puis il n'y paraît plus rien – disparu, oublié le somptueux Danube. Alors nous virons sur la gauche, en direction du cargo turc. Qui saurait dire pourquoi, à l'approche d'un bateau prisonnier de la mer, nous sommes saisis d'effroi ? La poupe est déjà perdue, on la devine sous le vitré des vagues, l'eau s'est également engouffrée dans la partie basse du château autour duquel elle tourbillonne et se fracasse, tandis que la proue, anormalement dressée, paraît encore lutter pour ne pas sombrer. On peut se figurer tout ce qui est désormais noyé – la salle des machines, les cabines, le carré où les hommes se retrouvaient pour les repas. Et l'on ne peut pas détacher le regard de la passerelle, de la timonerie et des coursives que l'on devine à travers les larges hublots rectangles du château – des vies se sont croisées dans ces espaces qui bientôt seront engloutis à leur tour.

« Approchons-nous plus près, Valentina.

— Vous voulez ?

— S'il vous plaît. »

Les flux et les reflux provoquent de brutales dépressions, des courants et des remous qui pourraient nous jeter sur les superstructures, mais Valentina est habile, elle anticipe, et je fais plus d'une trentaine de photos.

Je la vois soulagée quand je dis qu'on peut maintenant s'éloigner.

« La côte que vous apercevez, là-bas, remarque-t-elle un peu plus tard, c'est l'Ukraine. On va s'approcher d'une île qui n'est habitée que par des oiseaux. »

Des centaines de pélicans nous regardent venir et, comme pour nous dissuader de débarquer, ils décollent lourdement pour opérer quelques vols au-dessus du canot.

Pour retourner vers Sulina, nous empruntons d'étroits canaux ouverts par le Danube entre les roseaux. Qui ne connaît pas se perdrait alors dans l'immense labyrinthe du delta, et bientôt à court d'essence, s'enfonçant à pied entre les roseaux, il mourrait sous les morsures de serpents s'il n'a pas disparu avant dans des sables mouvants.

Subitement, à l'approche de la ville, des vaches apparaissent, embusquées ici ou là, ou même pataugeant à quelques-unes sur des îlots de vase.

« Mais Valentina, je ne savais pas qu'il y avait aussi des vaches ! Elles vivent donc ici comme les chevaux ?

— Ah non, les vaches appartiennent à des fermiers, mais elles connaissent très bien le delta, elles partent le matin vivre leur vie et rentrent le soir à la maison. On en croise parfois dans les rues de Sulina, mais au contraire des chevaux elles se laissent caresser. »

De retour à l'hôtel, je la retiens à dîner. Cette longue sortie en mer nous a rapprochés. Maintenant, au détour de la conversation, il lui arrive de poser distraitement la main sur mon avant-bras, voire de se moquer gentiment, en particulier quand je bondis sur le quai pour photographier le passage d'un énième cargo.

« Vous êtes heureux, ici, n'est-ce pas ? remarque-t-elle quand je me rassois, essoufflé.

— Très ! J'ai toujours aimé les gros bateaux.

— Je vous présenterai à un ami, officier sur le dernier remorqueur attaché à la ville, à mon avis il sera très flatté de vous emmener en mission.

— Vous feriez ça ?

— Bien sûr ! Parfois ils vont assez loin en mer pour secourir un cargo en difficulté, ou aussi ils font des évacuations sanitaires vers Braïla. Et si le Danube gèle, ils font office de brise-glace pour ouvrir la voie à la navette que vous avez prise pour venir de Tulcea.

— Ah oui, avec plaisir.

— Il va aussi falloir que vous vous mettiez à la pêche, hein ?

— Ça, je ne crois pas, non. Ça m'a toujours paru terriblement ennuyeux…

— Nous essaierons, vous voulez bien ? »

Je ne veux pas la contrarier, alors je fais mine d'accepter tout en sortant mon téléphone pour orienter la conversation vers mon sujet de prédilection : les maisons. Voyons, sur les vingt-sept que j'ai photographiées, combien en avons-nous visité ?

« Regardez, Valentina, nous n'avons pas vu celle-ci. Ni celle-ci…

— Vous ne m'avez plus reparlé de celle que vous étiez prêt à acheter ?

— Laquelle ?

— Celle de la famille, vous aviez même photographié les jouets des enfants.

— Ah oui, c'est vrai. Eh bien retournons la voir un de ces jours.

— Bien. En attendant, demain j'en ai une à vous montrer qui pourrait vous plaire, sur la route de la plage. Elle appartenait au directeur de l'hôpital.

— Parfait ! Je ne sais pas ce que je ferais sans vous, Valentina.

— Vous verrez, nous allons y arriver. »

Sur cette note optimiste, je me lève pour aller me coucher et lui caresse furtivement l'épaule.

« Merci, Valentina, dormez bien et à demain. »

Après la lecture de *Vie et Destin*, je m'étais dit qu'un jour j'irais à Stalingrad pour écrire quelque chose. Je ne savais pas quoi, mais j'avais habité ce livre avec une telle intensité que je voulais maintenant habiter la ville où tant d'hommes étaient morts dans des corps-à-corps d'une cruauté inimaginable. Selon le tour que prendrait la bataille, les uns seraient célébrés comme des héros, les autres voués à l'oubli après avoir été enfouis dans des fosses communes. Des deux côtés on le savait, c'est même la seule chose dont on devait se souvenir au moment de bondir de son trou sur l'adversaire, l'un et l'autre habillés de guenilles et baïonnette au canon. *Plus ou moins deux millions de morts à Stalingrad.* « Plus ou moins », n'est-ce pas, tant la vie avait cessé de compter. Les Russes l'ont emporté, la mémoire des leurs est célébrée depuis. On dit et on écrit qu'ils ne sont pas morts pour rien. On ne dit rien des Allemands, agresseurs et perdants, précipités par un psychopathe dans une guerre qu'ils ont eu la naïveté de croire non seulement réparatrice, mais juste.

Pendant quarante ans, j'ai donc continué de penser qu'un jour j'irais à Stalingrad pour écrire. Comme je suis allé à Roubaix, à Hienghène en Nouvelle-Calédonie, à Pale au-dessus de Sarajevo, à Husum dans le Schleswig-Holstein, à Iaşi en Roumanie, etc. Pour écrire quoi ? Je n'en avais toujours aucune idée. Cela, tout en continuant d'accumuler des informations sur les deux camps. Et soudain, quand le moment est venu de devoir prendre la route pour disparaître, je me suis souvenu de cet autre disparu, Günter Flügge, vraisemblablement mort à Stalingrad et dont j'avais conservé les quelques lettres. Pour écrire sur Stalingrad, j'allais mettre mes pas dans les siens, comme je les avais mis dans ceux de Malaparte pour écrire sur le pogrom de Iaşi, ou encore dans ceux de Siegfried Lenz pour écrire sur Emil Nolde. Et qui sait si, parvenu là-bas, toujours vivant en somme, je ne tomberais pas sur une croix de bois portant le nom de Günter Flügge ? Avant de poursuivre ma route vers le Tatarstan.

Mais comment expliquer tout cela à Curtis ? C'est la question que je me pose en me couchant ce soir-là, après un dernier regard sur le Danube. Il a eu l'élégance de ne me poser aucune question sur cette étrange destination – oui, eh bien les choses en resteront là. Je lui enverrai les pages de mon manuscrit au fur et à mesure de mon avancée, et puis un jour, ne recevant plus rien, il comprendra. Dans un bref avertissement, avec cet humour qui lui est propre, il préviendra le lecteur que « l'auteur ayant malencontreusement disparu sans laisser d'adresse », le livre s'interrompt soudainement, sans épilogue, « mais finalement comme la vie quand survient la mort ».

Quand Valentina passe me prendre à quinze heures, elle est surprise de me trouver de si bonne humeur.

« Plus les jours passent, plus vous semblez détendu et heureux, remarque-t-elle.

— J'allais vous dire la même chose, Valentina. Vous rappelez-vous comme vous étiez triste pour notre première visite ? Et aujourd'hui vous souriez.

— Grâce à vous, oui. Vous êtes tellement entreprenant, curieux de tout…

— Sauf de la pêche !

— Oh, je ne désespère pas de vous la faire aimer.

— Et moi de vous remettre sur votre bicyclette. »

Elle éclate de rire – pour la première fois en ma présence. À ne plus pleurer, ses traits se sont affinés, son visage s'est éclairé.

Nous avons pris le chemin de la plage. Les chevaux nous regardent venir, puis au dernier moment ils font un écart. Valentina me raconte que le directeur de l'hôpital, un ancien ministre connu pour ses frasques, est arrivé à Sulina au début des années 1980 après avoir manqué de respect à Elena Ceauşescu. Comme la première dame fêtait le nouveau doctorat qu'elle s'était attribué, ou une énième médaille, Valentina ne sait plus trop, l'homme avait été surpris en train de ricaner. Il avait été aussitôt démis de ses fonctions et avait dû son salut à Nicolae Ceauşescu qui l'aimait bien. Sulina était un exil, une punition, aussi pour se consoler s'était-il fait construire cette villa qu'il avait abandonnée à la chute du communisme pour se réinstaller à Bucarest.

J'entends que c'est une maison moderne et je comprends pourquoi je ne l'ai pas photographiée.

« Elle n'est pas abîmée, si elle vous plaît, vous pourriez vous y installer tout de suite. Tenez, la voici là-bas. »

Elle se dresse seule au milieu de ces herbes hautes qui poussent sur les alluvions et qu'aiment tant les chevaux. Un toit-terrasse, de larges baies vitrées…

« Non, Valentina, dis-je en marquant le pas, jamais je n'habiterai là.

— Il paraît qu'on voit la mer depuis l'étage.

— Je n'ai pas envie de voir la mer. C'est une vieille maison que je cherche, dans une rue de Sulina. Dans celle-ci je ne pourrais pas travailler.

— Vous ne voulez même pas la voir ?

— Non, venez, retournons. »

Et déjà je m'en vais, puis quelques pas plus loin je m'arrête pour attendre Valentina.

« Je suis désolée, dit-elle, vous allez croire…

— Qu'est-ce que je vais croire ?

— Que je ne vous comprends pas, que je suis idiote.

— Non, ne vous inquiétez pas.

— Alors qu'en réalité… Je regrette, j'ai pensé que vous aimeriez malgré tout l'endroit. »

Elle est malheureuse, je devrais m'attacher à la réconforter mais je suis en colère.

Pendant un moment nous marchons silencieusement.

Puis elle répète qu'elle est désolée et je suis tout près de lui balancer que tout ça ne rime à rien, que je vais m'en aller dans quelques jours et qu'elle ne me reverra plus. Mais alors je mesure la solitude dans laquelle je vais me trouver et le confort que me procurent ces visites de maisons – tant qu'elles se poursuivent elles entretiennent en moi l'illusion que je peux encore renoncer à mourir. Et en Valentina celle d'avoir découvert un ami, un futur amant, qui sait, en tout cas qu'une vie est possible après la mort de son mari.

Cependant, pour la première fois j'ai hâte de retrouver Flügge. Maintenant que j'ai mis mes pas dans les siens, le désir de m'enfoncer dans la nuit sans fin de Stalingrad commence déjà à m'éloigner du reste du monde.

De retour à l'hôtel, Valentina s'attend que je lui propose de prendre un verre, mais je coupe court abruptement :

« Je dois monter travailler, Valentina. On se retrouve demain à quinze heures ?

— Eh bien… si vous voulez, oui. »

Après leur victoire à Kharkov, les hommes de la VIe armée disposent de l'été 42 pour mener à bien les deux opérations dont la réussite était programmée l'été précédent : s'emparer de Stalingrad, de ses usines d'armement et de son port sur la Volga ; puis rejoindre le groupe d'armées du Caucase pour mettre la main sur les champs pétrolifères et ainsi assurer à l'Allemagne nazie les réserves de carburant qui lui sont indispensables pour poursuivre la guerre.

En juin, l'offensive est lancée. Le 3 juillet, la VIe armée engrange une nouvelle victoire à Stary Oskol, écrasant les forces russes et faisant quarante mille prisonniers. L'Armée rouge recule alors jusqu'à Kalatch, dans le coude du Don, où elle masse des forces importantes, talonnée par la VIe armée.

« La 295e division d'infanterie, la mienne, citée à l'ordre de l'Armée par le général Paulus ! écrit Günter Flügge à sa fiancée le 27 juillet. Quant à moi, j'ai reçu la croix de fer de 1re classe du chef de notre régiment, le général Otto Korfes. Rien ne nous arrêtera plus, ma petite chérie, tu peux me croire. On parle d'une Victoire finale avant la fin de l'été. Longue permission à Berlin en vue. Tu y crois ? Moi oui. Le Russe est un piètre soldat, il ne sait que reculer. Ton Günter. »

La bataille de Kalatch s'engage le 7 août, et en trois jours seulement la VIe armée écrase les positions russes. Mais immobilisée sur la rive occidentale du Don, elle doit attendre l'arrivée du génie pour franchir le fleuve et ce n'est que le 21 août qu'elle peut enfin reprendre sa course sur Stalingrad.

La ville n'est plus très loin, certes, mais ce sera bientôt septembre. L'hiver approche et l'ultime bataille reste à livrer. Dans une lettre datée du 19 août, Günter Flügge semble s'impatienter : « Stalingrad n'est plus qu'à cent kilomètres, nos avions bombardent la ville toutes les nuits, on entend le bruit des bombes et pendant ce temps-là on se baigne dans le Don, on reprend des forces. Tu serais étonnée par nos bonnes mines. As-tu pensé à mon anniversaire ? 20 ans ! Cette fois papa ne pourra plus s'opposer à notre mariage. Siegfried me prie de te transmettre ses meilleures pensées. Embrasse bien papa et maman. Ton Günter. »

À la mi-septembre, les faubourgs de Stalingrad sont enfin atteints. Les premières colonnes d'infanterie de la VIe armée, commandées par le général Korfes, s'engagent dans les rues sans rencontrer de résistance, puis elles se heurtent soudain à de violents tirs de barrage et doivent s'enterrer dans les caves et les égouts. Les Allemands comprennent-ils alors la stratégie du commandement soviétique : reculer pour les attirer dans la ville, puis les contraindre à mener une guerre de position, cela en attendant l'arrivée de la neige et des grands froids qui anéantiraient n'importe quelle armée si loin de ses bases ?

Une lettre de Flügge datée du 19 septembre laisse percer son désappointement, en dépit de la censure : « Nous sommes enfin dans la ville. Les Russes résistent. Je ne doute pas que nous l'emporterons mais nous ne progressons plus que très lentement.

Quand nous reverrons-nous ? Il va nous falloir être patients. Mais crois-moi, je vais me battre courageusement et tu seras fière de moi. Ton Günter. »

« Dans la ville même, constate le 22 septembre du cockpit de son avion le colonel-général von Richthofen, commandant de la IVe flotte aérienne, la progression est désespérément lente. La VIe armée n'en viendra jamais à bout de cette façon-là. On livre des combats interminables pour gagner du terrain maison par maison, pour enlever une cave après l'autre. »

Dès le mois d'octobre, le même Richthofen observe que les Russes massent au nord de Stalingrad des troupes fraîches et bien équipées quand les soldats allemands commencent à souffrir d'engelures et d'un approvisionnement de plus en plus insuffisant. Quant aux usines d'armement que convoitait Berlin, elles ont été déménagées dans l'Oural, et jusqu'en Sibérie pour certaines.

La poste militaire n'en continue pas moins de fonctionner puisque, perdu dans les ruines de Stalingrad, Günter Flügge reçoit une lettre de sa fiancée qui le laisse manifestement perplexe. Le 8 novembre, dans un discours à la nation, Hitler a annoncé la prise de Stalingrad. À travers tout le pays des foules en liesse ont acclamé le chancelier et on devine qu'Erika vient à son tour féliciter son héros. « J'aimerais que ce soit vrai, lui répond-il le 18 novembre, prenant soin de ne pas citer Hitler. Après les pluies, il neige en quantité à présent, et nous continuons à nous battre pour la Victoire. Les conditions ne sont pas faciles mais, tu peux me croire, je ne manque pas de courage. La soupe est assurée et nos chefs nous ont promis des vêtements chauds. Nous tiendrons. Ton Günter. »

Est-il au courant qu'à la mi-novembre l'Armée rouge a enfoncé les flancs de la VIe armée, écrasant les troupes roumaines d'un côté, les italiennes de l'autre, et engageant ainsi une manœuvre d'encerclement qui pourrait bien signer la défaite ? Sûrement, puisque le poste de commandement de la VIe armée, qui se trouvait encore à l'extérieur de la ville, a été amené dans l'urgence à la gare de Gumrak pour échapper aux colonnes de chars soviétiques qui maintenant enferment la ville et ses assaillants.

Désormais, la VIe armée ne peut plus être ravitaillée que par avion. Le défi semble impossible à relever compte tenu des quantités à livrer, avec la circonstance aggravante qu'avant d'atterrir dans la « marmite » les avions devront survoler les lignes russes et donc affronter les tirs de la DCA.

Le bilan, pour les seuls 24 et 25 novembre, premiers jours du pont aérien, est catastrophique. « Tous nos Junker sont partis au ravitaillement de la marmite, écrit le colonel-général von Richthofen. Mais il ne nous en reste plus que 30. Hier, nous en avons perdu 22, et aujourd'hui 9. Aussi n'avons-nous pu transporter que 7,5 tonnes au lieu des 300 ordonnées ! Que faire quand on manque d'avions de transport ?... »

Plus aucun courrier de Günter Flügge durant le siège de la VIe armée, avant son ultime lettre de janvier. Le Grand État-Major a promis une opération de dégagement, promesse relayée à la troupe par les officiers, et les soldats continuent à se battre tant qu'ils ont cet espoir.

Quand, à la fin du mois de décembre, il apparaît que l'opération de dégagement a échoué et que plus rien ne sera tenté pour les sauver, les hommes commencent à déserter. Ils ne peuvent pas fuir, bien sûr, mais ils cessent de combattre et se cachent dans les égouts et les caves des faubourgs de la ville. Paulus en est informé et les juge « excusables ». « Les privations qu'enduraient mes soldats, exposés depuis des semaines, sans abris, au froid et à la faim, pesaient sur moi d'un poids inexprimable, écrira-t-il. Ils avaient désormais atteint la limite des souffrances humaines. »

À la mi-janvier, la piste d'aviation de Gumrak, la dernière en possession de la VIe armée, est reprise par les Russes. Désormais, les Allemands n'ont plus aucun terrain où poser leurs avions, ils ne peuvent plus être ravitaillés que par parachutages. Les rations par soldat, déjà dramatiquement insuffisantes, deviennent quasiment inexistantes. « Il ne fut pas possible d'organiser méthodiquement la recherche et la répartition des containers, écrit Paulus. Une grande partie de ceux-ci tomba aux mains de l'ennemi. »

Son poste de commandement est alors transféré sur la place Rouge, son ultime emplacement.

Alors se pose de surcroît la question des blessés. Jusqu'à présent, quarante-deux mille d'entre eux ont pu être évacués grâce au pont aérien. Désormais, plus aucun départ n'est possible.

« Les hôpitaux de campagne regorgeaient de malades que l'on ne savait pas où abriter, écrit encore le général. Toutes les caves étaient bourrées et, d'heure en heure, s'acheminait sur Stalingrad un lamentable cortège de malades et de blessés. Le manque de médicaments et de matériel de pansement se faisait cruellement sentir. »

Tandis que certains officiers estiment qu'une reddition est devenue inévitable, Paulus apprend avec surprise que d'autres, comme devenus fous, poursuivent le combat. Ainsi, le 30 janvier, le général Otto Korfes, à la tête des quelques survivants de sa division d'infanterie, reprend-il en un meurtrier corps-à-corps une aile de la caserne en ruine perdue la veille. Günter Flügge n'en est pas, cette fois-ci. Comme on peut le lire dans sa dernière lettre à sa fiancée, il a décidé de déserter pour « mourir dignement ».

Ce même 30 janvier, Paulus apprend qu'il vient d'être nommé maréchal par Hitler. Aucun maréchal ne s'est jamais livré à l'ennemi. Comprend-il que sous cet honneur se cache l'injonction de se donner la mort plutôt que de se rendre ?

Le lendemain, 31 janvier, des soldats russes apparaissent sur la place Rouge recouverte de neige, à quelques mètres seulement du poste de commandement du maréchal Paulus. Sa garde rapprochée baisse les armes plutôt que d'engager un combat perdu d'avance.

Un instant plus tard, le maréchal sort de son abri pour se livrer, suivi par les hommes de son état-major, qui ressemblent à des clochards.

« Chère Erika, Siegfried a été tué hier, je t'écris à côté de son corps, dans une cave remplie d'agonisants et de cadavres. Je vais déposer cette lettre sur sa poitrine et peut-être te parviendra-t-elle. Nous allons tous mourir. Je me suis battu courageusement jusqu'à aujourd'hui, 9 janvier 1943, je veux que tu le saches. Aujourd'hui, je ne peux plus, je n'ai plus la force, mes orteils sont gelés et je souffre du typhus comme la plupart d'entre nous. Je vais partir à travers les égouts essayer de trouver un endroit où mourir dignement. Je ne veux pas finir transpercé par une baïonnette, éventré par une mine ou le visage explosé par une rafale, comme Siegfried. Je veux mourir entier, comme tu m'as connu. Je pense à toi, j'ai tellement rêvé à notre bonheur. Ton Günter. »

Oui, maintenant que j'ai remis mes pas dans ceux de Flügge, le désir de m'enfoncer dans la nuit sans fin de Stalingrad commence déjà à m'éloigner du reste du monde.

Je vais encore visiter quelques maisons, dîner avec Valentina, et puis je m'en irai.

BIBLIOGRAPHIE

Eugeniu Botez (pseud. Jean Bart), *Europolis*, trad. Gabrielle Danoux, 2016.

Alberto Cavallari, *La Fuite de Tolstoï*, Christian Bourgois, 1989.

Paulina Dalmayer, *Les Héroïques*, Grasset, 2021.

Petru Dumitriu, *La Moisson*, La Table ronde, 1989.

Curzio Malaparte, *Kaputt*, Denoël, 1946.

Friedrich Paulus, *Stalingrad*, Fayard, 1961.

Rainer Maria Rilke, *Les Cahiers de Malte Laurids Brigge*, Le Seuil, 1966.

DU MÊME AUTEUR

Romans

Priez pour nous, Bernard Barrault, 1990 ; J'ai lu, 2011
Je voudrais descendre, Seuil, 1993
Comme des héros, Fayard, « Libres », 1996
Mon premier jour de bonheur, Julliard, 1996
Des hommes éblouissants, Julliard, 1997
Un jour, je te tuerai, Julliard, 1999 ; J'ai lu, 2002
Trois couples en quête d'orages, Julliard, 2000 ; J'ai lu, 2003
Méfiez-vous des écrivains, Julliard, 2002 ; J'ai lu, 2004
Le Cahier de Turin, Julliard, 2003 ; J'ai lu, 2012
Écrire, Julliard, 2005
Le Chagrin, Julliard, 2010 ; J'ai lu, 2011
Colères, Julliard, 2011
L'Hiver des hommes, Julliard, 2012 ; J'ai lu, 2013
Vertiges, Julliard, 2013 ; J'ai lu, 2015
Échapper, Julliard, 2015 ; J'ai lu, 2016
L'Absente, Julliard, 2016 ; J'ai lu, 2017
Eugenia, Julliard, 2018 ; J'ai lu, 2019
Nous étions nés pour être heureux, Julliard, 2019 ; J'ai lu, 2021
L'Homme qui tremble, Mialet-Barrault Éditeurs, 2021

Récits

Il ne m'est rien arrivé (Récit d'un voyage dans les pays en guerre de l'ex-Yougoslavie), Mercure de France, 1994

Documents

Paroles de patrons (avec Stéphane Moles), Alain Moreau, 1980

L'Affaire de Poitiers, Bernard Barrault, 1988

Hienghène. Le désespoir calédonien, Bernard Barrault, 1988

Survivre avec les loups. La véritable histoire de Misha Defonseca, XO, 2011

Cet ouvrage a été mis en pages par

<pixellence>